Alison Woods

Het meisje van de watermolen

*Zal ze het charmante dorpje kunnen redden
zonder hem te verliezen?*

ISBN 978-1-7392701-1-7 (paperback)
ISBN 978-1-7392701-0-0 (e-book)

Omslagbeeld: shutterstock.com

1

Emma lag heerlijk in bad uit te dampen. Het was een van haar favoriete bezigheden. De badkamer was haar heiligdom. Ze voelde zich er veilig en kon haar fantasie ongestoord de vrije loop laten gaan, alsof ze imaginaire trappen opliep die door een goddelijke kracht waren uitgehouwen. En dan wandelde ze zalig rond in één of andere mythische tuin van Babylon. Of was het de Tuin van Eden misschien? Hoe dan ook, het was iets tuinig, vanwaar ze naar de aarde en haar inwoners kon kijken. En vandaar zag ze het gebeuren. Ze zag de mensen voor zich veranderen in dieren of andere gekke dingen. Soms moest ze er zelfs luidop om lachen. Ze kon er simpelweg niet aan doen.

Het was iets dat ze al haar hele leven deed, dingen fantaseren om de wereld aangenamer te maken. Dan zag ze bijvoorbeeld de professor die haar een uitbrander gaf voor babbelen tijdens de les in een kwade sierkip veranderen, of haar buurvrouw die elke dag haar poedel uitliet, veranderde ook gewoon zelf in een poedel. Dan werd ze een wandelende poedel die met haar poedel ging wandelen.

Misschien deed ze het om beter met bepaalde situaties om te kunnen, maar soms was het gewoon omdat die personen ook echt op dieren leken. En soms waren het geen dieren, maar groenten. Een blije prei die kneuterig in de bibliotheek rondwandelde met een krant, twee roddelende patatten die elkaar de laatste nieuwtjes vertelden aan de bushalte, noem maar op.

Wanneer ze zichzelf te midden van al die weelde inbeeldde, dan zag ze een kleine vos. Zo noemde haar moeder haar gedurende haar kindertijd, want ze was niet altijd volledig blond geweest. Daar had de kapper een handje bij geholpen. Van bij haar geboorte had ze ook een lichte kopertint tussen het blond gehad. Iets dat haar vader haar had doorgegeven, zei hij altijd fier. Als tiener vond ze het maar niets en was ze begonnen met blonde highlights te laten zetten. Nu was ze het zo gewoon. Het deed haar ook meer op haar moeder lijken, een natuurlijk koele blondine die altijd wist wat de volgende stap was. Ze liet zich zelden van haar koers brengen. Emma voelde zich veilig bij haar ouders, ze hield van hen.

Het was de avond voordat ze zou vertrekken op een soloreis naar Peru, om haarzelf te ontdekken na het afstuderen. Zoiets had haar altijd al afgeschrikt, ze vond het op een manier een beetje ijdel en nietsnutterig. Maar haar vrienden hadden haar overtuigd om het te doen, en na een paar weken van denken en plannen, had ze beslist om ervoor te gaan. Dit was het uitgerekende moment.

Vorige week had ze eindelijk per post haar diploma toegestuurd gekregen. De universiteit organiseerde jammer genoeg geen plechtige proclamatie voor de studenten die halverwege het jaar afstudeerden, dus haar ouders hadden gisteren zelf een feestje in elkaar geflanst om deze nieuwe fase in haar leven in te luiden. Het was erg gezellig geweest.

Emma had het in haar eerste jaar universiteit niet zo

nauw opgenomen met aanwezigheden bij de lessen, waardoor ze tot ongenoegen van haar ouders niet was geslaagd voor het eerste jaar. Ze mocht zich opnieuw aanmelden voor het begin van het academiejaar, maar bij wijze van straf moest ze van haar ouders wel een deeltje van haar studie zelf bekostigen. En ergens vond ze dat maar normaal.

Dat leidde ertoe dat ze twee baantjes op zich had genomen. Op weekavonden superviseerde ze mee in de bibliotheek van de faculteit en op zaterdagen kluste ze soms bij in de Starbucks op de hoek van de straat in South Kensington waar zij en haar ouders woonden in het huis dat ze van haar grootvader hadden geërfd.

Door de lange avonden in de bibliotheek kreeg ze wel ruim de gelegenheid om tijdens het superviseren van andere studenten, zelf ook te studeren. Daardoor legde ze met succes haar vakken af en haalde ze de tijd van het verloren eerste jaar gedeeltelijk in.

Emma genoot van het warme water en het badschuim dat hoog boven haar uittorende. Ze sloot net haar ogen voor een dutje, toen ze weer werd opgeschrikt. Ditmaal door een hard klopje op de houten badkamerdeur. Het was haar moeders manier om aan te geven dat ze binnen moest zijn.

Ze was het gewend dat haar moeder net telkens dringend dingen moest doen in de badkamer wanneer Emma een bad lag te nemen.

'Emma, lieveling, het spijt me dat ik je stoor tijdens je heilige badritueel', haar moeder, Lauren, rolde met haar ogen omdat ze die lange weeksessies van haar dochter pure tijdverspilling vond, 'maar het is heel dringend.'

Lauren stak haar elegant gekapte hoofd door de deuropening en hield haar telefoon tegen haar schouder gedrukt.

'Je weet dat oudtante Paula al een tijdje niet goed is en in het ziekenhuis ligt, maar nu is ze opgenomen in een gespecialiseerd verzorgingstehuis in Oxford om de kanker wat intensiever aan te pakken.' Haar moeders stem klonk droevig. Emma wist dat haar moeder erg veel van haar tante hield. Ze voelde zich onmiddellijk schuldig over haar irritatie van daarnet.

'Oké, wat jammer', zei ze berouwvol.

'Hoe dan ook, ze verzekert me dat het gaat om een behandeling die grote kansen heeft op slagen, maar die zou wel enkele maanden in beslag kunnen nemen. Je weet dat ze een winkeltje heeft in de watermolen die ze heeft geërfd, wel, en nu heeft haar winkelbediende ontslag genomen om te verhuizen naar de andere kant van het land. Haar echtgenoot zou daar een nieuwe job hebben gevonden.'

Emma knikte voorzichtig. Ze voelde al waar haar moeder op aanstuurde en zuchtte.

'Bedoel je dat ik moet inspringen voor die winkelbediende?'

'Emma, dat is inderdaad exact wat er van je gevraagd wordt. Ik ben blij dat je de situatie zo snel doorziet', zei haar moeder verheugd.

Emma sloeg haar handen voor haar ogen. Lauren wist nochtans dat haar dochter op het punt stond om op reis te vertrekken, maar familie kwam altijd boven alles, dat was een waarde waarmee ze was opgegroeid.

'Goed dan, als je maar weet wat voor een opoffering dit voor me is', zei ze gemaakt beteuterd. 'Ik laat er een heerlijke vakantie in de zon voor schieten.'

Haar moeder lachte. 'Ik weet het, ik weet het. Je hebt het hart op de juiste plaats. En bovendien is het maart.'

Binnen een aantal dagen begint de lente en stromen de eerste toeristen toe. The Cotswolds liggen nog steeds in het zuidwesten van het land, hoor. Het klimaat is er bijna even mild als in Cornwall. Het is niet alsof je naar één of ander koud, Schots eiland wordt verbannen.'
'Al goed!' Emma wuifde met haar handen. 'Ik neem de taak op mij. En zeg maar tegen tante Paula dat het met plezier is. Ze moet zich kunnen focussen op haar herstel.'
Lauren knikte dankbaar. 'Ze kan je horen, trouwens', mompelde ze en drukte de telefoon weer tegen haar oor. Dat was nu echt iets voor haar moeder, dacht Emma korzelig.
'Ze komt eraan!' riep Lauren enthousiast.
De stem aan de andere kant van de lijn klonk opgelucht en stelde nog wat vragen.
'Geen probleem, ik zet haar morgenochtend al op de trein.'
Emma trok haar wenkbrauwen hoog op. Morgenochtend al, dat betekende dat ze nog maar weinig tijd had om haar valies te herschikken.
'Oh nee, maak je geen zorgen. Ze zal zo lang blijven als nodig is, tot wanneer er geschikte vervanging is gevonden voor de winkelbediende. Ze is echt een dochter naar haar moeders hart', zei Lauren met een knipoog naar Emma, die zich met een zucht dieper in het bad liet zakken.

Een dochter naar haar moeders hart, dacht Emma pruttelend terwijl ze zoveel mogelijk vertrouwde spullen in haar slaapkamer bijeenscharrelde en ze bij de praktische kleren in haar hutkoffer propte. Een zondagswandelaar of de koeien die in de typische, glooiende weilanden van de streek graasden, zouden er toch niets aan hebben als ze zich opkleedde.

Het zou er trouwens om te bibberen zijn. Het was nog steeds winter en haar weerapp gaf aan dat het in Waterbury telkens een graad of twee kouder was dan in de grote stad, zodanig afgelegen lag het dorpje. Ze besloot dat het beter was om haar mooie outfits veilig in de kast te laten hangen voor wanneer ze in de toekomst stage zou lopen bij een architectenkantoor, want dat was de volgende stap in haar leven. Een carrière opstarten. Het was ook iets wat haar ouders woordeloos van haar verwachten. Ze waren beiden hardwerkende mensen. Rijk waren ze niet, maar het gezin had het wel goed. Haar moeder gaf literatuur aan de universiteit en haar vader was bouwkundig ingenieur.

Het was hij die aanvankelijk haar passie voor architectuur aanwakkerde, want hij keek op naar de architecten waarmee hij op de werkvloer in contact kwam. Zij waren meesters van de vorm en ziel van een gebouw, en dat creatieve zag hij ook wel in Emma die al van jongs af aan over ruimtelijk inzicht bleek te beschikken.

Zo had ze een keer op dertienjarige leeftijd de hele benedenverdieping van haar grootmoeders huis heringericht door de meubels te verschuiven toen ze haar met een film en een zak chips had achtergelaten voor een twee uur durende sessie bij de kapper. Haar ouders waren aanvankelijk beschaamd geweest om wat ze had uitgestoken, maar haar grootmoeder had haar vinger tegen haar hoofd gelegd en geknikt. De nieuwe indeling stond haar eigenlijk wel aan, had ze gezegd. Ze hingen enkele schilderijen hier en daar weer op hun plek en de rest mocht blijven zoals Emma het had herschikt.

's Avonds nestelde ze zich met een dekentje op de sofa naast haar vader. Het was één van haar lievelingsmomenten van de dag. Ze keken graag samen naar dwaze programma's op televisie, waarbij hij zijn malle commentaren niet spaarde. Wat voor rotdag ze ook had meegemaakt, haar vader bezorgde haar altijd buikpijn van het lachen met zijn idiote mopjes.

Door de grijze haren die tussen de rode begonnen te verschijnen, begon hij er uit te zien als een goedmoedige zilvervos.

Nu spraken ze echter op serieuze toon over Emma's nakende vertrek.

'Ik hoop dat ik er maximum een drietal weken hoef te blijven. Op die tijd zal er zich toch wel gepaste vervanging aandienen?'

'Misschien...', zei hij weifelend. 'Maar het ligt wel erg afgelegen. Het zou me niet verbazen moesten ze je er een maandje of twee houden.'

Dat klonk niet erg hoopvol. Emma liet haar hoofd in haar handen vallen en mompelde tussen haar vingers door: 'Wat ga ik al die tijd toch doen? Overdag heb ik de winkel, maar hoe kom ik die avonden daar door?'

'Natuurlijk komen wij je eens bezoeken, maar ik raad je toch aan om zoveel mogelijk boeken mee te nemen. En probeer wat nieuwe vrienden te maken?' opperde hij voorzichtig.

'Nieuwe vrienden? Ik heb zo een donkerbruin vermoeden dat er helemaal geen jonge mensen in het dorp verblijven. Ik heb het daarnet eens opgezocht. Volgens het internet telt het dorpje waar de watermolen ligt slechts tweehonderd inwoners. Tweehonderd!'

'Dat kan inderdaad moeilijk worden, maar je weet nooit. Het leven heeft altijd verrassingen in petto.' Emma's vader legde troostend zijn hand op haar arm. 'Weet je wat? Misschien moet je net als Beatrix Potter bevriend worden met de plaatselijke dieren. De konijnen in het veld, de egels in de bloementuin ... en de ratten in de kippenstal.' Haar vader grijnsde. Emma gaf hem een duwtje en lachte. Hij kende haar goed. 'Wat er ook gebeurd, wij zullen er altijd voor je zijn. Daar kan je op rekenen.' Hij gaf een zoen op haar hoofd.

Emma probeerde niet te veel te tonen hoe geëmotioneerd ze was door die woorden, want dan zou het hek van de dam zijn en zou ze haar tranen niet meer kunnen bedwingen. Ze wist dat ze zich op een kantelpunt in het leven bevond. Nu ze afgestudeerd was, zou ze moeten leren om op eigen benen te staan. Ze was altijd al vrij zelfstandig ingesteld, maar dit was toch iets van een heel andere aard.

2

Die nacht sliep Emma slecht. Ze werd vaak rillend van de kou wakker omdat ze haar dikke donsdeken al had ingepakt. Tenslotte kon ze niet weten of tante Paula wel warm beddengoed had in de watermolen. Uiteindelijk trok ze haar zachte peignoir aan en kon zo toch nog enkele uurtjes doorslapen.

De volgende ochtend stond Emma in de badkamer de laatste spulletjes te pakken voor haar aftocht naar het platteland. Ze zou hun herenhuis in de stad missen. Het was misschien geen luxueus stulpje want er waren talloze dingen die niet meer werkten of die kraakten van de ouderdom, maar het was wel haar thuis.

Haar moeder had haar gisteren op haar eigen manier proberen te waarschuwen voor de nogal 'rudimentaire' inrichting van de watermolen. Emma wist niet wat ze zich daarbij moest voorstellen. Ze had de afgelopen nacht besloten om haar trots hoog te houden en niet te gaan klagen over de leefomstandigheden. Ze zou zich niet als een verwend nest gedragen, dat lag niet in haar aard.

En bovendien, ze leefden in de eenentwintigste eeuw, dus hoe erg kon het uiteindelijk zijn. Zolang ze maar af en toe kon uitrusten in een warm bad, dan kon ze zich wel beredderen.

Lauren kwam naast haar dochter staan in de badkamer

en nam haar stevig vast. Ze keek naar hen beiden in de spiegel. Haar moeders glanzende blonde haar dat altijd opgestoken was en waarbij ze fijne zilveren oorknopjes droeg, stak af tegen haar eigen golvende, strokleurige haardos waar ze tonnen conditioner voor nodig had om het in bedwang te houden.

Ook hun lichamen waren verschillend. Haar moeder was vrij tenger gebouwd, terwijl Emma met haar één meter negenenzestig ook vrouwelijke welvingen had, ondanks het feit dat ze af en toe een eindje ging lopen. Dat leverde haar wel gespierde benen op. Wat ze wel gemeen hadden, was hun fijngebouwde gezicht en hazelnootkleurige ogen met groene spikkeltjes. De ogen waar haar vader verliefd op was geworden, zei hij vaak om haar moeder te flatteren als ze hem een standje gaf. 'Wat een sterke dochter ben je toch. Je bent uitgegroeid tot een mooie meid.' Ze gaf een zoen op de zijkant van haar dochters hoofd. Emma zuchtte mak.

'Ik zal je gezelschap missen', zei Lauren terwijl ze haar dochter omhelsde.

Emma glimlachte flauwtjes. Ze moest op haar tanden bijten om niet in huilen uit te barsten, wat vreemd was, want normaal zou ze nu op het vliegtuig zijn gestapt voor een lange reis, maar op de één of andere manier voelde dit helemaal anders aan.

Haar vader was al vertrokken naar zijn werk en had haar bij het ontbijt nog een vluchtige afscheidszoen komen geven, waarna ze toch een traan had moeten wegpinken. In het geval van de reis die ze had gepland, had ze tenminste geweten wat haar te wachten stond en hoelang ze weg zou zijn, maar nu had ze daar het raden naar.

Ze keek er niet naar uit om zo lang alleen te zijn, want

dan wist ze zeker dat ze geplaagd zou worden door gedachten over haar onzekere toekomst. Misschien moest ze het als een opportuniteit zien en kon ze rustig uitdenken wat ze nu echt in het leven wou, waarbij ze niet beïnvloed kon worden door de verwachtingen van anderen.

'En Emma, als je het moeilijk hebt in Waterbury, bedenk dan dat we jou op twee uurtjes tijd kunnen komen halen met de auto als dat nodig is', drukte haar moeder haar op het hart.

'Oké, maar ik hoop dat dat niet nodig zal zijn. Ik kan me best wel redden', verzekerde ze haar.

'Goed, dan', zei Lauren terwijl ze weifelend het gezicht van haar dochter bekeek. Ze wist dat ze soms de neiging had om dingen op te kroppen. Ze gaf een kneepje in haar schouder. 'Dan breng ik je nu naar het station. Ik zou niet willen dat je je trein mist. Norah, de dame van de tearoom naast de watermolen, was zo vriendelijk om aan te bieden je af te halen van de bushalte in het nabijgelegen stadje. In Waterbury stoppen er blijkbaar geen bussen. Anders had je nog een halfuur moeten sleuren met je spullen!'

Bij die woorden zakte de moed bijna weer tot in haar schoenen. Het bevestigde alleen maar hoe geïsoleerd ze de komende weken zou zijn.

Terwijl haar moeder Emma's zware hutkoffer, een rugzak en een volgepropte draagtas in de wagen laadde, keek Emma weemoedig op naar hun witgeschilderde huis. Het huisnummer was in een krullerig schrift geschilderd op de zuilen die als twee wachters naast de blauw gelakte voordeur stonden.

In het voortuintje, dat afgeschermd werd door zwarte Victoriaanse spijlen, stonden netjes geschoren buxussen en twee rozenstruiken die geduldig wachtten op de lente. Achter de hoge ramen van hun huis stonden er antieke vazen met pioenrozen in.

Emma bedacht zich met een steek in haar hart dat ze waarschijnlijk nooit van haar leven nog in zo'n mooi, warm huis zou wonen.

Na een veel te korte rit naar het South Kensington metrostation met zijn kenmerkende rode glazuurtegels, stapte Emma uit de wagen en knuffelde haar moeder gedag.

Ze liep de hal van het gebouw in en nam de metro naar Paddington Station. Daar aangekomen pufte ze met haar pakken haastig naar het juiste treinperron.

Door de inspanning moest ze haar jas uittrekken. Haar moeder had gelijk. De winter liep op zijn laatste benen, binnenkort zou de natuur weer wakker worden.

Tijdens de lange treinrit staarde Emma naar buiten.

De stad verdween langzaam uit zicht en maakte plaats voor weidse landschappen. Ze keek verwonderd naar de schoonheid ervan. Het zag er zo eerlijk en beloftevol uit in het frisse licht van de ochtend. Ze was natuurlijk al vaker op het platteland geweest, maar dit keer was ze alleen en kon ze alles eens ongestoord en tot in detail opnemen.

De trein stopte eindelijk in Moreton-in-Marsh, dat lag in het noordelijk gedeelte van the Cotswolds. Ze had met haar mobieltje de hele rit gevolgd op de kaart, zodat ze toch zou weten waar ze terecht zou komen.

Haastig raapte ze al haar spullen bij elkaar en slaagde erin uit te stappen met de hulp van een medereiziger die lachte om de grootte van haar koffer. Hij had een lange neus en zijn oogjes zagen er nog klein uit van de ochtend. Precies een egel die net uit zijn nest was gerold, dacht Emma bij zichzelf. Ze wierp de reiziger een dankbaar knikje toe en sjokte moeizaam met haar bagage naar de bushalte.

Daar kwam ze tot de ontdekking dat er maar drie bussen per dag naar Welton reden, het stadje waar ze door tante Paula's buurvrouw zou worden opgehaald. Maar het geluk zat haar mee want de volgende zou al binnen tien minuten aankomen.

Na drie kwartier wachten, werd ze wanhopig. Ze besloot net het nummer van de tearoom te bellen dat haar moeder haar had gegeven, toen er eindelijk een verouderde bus opdook die de richting van haar bestemming uitging. De buschauffeurs op het platteland namen het blijkbaar niet zo strikt op met de uurplanning.

Tijdens de hobbelige rit begon Emma te zweten van angst. Het voertuig denderde in volle vaart door de smalle wegen met metershoge hagen. De takken van de bomen schraapten luid over het dak van de bus.

Emma keek ongerust naar de andere busreizigers, maar zij trokken er zich kennelijk niets van aan en keken onverstoorbaar uit het raam. Zij waren dit blijkbaar gewoon. Na een tijdje kwam er ook het plonzende geluid van regendruppels bij die als ijzeren kogeltjes op het dak belandden. De hemel zette haar sluizen breed open.

Toen ze eindelijk toekwam aan het afgesproken punt, was ze niet alleen moe van de reis, maar ook hongerig. Ze hoopte maar dat ze niet te chagrijnig zou zijn tegen de persoon die haar zou komen ophalen.

Toen ze haar spullen neerzette op de grond die nog nat was van de regenbui en haar hoofd hief, zag ze een eindje verder aan de kant van de weg een grote, uitgezette vrouw van middelbare leeftijd met rode haren. Ze stond over haar autodeur geleund en was enthousiast aan het zwaaien.

Emma liep erheen, zo snel als dat mogelijk was met haar bagage.

Het viel haar meteen op dat de vrouw een vrolijke aanblik bood met haar ronde wangen en brede glimlach. Als een blije appel. Hap, hap, dacht Emma.

'Dag lieve kind, wat een zware dingen heb je mee! Geef dat maar hier. Je ziet er uitgeput uit!' zei de uit de kluiten gewassen vrouw.

Er sluimerde een Iers accent door haar woorden. Ze nam de rugzak en hutkoffer behendig over en zwierde de spullen moeiteloos in de koffer van haar Ford Fiesta die ongetwijfeld de regeerperiode van de Iron Lady nog moest hebben meegemaakt.

'Zo, ik ben Norah. En jij moet Emma zijn, het nichtje van Paula.'

'Aangenaam', zei Emma en ze schudde haar hand.

'En voor je het gaat vragen, ik ben vijfentwintig jaar geleden uit Ierland naar hier verhuisd voor mijn echtgenoot, die jammer genoeg al de benen heeft genomen!' Haar lippen krulden zich omhoog en ze stootte een daverende, hinnikende lach uit.

Misschien moest ze haar omschrijving bijschaven, dacht Emma geniepig. Ze glimlachte geamuseerd en besloot het nog even te laten bezinken.

Norah startte de motor en Emma installeerde zich in de wagen, waar ze haar verkilde handen onder haar billen stak om op te warmen.

Haar opgewekte compagnon taterde de autorit moeiteloos vol. Al die tijd kon Emma enkel maar denken aan een warme maaltijd, of een lekkere sandwich om haar tanden in te zetten. Gelukkig was het niet ver rijden.

De schoonheid van de streek was overweldigend, zelfs nu de bomen en de struiken nog niet getooid waren met hun volle gebladerte.

Ze reden binnen in Waterbury. Het dorpje bestond uit enkele organisch neergezette, honingkleurige huisjes en cottages. Er was ook een kerk die gebouwd was uit dezelfde zandsteen als de huizen uit het dorp, maar in tegenstelling tot de andere kerken in de streek had deze een puntige toren.

Norah parkeerde het roestige wagentje aan wat de achterkant van de tearoom moest zijn en nam kordaat Emma's spullen uit de koffer.

'Ziezo, ik heb niet veel tijd om je alles uit te leggen, want Mandy staat nu alleen in de tearoom.' Norah boog vertrouwelijk haar met sproeten bezaaide gezicht dichter naar Emma toe. 'Ik kan haar namelijk niet lang alleen laten. Het is niet dat ik haar niet vertrouw, oh nee, Mandy is een goed mens! Maar ze durft de scones al eens te lang in de oven te laten zitten. Dan geven de klanten slechte reviews en daar ben ik niet zo tuk op.'

Emma knikte begrijpend.

'Goed, kom maar mee, we gaan langs de achterkant naar binnen.'

Norah leidde Emma door een houten poortje. Het gaf uit op een terras dat bezaaid was met terracotta potten en stenen tafeltjes voor de klanten. Ze liepen over een grindpadje naar de tearoom, waar de warmte van een haardvuur niet onwelkom in Emma's gezicht sloeg.

Ze schuifelde snel wat dichter naar de warmtebron.

Achter de toonbank stond een tanige vrouw met een vlecht in haar asblonde haren. Ze had een zongebruinde huid en enkele rimpeltjes op haar voor het overige vrij jonge gezicht. Ze was druk in de weer met het inschenken van heet water in een theepot voor een echtpaar dat aan een van de houten tafels zat te wachten.

'Mandy, ik ben hier met het meisje van de stad. Ik zie je zo!' riep Norah, terwijl ze Emma haastig met zich meetrok door de ruimte.

Mandy zwaaide kort, waardoor ze heet water morste naast de theepot en de ketel verschrikt neerzette om de plas meteen op te deppen met een keukenhanddoek.

Toen ze Norahs veelzeggende blik zag, hipte ze in het rond als een mus wiens veren alle kanten uitstaken, klaar om een gespikkeld eitje vol ondeugende verrassingen te leggen. Pwet, pwet.

Norah zei niets, maar keek met lichte afkeur naar het schouwspel en klakte met haar tong. Emma hoopte maar dat ze niet te streng was voor haar serveerster. Mandy's onhandigheid wekte meteen sympathie bij haar op.

Toen ze weer buiten in de frisse lucht stonden, opende Norah een deur onder een versierd, houten afdakje. Op het hout stond er 'The Old Mill Shop' geschilderd. Dit was dan de winkel van tante Paula, besefte Emma. De plek waar ze komende weken tot maanden zou moeten doorbrengen.

Emma keek nieuwsgierig in het rond.

Ze was gecharmeerd door de aanblik van het allegaartje aan souvenirs en kleine hebbedingen die op elk denkbaar plekje in de winkel stonden uitgestald. Toch bood het winkeltje geen rommelige indruk, want ieder spulletje was door de eigenaar op zijn eigen zorgvuldig uitgekozen plekje neergezet, zoals een vogel die in de lente allerlei takjes verzamelt en fijn verweeft tot een nest voor haar kroost. De laaghangende, houten balken en stenen muren van dezelfde zachtgele kleur als de buitenkant van het gebouw, gaven het geheel iets onmiskenbaar gezellig.

Emma keek tevreden rond. 'Ik wist niet goed wat ik op voorhand moest denken, maar dit had ik niet verwacht.' Norah lachte hartelijk.

'Ik ben er zeker van dat je je hier snel thuis zult voelen. Nu goed, we gaan aan de slag.' Norah haalde enkele papieren uit haar achterzak en vouwde ze open. Ze waren volgekrabbeld met een onduidelijk handschrift.

'Dit zijn de nota's van Jane, de dame die je oudtante de laatste jaren hielp bij het openhouden van de winkel, omdat ze dat op haar oude dag niet meer alleen kon. Jane stond er de laatste maanden overigens helemaal alleen voor, want Paula ligt nu toch wel al een tijdje in het verzorgingstehuis', zei Norah met een droevige blik in haar ogen. Ze haalde diep adem.

'Nu goed, hier staat alles op wat je zou moeten weten. Over hoe je de stock moet aanvullen en bij welke leveranciers je de spullen moet bijbestellen. De lijst daarvan ligt onder in de winkeltoog.'

Norah wees naar een houten constructie, waar tot Emma's opluchting een computerscherm en een moderne kassa op stonden. Ze hoefde dus niet met pen en papier aan de slag te gaan.

Naast de kassa stond ook een bord eten met folie erover. Norah zag dat Emma zijdelings naar het grote stuk focaccia met verse schijven tomaat en mozzarella op het porseleinen bord gluurde.

'Ik dacht dat je wel honger zou hebben na die vermoeiende reis uit de stad. Beschouw het maar als een welkomstgeschenkje van Mandy en ik, maar ga er nu niet op beginnen rekenen dat er elke dag eten voor je wordt voorzien. Nee, nee, meisje, het spijt me, maar na deze maaltijd zal je je eigen boontjes moeten doppen. Maar dat lukt je vast wel', zei Norah streng en ze gaf bemoedigend een klopje op Emma's schouder, die ineenkromp van de kracht waarmee ze dat deed.

'Je tante vroeg me verder nog uitdrukkelijk deze instructies aan je over te maken: van de inkomsten die je in ontvangst neemt, betaal je de leveranciers. Na aftrek van het voorschot op de belastingen, mag je met wat er overschiet zelf in je onderhoud voorzien. Rijk zal je er niet van worden, maar als je er wijs mee omspringt, lukt het je wel om ermee rond te komen.'.

Emma had zich al afgevraagd hoe dat zou worden geregeld. Ze had aangenomen dat ze per uur zou worden betaald door tante Paula, maar dat bleek dus niet zo te zijn. Ergens leek het haar ook wel logisch, want tante Paula kon moeilijk vanuit het verzorgingstehuis toezien op Emma's gewerkte uren, maar toch vond Emma het een bijzondere regeling.

Het sprak van een enorm vertrouwen dat van tante Paula uitging, alsof Emma de volledige verantwoordelijkheid droeg voor het gezond houden van de winkel. De spulletjes zagen er alleszins leuk genoeg uit om te worden gekocht. Het zou de toeristen wel kunnen bekoren.

'De winkel is open van woensdag tot zaterdag. Op de andere dagen zal je je zelf bezig moeten zien te houden, maar dat zal niet moeilijk worden. Je moet natuurlijk het huisje en het gratis molenmuseum onderhouden, en je kan prachtige wandeltochten maken in de omgeving.'

Emma knikte. 'Oké, dat is prima. Ik denk dat ik me wel

zal redden.'

'Vandaag is het woensdag, dus dat betekent dat je normaal de winkel zou moeten openhouden,' zei Norah belerend, 'maar ik heb het bordje op 'gesloten' laten hangen. We kunnen natuurlijk niet van je verwachten dat je op je eerste dag al in de winkel staat. Maar morgen zou je dus om klokslag tien uur aan het werk moeten zijn.'

Emma kon haar aandacht niet goed bij Norah's langdradige uitleg houden, want ze was moe van de honger en kon enkel denken aan het bord eten dat op haar te stond te wachten. Ze vroeg zich af waar ze boodschappen kon doen, want bij het naar binnen rijden in het dorpje had ze geen grote supermarkt gezien.

'En dan moet je afrekenen van wat ze je ook komen brengen.' Norah zwaaide in het rond met haar armen, waardoor Emma opschrok uit haar overpeinzingen.

'Je zal wel gauw genoeg ontdekken wat er allemaal te koop is in de winkel. Ik heb nu de tijd niet om door de hele stock te gaan. Oh, wat wel vermeldenswaardig is, zijn de sjaals die ik zelf brei.' Norah's gezicht begon te glimmen van trots.

Ze troonde Emma mee naar een houten toonbank achter in de winkel, waar er stapels geruite sjaals in bonte kleuren op uitgestald lagen.

'Zijn ze niet geweldig?' vroeg Norah zonder dat ze een antwoord verwachtte. 'Paula legt ze hier al sinds jaar en dag te koop! Ik maak ze op mijn vrije dagen van wol die ik zelf heb gesponnen. Het is iets waar ik me graag mee bezig houd. De geur van de schapenwol doet me namelijk denken aan mijn jeugd in Ierland.

'Ze zijn écht geweldig', zei Emma beleefd.

'Goh, dank je', zei Norah die nu een beetje rood aangelopen was door het compliment. 'Je bent een aardige meid. Paula mag haar handen toeknijpen met zo'n nichtje als jou!'

Emma wist niet goed wat ze daarop moest zeggen, aangezien het al een tijdje geleden was dat ze tante Paula had gezien. Haar tante bezocht hen jarenlang in Londen toen Emma nog een kind was en dat was altijd erg gezellig geweest, maar vanaf haar studie aan de universiteit viel dat stil. De lange tocht naar de grote stad moet haar te zwaar zijn geworden. Ze was immers al op leeftijd.

Haar moeder bezocht tante Paula nog wekelijks, maar daar was Emma nooit bij.

Ze glimlachte flauwtjes en keek dan schuldbewust naar beneden, want ze dacht dat Norah wel zou denken dat ze haar nog nooit eerder had gezien in Waterbury. Norah zag het kwaad van de situatie niet in en liep tevreden, maar gejaagd naar de kassa.

'Zo, dan rest er nog één ding om je uit te leggen', zei Norah en ze legde haar hand op het geldbakje van de kassa.

'Oh, maar dat hoef je niet te doen', onderbrak Emma haar haastig, blij dat ze nu eens iets nuttig te zeggen had. 'Hier kan ik mee overweg. Ik werkte tot voor kort in een koffiezaak.' Dat klonk chiquer dan de Starbucks, vond Emma. 'Daar heb ik al leren werken met de kassa en het elektronische betalingssysteem.'

'Oh, dat is fantastisch. Goed, als je nog vragen zou hebben, dan raad ik je aan om eerst de nota's van Jane te raadplegen. Als je het dan nog niet uitgevogeld hebt, dan kunnen Mandy en ik waarschijnlijk je vragen beantwoorden. We lopen hier nu toch al vele jaartjes rond, en in uiterste nood kan je ook naar je tante bellen, maar weet dat ze echt haar rust nodig heeft. Je moeder en ik hebben haar op het hart gedrukt dat de winkel bij jou in capabele handen is.'

'Daar kan je op rekenen', zei Emma in de hoop dat Norah daardoor sneller zou vertrekken en ze zich eindelijk op het bord eten kon storten.

Gelukkig bleek het te werken, want ze liet niet lang daarna de sleutelbos op de toog vallen, met de boodschap dat ze de weg naar tante Paula's huisje wel zou vinden, want dat was met een deur verbonden met de winkel.

Emma liet zich uitgeput op de stoel achter de winkeltoog vallen.

'Dat was ik je nog vergeten te zeggen!' Norah stak haar grote hoofd weer door de deur en Emma schrok zichtbaar.

'Boodschappen kan je doen hier in de kruidenierszaak, maar hun aanbod is niet groot. In Welton, het stadje waar ik je zonet ben komen ophalen, heb je een supermarkt. Het is niet Harrods', Norah glunderde even bij die woorden, alsof ze ze had ingeoefend, 'maar je vindt er wel wat je nodig hebt om een degelijke maaltijd te bereiden. Je kan Paula's oude fiets lenen, die staat achter de tearoom op de plek waar we de wagen daarnet hebben geparkeerd. Waarschijnlijk is hij niet op slot, want dat is niet echt nodig in deze contreien. Mensen vertrouwen elkaar hier nog, hopelijk verdwijnt dat niet. Het sleuteltje zou op de fiets moeten hangen.'

Met die woorden verliet Norah de ruimte. Er klingelde een bel boven de deur toen die toeviel. Eindelijk kon Emma de focaccia met tomaat aanvallen. Ze stelde tevreden vast dat die met veel smaak was klaargemaakt.

Ze lekte haar vingers af.

Met haar buik rond gegeten, nam ze de sleutelbos en trok nieuwsgierig naar de deur die naar tante Paula's huisje leidde. Het was de plek waar ze de komende weken zou verblijven. Ze probeerde enkele sleutels uit. Ten slotte bleek een grote, verroeste sleutel te passen. Ze draaide hem die voorzichtig heen en weer in het slot, tot het het met een krak opensprong.

De deur aan de andere kant bleek al bedekt te zijn met spinnenwebben. In het kamertje voor haar zag ze in het zonlicht nog ander spinrag in het zonlicht glinsteren. Tante Paula moest blijkbaar al enkele maanden opgenomen zijn. Wat nam de natuur het toch snel over. Emma slaakte een luide kreet toen er plots een rode schicht voorbijliep. In paniek deinsde ze achteruit en botste tegen de deur. Ze vroeg zich angstvallig af of er net een vos was binnengelopen, maar na enkele seconden werd het duidelijk dat ze gezelschap had gekregen van een grote, roodharige kat.

Het beest klom op een voetenbankje aan de haard en zette zich pardoes neer. Zijn lange staart sleepte ongeduldig heen en weer over de grond. Hij had zo'n halsstarrige trek rond zijn snoet, dat het duidelijk werd dat hij daar niet meer weg te krijgen was.

'Zo!' riep Emma uit. 'Jij bent me wel het baasje!'

Ze liep voorzichtig dichterbij. Ze kon zo dicht geraken dat ze zag dat het voetenbankje bezaaid was met kattenharen, tot het beest plots hard naar haar blies.

'Het is al goed, rustig maar! Ik zal je niets doen', zei Emma, maar de kat draaide zich parmantig van haar af en ging liggen. Van het voetenbankje was er nu niets meer te zien. Het leek net of er een rode kat met vier houten pootjes in de zitruimte stond.

Emma proestte het zachtjes uit. Ze besloot het dier niet te storen. Het was duidelijk dat dit zijn thuis was. Het arme beest moest al maanden op straat hebben geleefd. Tante Paula kon hem waarschijnlijk niet meenemen naar het verzorgingstehuis in Oxford.

Emma nam de ruimte verder in zich op. Ze trok de geruite gordijnen voor de ramen open om de schemer te doen verdwijnen.

Aan de ene kant van de ruimte was er een eenvoudig keukentje geïnstalleerd. Er stond een klein gasfornuis dat gelukkig ook een oven had. Links daarvan stond er een antieke, emaillen gootsteen met een verroeste kraan.

In het raamkozijn erboven stond een verschrompelde plant in een terracotta pot. Die zou Emma meteen vervangen, dan had ze tenminste wat leven in huis dat niet vijandig naar haar toe was.

De rest van de muur was bekleed met enkele gammele keukenkastjes die dringend toe waren aan een likje verf. Verder stond er ook nog een verouderde koelkast en een eikenhouten tafeltje met twee stoelen.

Het huisje had ook een eigen voordeur. Emma vermoedde dat daar de derde sleutel van de sleutelbos op zou passen.

Ze liep naar de zithoek, waar de norse kat nog steeds onbeweeglijk op het voetenbankje lag. De kleine ruimte werd gedomineerd door een bakstenen haard die afgewerkt was met een houten balk. Erboven hing er een schilderijtje en enkele tegels met wijze spreuken. In de haard stond een kleine houtkachel. Aan weerszijden daarvan bevonden zich planken met boeken en wat snuisterijen. Op de houten vloer lag een roodoranje nomadentapijt. Tegenover het voetenbankje stond een sofa waarvan de kleur door de jaren heen was afgetrokken door de zon. Het was duidelijk dat het interieur zijn beste jaren had gekend, maar toch voelde het als een knus nestje aan.

Ze knipte een leeslamp met kwastjes aan. Hoewel, het was misschien allemaal een beetje stoffig om er zich nu al thuis te kunnen voelen.

Emma liep gauw de winkel weer in. Ze nam haar bagage, sloot de deur tussen de winkel en de woonruimte goed af en liep met haar hutkoffer naar de trap die vanuit de keuken naar boven kronkelde.

De treden kraakten onder het gewicht van de zware koffer die maar net tussen de benauwende muren paste. Boven was er slechts één slaapkamer en een kleine badkamer. Tante Paula leefde wel erg spartaans, dacht Emma naargeestig.

Onder het raam in de slaapkamer stond er een houten ledikant. Het natuurlijke daglicht dat door de linnen gordijnen stroomde, maakte de ruimte gelukkig wat minder benauwend. Op de vloer lag er een rond tapijt in een zachtblauwe tint. Tegen de muur stond er een eikenhouten kledingkast waarvan de deuren halfopen hingen. Ze had zo te zien al haar kleren meegenomen naar het verzorgingstehuis.

Emma liet zich op de bontgekleurde sprei van patchwork vallen, plots vermoeid van de gebeurtenissen van de dag. Ze stuurde een sms'je naar haar moeder om te zeggen dat ze veilig was aangekomen en viel prompt in slaap.

3

Rond halfdrie in de namiddag werd Emma huiverend wakker. Ze stond wankelend op, ritste haar hutkoffer open en trok het warme donsdeken eruit.

Ze ging terug op het bed liggen en wikkelde zich in de deken die de vertrouwde geur van haar ouderlijke huis had, maar na een halfuurtje soezen werd het duidelijk dat ze de slaap niet meer zou vatten. Misschien was dat ook maar beter zo, want anders zou ze deze nacht niet meer kunnen slapen.

Ze stond op met het idee om naar de supermarkt in Welton te fietsen, want ze had geen idee hoe ze anders deze avond aan eten zou zien te geraken. Ze zou ook al voor de komende ochtenden haar ontbijt inslaan.

Beneden in de keuken tastte ze naar de sleutelbos op de tafel en opende de met glas ingelegde voordeur van het huisje. De aanblik op de buitenwereld was zorgvuldig afgeschermd met gehaakte gordijnen.

Ze nam de omgeving waar ze de komende weken zou verblijven eens goed in zich op. De aaneengesloten constructies van gebouwen stonden in een hoek rond een koertje. Uiterst links, waar de weg plots ophield en overging in de rivier, stond het piepkleine molenmuseum in zandsteen aangeleund tegen het bakstenen gebouw van de watermolen die tante Paula's woongedeelte en de winkel behuisde. Uit het gebouw torende een hoge, bakstenen toren die je van een eind ver nog kon zien.

Nieuwsgierig betrad ze het molenmuseum en ontdekte dat dit slechts bestond uit één kamertje waar twee grote maalstenen en enkele houten werkinstrumenten lagen. Op een tafel lagen er een paar ouderwetse foldertjes met informatie. Het was niet verwonderlijk dat de toeristen de inhoud ervan gratis mochten bezichtigen.

Rechts van de watermolen bevond zich de tearoom van Norah. Het geheel werd met elkaar verbonden door klimplanten die tegen de muren groeiden. De ranken waren in dit deel van het jaar nog kaal.

Tegen het molenmuseum stond een bankje waar vermoeide wandelaars op konden uitrusten en verleid konden worden door het uitzicht op de zwarte borden voor de tearoom, waar met wit krijt de heerlijkheden van de dag op stonden vermeld.

Emma liep naar het punt van de weg dat zonder waarschuwing overging in het water van de rivier en zag een eindje verderop aan de rechterkant een houten waterrad dat meedraaide in de zacht kabbelende rivier.

Gelukkig had ze binnen geen last van het geluid van water dat steeds in en uit het waterrad stroomde.

Ze kwam terug op haar passen en wandelde naar de achterkant van de tearoom, waar er inderdaad een oude damesfiets tegen de muur stond gestald. Ze haalde met hoog opgetrokken neus de spinnenwebben van het ding en stelde vast dat de fiets het nog steeds deed. Aan het bagagerek hingen er zelfs twee fietszakken die ze goed kon gebruiken om de boodschappen te vervoeren.

Het was misschien geen grote luxe, maar zolang ze zich kon verplaatsen, was alles goed.

Onderweg naar Welton ontdekte ze dat het dorpje nog een paar andere etablissementen had dan de tearoom. Ze passeerde een kleine kruidenierszaak en een pub, The Black Hound. Door de bedompte ramen zag ze enkele klanten met een glas bier naar een sportwedstrijd kijken. In de supermarkt in Welton kocht ze zoveel eten als haar fietstassen aankonden. Ze was niet van plan om te verhongeren de komende weken. Ze had zelfs enkele blikjes kattenvoer gekocht voor haar gezelschap.

Weer op de fiets tikte de regen zacht tegen haar neus, maar ze genoot van de fietstocht terug naar de watermolen. De frisse lucht en een beetje beweging deden haar deugd.

In de watermolen trok ze de deur van de koelkast open en gooide die onmiddellijk weer dicht. Ze sloeg haar hand voor haar mond. De geur van sterk verdorven eetwaren was overweldigend. Ze vroeg zich mistroostig af wanneer haar tante weer goed genoeg zou zijn om terug te keren. Haar huisje had dringend behoefte aan wat liefde en zorg, maar het leek alsof de plek alle hoop al had opgegeven.

Nu ze toch voor de winkel moest zorgen, besloot ze die taak zolang op zich te nemen.

Ze bond gauw een vaatdoek voor haar neus en ruimde de koelkast leeg. Nadien bereidde ze een roerbakschotel op het gasfornuis en at het in sneltempo op. Ze vond alleen eten niet zo aangenaam. In de stad at ze meestal met haar ouders of ging ze uit eten met vriendinnen, maar hier zou ze moeten wennen aan de eenzaamheid.

Norah had tijdens de autorit verteld dat ze in één van de huisjes in het dorp woonde. Hoewel Emma haar opgewekte karakter apprecieerde, stond ze niet te springen om haar vanavond gezelschap te houden.

Norah zou vast haar eigen gewoontes hebben en daarbij, ze had Emma ook niet uitgenodigd om bij haar te komen eten. Misschien had ze inmiddels wel een nieuwe vriend, maar iets in haar zei dat dat niet het geval was. Hoewel ze deze middag had gelachen bij die opmerking dat haar man de benen had genomen, had ze in haar ogen toch iets van verdriet zien doorschemeren. Emma wist niet of zijzelf ooit het vertrek van een echtgenoot zou kunnen verwerken, maar dat waren gelukkig zaken waar ze zich geen zorgen om hoefde te maken. Simpelweg omdat ze geen vriendje had, laat staan een echtgenoot.

In haar eerste jaar aan de universiteit had ze bij het uitgaan met haar vriendinnen wel eens wat flirts, maar daar stopte ze al gauw mee, want ze vond dat die oppervlakkige contacten haar na verloop van tijd onzeker maakten en op een bepaalde manier ook inwisselbaar. Als zij die avond niet zou meegaan met degene die om haar aandacht bedelde, dan vond die wel snel genoeg een ander meisje.

Voor Emma had liefde gewoon een andere betekenis. Ze dacht aan haar ouders en hun goede huwelijk. Ze zuchtte en stond recht van de tafel.

De kater zou vast honger hebben. Ze nam een blik kattenvoer en trok het lipje open. Ze wist niet of dat dat voldoende was, of dat ze het voer op een bordje moest kieperen, maar voor een dier maakte dat vast niet veel uit.

Ze liep op haar tenen naar het voetenbankje en zette het blikje op de grond. Met zachte geluidjes maakte ze de kater wakker, want ze durfde hem niet aan te raken.

De kat trok één oog open, strekte zijn poten en ging loom op de grond zitten. Emma kneep verwachtingsvol in haar handen. Ze tikte tegen het aluminium en maakte smakkende geluidjes. Ze zag er vast uit als een idioot.

De kater rook aan het voedsel, maar even later draaide hij zich hooghartig om. Hij liep naar de deur en ging daar miauwend neerzitten ten teken dat hij naar buiten wou.

Zo, dacht Emma lastig.

'Is mijn eten soms niet goed genoeg?' De kater antwoordde natuurlijk niet. Ze opende de deur en hij schoot meteen langs haar benen, de duisternis in vluchtend.

Emma vroeg zich onwillekeurig af hoe het kwam dat hij nog steeds zo dik was na al die dagen dat hij geen voedsel van zijn baasje had gekregen.

Ze nam haar telefoon en besloot haar tante te bellen om te zeggen dat het huisje en de winkel in goede handen was.

'Dat is goed, mijn kind', zei tante Paula met krakende stem aan de telefoon. 'Ik ben blij dat je er bent. Ik heb aan Norah gevraagd om je wegwijs te maken.'

'Dat heeft ze gedaan. Ze heeft bijna de oren van mijn hoofd getaterd.'

Tante Paula lachte. 'Zo ken ik haar. Dan kan ik nu met een gerust hart een dutje doen. Ik ben wat moe van de nieuwe medicatie, maar daar hoef jij je geen zorgen om te maken. Je moeder belt me om de haverklap op. Ze is veel te ongerust. Ik voel me al bij al prima, zeg haar dat maar.'

'Zal ik doen', zei Emma. Tante Paula sloot tevreden het gesprek af.

Nadat ze de vaat had gedaan, besloot ze een bad te nemen om zichzelf wat op te beuren. Ze had een kleine radio meegenomen van thuis en zette de muziek luid genoeg zodat ze die vanuit de keuken ook nog tot in de badkamer zou horen, want hier waren er geen buren die zouden klagen over het volume.

Ze draaide de kraan van het antieke bad op pootjes open en plaatste intussen haar toiletspullen in de badkamer. Toen het bad was volgelopen, liet haar been verwachtingsvol in het water zakken, maar ze slaakte een luide kreet en sprong snel uit het ijskoude water.

'Géén warm water in het bad?!' riep Emma vol ongenoegen. 'Hoe moet ik me dan in godsnaam wassen?'

Ze had inmiddels de hele badkamer nat gespetterd. Beneden in de keuken was er nochtans wel warm water geweest om af te wassen.

Mistroostig liet ze zich op haar knieën zakken naast het bad, waste haar lichaam razendsnel met een doekje en plonsde nadien haar hoofd in het ijskoude water om haar haren te wassen. Voor conditioner had ze de moed niet meer, dan zou ze morgen maar met een strokopje rondlopen.

Ze rilde van de kou en stak zich snel in haar warmste kleren. Wat een gekke vrouw moest tante Paula wel niet zijn, dacht ze beverig. Wie waste er zich nu moedwillig met koud water?

Tegen de avond had ze het zo koud dat ze wanhopig een paar filmpjes op het internet opzocht om zelf een houtkachel aan te steken. Ze vond enkele houtblokken op de grond naast het kacheltje en besloot bijna een oud boek te gebruiken als aanmaakmiddel, tot ze boven op de keukenkast enkele lege kartonnen dozen van etenswaren zag liggen.

Uiteindelijk lukte het haar om een vuurtje te stoken. Ze sloot de klep van de kachel en nestelde zich onder een wollen deken op de bank.

Ze dacht terug aan Norah en diens jeugd waarin ze thuis schapen hadden om voor te zorgen. Dat waren dingen die Emma niet had gekend in de stad. Plots besefte ze hoe beschermd ze haar jonge jaren had doorgebracht in de cocon die haar ouders voor haar hadden geschapen. Ze miste hen en was stilletjes dankbaar voor alle zorgeloze jaren die ze haar hadden gegeven.

Ze vroeg zich af hoe ze de komende jaren haar leven vorm zou geven, dat kon immers alle kanten op gaan en ergens boezemde dat haar angst in. Uiteindelijk dommelde ze door de warmte in.

4

De volgende ochtend werd ze al vroeg gewekt door een vogel die zijn weg had gevonden naar de dakrand boven het slaapkamerraam en daar een hele aria had afgestoken. Ze vermoedde dat het om een merel ging, want die hoorde ze soms ook in één van de parkjes in South Kensington.

Midden in de nacht was ze wakker geschrokken in de zitruimte. Ze was even volledig gedesoriënteerd geweest. Toen ze besefte dat ze zich in tante Paula's huisje bevond, klom ze de trap op en zette haar nachtrust verder in het houten ledikant.

Emma voelde zich uitgerust, ze was tenslotte vroeg in slaap gevallen gisteren, en besloot het huisje een grondige schrobbeurt te geven. Dat kon het echt wel gebruiken. Ze dacht huiverend terug aan de bedorven etenswaren in de koelkast die ze gisteren had weggegooid en besloot de koelkast toch eens met water en zeep uit te kuisen.

Ze zou daarmee beginnen. Daarna keerde ze iedere kast om, waste elk waterbestendig spulletje dat ze kon vinden af, boende de vloeren en gaf zelfs de ramen een poetsbeurt.

Buiten klopte ze ook de haren van het voetenbankje van de kat die niet meer was teruggekeerd. Ze vroeg zich af of hij zich ooit nog zou laten zien, nu er een vreemde persoon zijn intrek had genomen in het huis van zijn baasje.

Tegen tien uur draaide ze het bordje van de winkel om naar 'Open' en ging ze verwachtingsvol achter de winkeltoog zitten.

Toen er na een uurtje nog steeds niemand kwam opdagen, besloot ze om zelf rond te snuisteren in de inboedel van de winkel. Ze moest toch weten wat ze allemaal te koop aanbood?

Naast de sjaals van Norah werden er ook wollen dekens verkocht, decoratieve schapenvachten, dierenbeeldjes en knuffels, kaarsen, zeep, handgemaakt servies, tekeningen en schilderijen van lokale artiesten, postkaarten, enkele boeken, leren handtassen, keukenhanddoeken, kanten geurzakjes gevuld met lavendel, enkele potten jam, rieten manden en talloze andere snuisterijen.

Emma schrok op toen de deurbel klingelde, ze stond net aan de tubes handcrème met magnolia te ruiken.

Norah kwam binnen en zag Emma's stuntelige poging om te verbergen waarmee ze net bezig was.

'Zo, ik zie dat je je draai begint te vinden. Heb je al de nieuwe leveringen kunnen uitpakken?'

'Nieuwe leveringen?' vroeg Emma. Norah wees naar enkele kartonnen dozen voor de deur van de winkel.

Emma voelde zich plots heel dom, die dozen had ze niet gezien want ze was via de tussendeur naar binnengelopen.

'Die zet je misschien best snel weg, voor ze natgeregend kunnen worden', zei Norah berispend.

Emma voelde de moed in haar schoenen zakken. Ze was net zo trots op zichzelf geweest dat ze het hele huisje van tante Paula had omgekeerd, en nu deed Norah haar lui lijken.

'Oh, en intussen heb je ook het gezelschap gekregen van Winston!' zei ze weer op haar gewoonlijke, opgewekte toon.

'Winston?' vroeg Emma verwonderd.

Norah wees naar het raamkozijn waar de roodharige kater op één van de wollen dekens zijn vacht aan het likken was.

'Oh, ja, dat klopt', zei Emma. Ze had tijdens haar snuistertocht wellicht niet opgemerkt dat het beest naar binnen was geslopen.

'Hij wou gisteren niet eten. Is hij misschien ziek?' vroeg Emma.

'Ziek? Nee, helemaal niet!' Norah stootte haar hinnikende lach uit.

'Sinds Paula vertrokken is, geeft iedereen hem wat te eten. Wanneer ik er niet ben, krijgt hij bijvoorbeeld te eten van June, een jonge vrouw die hier bij haar vader in het dorp woont.'

De kater sprong recht en liep naar Norah. Hij streelde haar benen en gaf haar kopjes. Norah gaf de kat een paar flinke aaien.

'En jij mag hem wel aaien?' vroeg Emma ongelovig. Ze voelde zich gekrenkt in haar trots.

'Natuurlijk, die ouwe kater is dol op me', zei Norah zelfingenomen. 'Je moet zijn vertrouwen zien te winnen, hé, Winston? Hij heeft het niet zo op mensen van de stad.'

Emma sloeg haar armen korzelig over elkaar, maar Norah sloeg er geen acht op.

'Lieve kind, ik weet niet of iemand je dat al had gezegd, maar iedere vrijdagavond leverde je tante Paula een viertal taarten of cakes af die ik in het weekend in de tearoom verkoop. Jane had die taak nadien op zich opgenomen, maar nu zij vertrokken is, zal jij dit jammer genoeg ook op je moeten nemen, tenminste, tot het moment waarop Paula en ik een geschikte vervangster voor je hebben gevonden.'

Het leek bijna alsof Norah niet kon wachten tot de winkel weer in capabele handen was gevallen.

'Het vormt een mooie bijverdienste en zoals je weet mag je de centjes zelf houden. Ik reken op je!' zei Norah en ze trok de deur weer toe.

Emma ging met de handen in het haar op een stoel zitten. Dit was een ramp, want ze had nog nooit van haar leven een cake of taart gebakken. Ze was nu eenmaal geen keukenprinses.

Haar moeder kookte graag, zodat zij nooit in de keuken hoefde mee te helpen. Ze kon wel eenvoudige bereidingen maken om niet te verhongeren op de avonden dat haar ouders er niet waren, maar daar bleef haar kennis verder bij.

Maar hoe moeilijk kon het eigenlijk zijn om een chocoladecake te maken? Zelfs een kleuter kon zoiets, dacht Emma, dus waarom zij niet?

Ze zocht een recept op haar mobieltje en nam zich voor om morgen na sluitingsuur aan de slag te gaan.

In de namiddag kwamen er toch enkele klanten over de vloer. Emma had wat vrolijke muziek opgezet, wat de winkel volgens haar wel kon gebruiken. Ze had gedurende een uur haar handen vol aan een dame die maar niet kon beslissen welke wollen sjaal haar nu het beste stond. Emma zag eerlijk gezegd weinig verschil tussen de kleuren karmozijnrood en vermiljoen, maar ze zweeg wijselijk. De vrouw kocht uiteindelijk twee sjaals. Daar zou Norah blij mee zijn, dacht ze tevreden.

Tegen de vroege avond sloot ze de winkel af. Ze fietste heen en weer naar de kruidenierszaak in het dorp om de nodige ingrediënten voor de chocoladecake in te slaan en at de rest van de roerbakschotel van de avond ervoor op. Ze hield zichzelf bezig met het verder uitpakken van haar spullen en viel tegen halfeen eindelijk in slaap met een boek in haar handen.

De volgende ochtend zag Emma dat het al halftien was en ze haastte zich uit bed.

In het vervolg zou ze een wekker zetten, zodat ze zich niet meer kon overslapen. Ze waste zich snel onder de douchekraan in het bad en vervloekte het koude water van de badkamer.

Ze probeerde Winston, de kater, nog eens eten te geven, maar tot Emma's spijt weigerde hij ook deze keer om het op te eten.

Op vrijdag kwamen er meer klanten langs dan de dag ervoor. Waarschijnlijk waren het toeristen en wandelaars die een dagje aan hun weekend breiden.

Emma was er niet rouwig om, want de uren vlogen voorbij.

Ze sloot de winkel af en ging in de keuken vol goede moed aan de slag met suiker, boter en chocolade. Ze begreep niet waarom het nodig was om de eieren op te kloppen en mengde alles stevig bij elkaar. Van het 'snuifje zout' in de receptomschrijving maakte ze enkele stevige snuifjes en in plaats van zelfrijzende bloem, want dat hadden ze niet meer in de kruidenierszaak, goot ze ongeveer dezelfde hoeveelheid bakpoeder in het beslag.

Het deeg zag er goed uit, voor zover ze dat kon

beoordelen. Ze stak de taartvorm in de oven en ging naar boven om de laatste kleren weg te hangen in de kast.

Na een halfuurtje werd ze een zwak geroep gewaar en haalde ze haar muziekoortjes uit haar oren.

'Emma! Emma!' hoorde ze Norah's stem van beneden roepen.

Emma snelde naar beneden en zag een witte mist uit de oven kolken. De lucht rook sterk aangebrand.

'Wat ben jij in godsnaam aan het doen?' vroeg Norah overdreven, alsof Emma moedwillig tante Paula's huisje in brand had gestoken.

'Ik, ehm ... Ik maak gebraad! Het is een heel specifiek gebraad dat in de oven op een hoge temperatuur moet worden dichtgeschroeid', zei Emma haastig.

Ze gooide gauw het raampje in de keuken open.

Norah keek erg bedachtzaam. 'Het ruikt anders wel erg naar chocolade.'

'Dat klopt!' zei Emma. 'Wat heb je dat goed geroken. Er zit chocolade in de marinade en die dient om het schroeiproces een extra rokerig te maken, alsof je het effect van een barbecue nabootst.'

Norah bleef bedenkelijk naar de rokende oven staren.

'Hé, was dat niet Mandy?' zei Emma. 'Ik zou kunnen zweren dat ik jouw naam hoorde roepen vanuit de tearoom!'

Norah liep gelukkig de deur uit en Emma draaide vliegensvlug de ovenknop om. Ze gooide de oven open en zag dat die voor de helft gevuld was met deeg dat op enkele plekken was aangebrand.

Hoe is het mogelijk dat het deeg plots wel tien keer meer ruimte in beslag nam, vroeg Emma zich verbaasd af.

Teleurgesteld zakte ze op de vloer. Ze had nog maar

enkele uren om vier taarten af te leveren. Ze wist dat het onmogelijk was om zichzelf op enkele uurtjes tijd fantastische kookkunsten aan te leren, zeker nu de taarten serveerbaar moesten zijn in de tearoom, dus schakelde ze over op haar innerlijke 'noodtoestand' en bedacht allerlei excuses die ze kon opdissen aan Norah. Uiteindelijk schoof ze die één voor één weer terzijde. Ze was te trots om aan Norah toe te geven dat ze niets afwist van bakken. Ze wou bewijzen dat ze niet zomaar een verwend 'stadsmeisje' was en wel ervaren genoeg was om de winkel en alle klusjes die daarbij hoorden, af te kunnen.

Emma snelde naar buiten om wat frisse lucht in te ademen. Vastberaden nam ze haar telefoon erbij. Ze zou een cateraar zoeken die de taarten kon maken. Emma zou ze nadien netjes afleveren aan Norah, die nu al dacht dat ze het niet lang ging volhouden in Waterbury. Na enkele telefoontjes te hebben gepleegd, werd het Emma al snel duidelijk dat je een cateraar weken op voorhand moest boeken. Na nog een paar radeloze pogingen, vond ze uiteindelijk een cateraar in Londen die haar verzekerde dat hij de klus kon klaren. De taarten zouden vanavond nog worden afgeleverd.

Ze zou er wel een stevige som voor moeten betalen, maar nadien had ze een hele week de tijd om een of ander recept onder de knie te krijgen.

Zie zo, Emma klapte tevreden in haar handen. Ze was van plan om niet alleen Winstons respect te winnen, maar ook dat van Norah.

Twee uur later, wanneer Emma eindelijk de laatste restjes chocoladedeeg uit de oven had geschrobd, werd er zacht op de deur geklopt.

Ze kromp ineen, want ze was bang dat Norah al om de

taarten kwam, maar die waren nog niet geleverd. Voorzichtig trok ze een hoekje van de gehaakte gordijnen open en zag tot haar opluchting een man met enkele taartdozen voor de deur staan. Ze deed de deur open en nam haastig de dozen aan. Ze betaalde de man aan de deur en hij vertrok met de bestelwagen waar wel erg opzichtig het logo van de taartencateraar op stond gedrukt.

Gelukkig zag Emma geen beweging in de tearoom, dus niemand had haar betrapt op haar bedrog. Ze trok de deur toe om de kilte buiten te houden en haalde vier fruittaarten uit de dozen. Emma legde ze op grote porseleinen schalen die tante Paula wellicht voor haar taarten gebruikte.

Ze belde naar Norah's mobiele nummer en die kwam ze een kwartier later ophalen.

'Met fruit en al!' riep Norah enthousiast uit. 'Ik wist niet dat ze in dit seizoen zoveel verschillende soorten fruit hadden bij de kruidenier ...'

'Goh, blijkbaar wel', zei Emma schouderophalend. Ze bad dat ze niet door de mand zou vallen.

'Dit is geweldig, Emma. Ik kan niet wachten op je volgende creaties!' riep Norah oprecht blij uit. Ze toogde opgewekt naar de deur en Emma sloot die met een diepe zucht.

Hoe zou ze volgende week in godsnaam kunnen voldoen aan Norah's verwachtingen? Als ze de waarheid nu opbiechtte, zou ze eeuwig gezichtsverlies lijden, net nu Norah haar oprecht bekeek als iemand die haar zaakjes op orde had.

5

De dag nadien bleken haar gebeden verhoord te zijn. In de namiddag kwam er een lange, jonge vrouw op haar toegestapt in de winkel. Haar zwarte haren waren in een knotje gedraaid en ze droeg eenvoudige blauwe kleren die de kleur van haar ogen accentueerden.

'Ik heb daarnet een heerlijk stuk fruittaart gegeten in de tearoom', zei ze tegen Emma.

Emma kromp in elkaar en liet het tijdschrift over paarden waar ze zich in aan het verdiepen was, naar beneden zakken.

'Norah zei me dat jij die gebakken had, klopt dat? Je hebt echt talent.'

'Wel, als ik eerlijk ben ...' zei Emma aarzelend. Plots had ze de moed niet meer om de schijn hoog op te houden. De intelligente ogen van de jonge vrouw priemden zich in de hare.

Emma boog zich voorover en zei: 'ik heb ze niet zelf gebakken. Norah denkt dat ik dat wel heb gedaan, maar wil je haar dat alsjeblieft niet zeggen? Ze denkt nu al dat ik een nietsnut ben die de winkel niet aankan. Ik wil haar vooroordeel over mijn reputatie als stadsmeisje liever niet bevestigen, want ik ben het wel gewend om de handen uit de mouwen te steken!'

'Aha', antwoordde ze met pretlichtjes in haar ogen. 'Dat verklaart de mysterieuze taartenbestelwagen die gisterenavond bij ons aanbelde om te vragen waar 'The Old Mill Shop' gelegen was.'

'Oh, maar je wist al dat ik ze niet had gebakken!' Emma sloeg beschaamd haar handen rond haar gezicht.

'Ik had een sterk vermoeden, maar ik wou even komen kijken of Paula's winkel wel in handen was van een betrouwbaar persoon.'

'En wat denk je?' vroeg Emma mismoedig.

'Ik denk dat de winkel in handen is van een goed persoon, maar op het gebied van taarten bakken kan ze wel wat ervaring gebruiken.' Ze trok fijntjes haar wenkbrauwen op.

Emma kreeg rode blosjes en ze lachten allebei om de situatie.

'Als je wil, kan ik je wel het een en ander leren. Ik hou van bakken.'

'Graag!' zei Emma zo snel als ze kon. 'Ik wil Norah laten denken dat ze nog nooit zo een goede taartenbakster in huis heeft gehaald.'

'Goed zo, met die strijdlust kan ik wel wat. Ik ben June.'

Ze stak haar hand uit en Emma nam hem aarzelend aan. Dus dat is de persoon wiens eten Winston wél weet te smaken, dacht Emma jaloers. Nou, een geschikter iemand om van te leren koken kan ik hier waarschijnlijk niet vinden, afgaand op de kieskeurigheid van Winston.

'Ik ben Emma', zei ze met een glimlach.

'Goed, waarom kom je morgen al niet bij me langs? Ik woon bij mijn vader in de cottage rechttegenover St. Mary's, dat is de kerk. Tenzij je betere plannen hebt natuurlijk. Zoals achter de jongens lopen, maar jammer genoeg heeft Waterbury op dat vlak niet veel te bieden.'

'Dat is geweldig. Ik kom morgen graag bij je langs', zei Emma slechts, het onderwerp 'mannen' daarmee ontwijkend.

Zondagochtend stond Emma op het afgesproken uur voor Junes cottage.

Het huisje dateerde van de zestiende eeuw en was net als de andere huizen van het dorp opgebouwd uit dezelfde honingkleurige steen. Het had ook een leistenen puntdak, maar het huis van June en haar vader viel op door de vele rode en roze geraniums die ze in potten achter de ramen had gezet.

In de voortuin stonden er vrolijke krokussen die paars en geel bloeiden. Het lapje grond werd omheind door een lage ligusterhaag waartegen een muurtje van los op elkaar gestapelde stenen leunde. Tegen de muren van de cottage groeide er klimhortensia. De ramen en de voordeur waren in een zacht olijfgroen geverfd. Naast de voordeur stond er een smeedijzeren bank die uitnodigde voor lange conversaties in de zomer.

Emma liep door de met klimrozen bedekte boog, die zouden binnen enkele weken bloeien.

Ze belde licht zenuwachtig aan. Tenslotte kende ze June helemaal niet. Wie weet had ze haar al verklikt bij Norah en stond de plattelandse taartenpolitie nu achter de deur om haar in te rekenen, maar Emma betwijfelde of June een klikker was. Ze had een voorkomen dat automatisch vertrouwen bij je inboezemde.

Haar intuïtie werd bevestigd toen June de deur opende. Vandaag droeg ze een lila tuniek en een grijze legging, haar haren had ze opnieuw in een laag knotje gebonden. Ze had een twinkel in haar ogen. 'Kom binnen. Norah weet niets van onze plannen af hoor, ze gelooft helemaal dat jij die taarten zelf hebt gebakken. Dit blijft ons geheimpje.'

Emma ontspande zichtbaar bij die woorden.

Ze leidde haar door een gezellige woonkamer met een laag plafond naar de keuken, waar een allegaartje aan antieken melkkannetjes en theepotten op een plank tegen de betegelde muur stonden. Tussen de keukenkastjes stond een zwarte stoof om op te koken. Erboven hing een hele rits koperen pannen aan de wand.

De keuken gaf uit op een netjes onderhouden tuin waar enkele narcissen met hun kopje naar de zon gekeerd stonden. Onwillekeurig werd Emma door een uitgelaten lentegevoel bekropen. Ze was blij dat de zon vandaag was doorgebroken, want ze had haar buik vol van de grijze winterdagen.

Op de tafeldoek lagen al een aantal ingrediënten uitgestald.

'Zo.' June klapte in haar handen. 'Voor we beginnen met de kookles, had je misschien graag een kopje thee? Ik heb net een hele pot ijzerkruid laten trekken, dat is lekker gezond. Mijn vader oogst elk seizoen een hele jaarvoorraad uit onze tuin en laat het dan drogen.'

Emma knikte. 'Klinkt goed.'

June schonk twee mokken met lieveheersbeestjespatroon vol.

'Dank je.' Emma nam een slok thee en voelde zich rustig worden.

'Het leek me een goed idee om te starten met appelcake. Het recept is vrij eenvoudig, maar je scoort ermee bij jong en oud.'

'Hmm, ik hou van appelcake', zei Emma enthousiast.

June opende de deur van de voorraadkamer en haalde een krat appels tevoorschijn. Emma trok haar wollen trui uit en stroopte de mouwen van haar shirt op.

June liet Emma aan verschillende appels ruiken en leerde haar welke soorten het meest geschikt waren voor een appelgebak. Samen schilden ze de appels en sneden ze in partjes.

Onder het werkje vertelde Emma over haar ongelukje met de chocoladecake die ze op eigen houtje had staan maken. June schaterde het uit.

Ze vertelde Emma over het verschil tussen bakpoeder en zelfrijzende bloem, dat, ook al zien ze er beiden wit uit, een gebak volledig kan verpesten wanneer je die twee met elkaar verwisselt. 'Het is alsof je een glas schnaps zou serveren wanneer de witte wijn op is. Dat zijn twee drankjes van een totaal ander kaliber, en de situatie zou ook gegarandeerd uit de hand lopen!'

Emma lachte en dacht terug aan de oven waar het deeg uitpuilde.

June leerde haar ook dat ze de bakvorm eerst moest beboteren en er nadien een laagje bloem over moest strooien. Dat zorgde ervoor dat het gebak niet in de vorm bleef plakken.

Toen de appelcake in de oven zat, deed June de vaat en droogde Emma de spullen af.

'Je vraagt je waarschijnlijk af waarom iemand van zevenentwintig nog bij haar vader woont', zei June voorzichtig.

'Oh, ja' barstte Emma los. Nieuwsgierig als ze was, kon ze zich niet langer bedwingen.

'Ik bedoel, niet dat je te oud bent om thuis te wonen of zo. Maar ik vroeg het me inderdaad af.' Emma grijnsde schuldbewust.

June lachte. Ze kneep nog wat afwasmiddel in de gootsteen.

'Ik heb een tijdje samengewoond met mijn vriend, maar

dat is op niets uitgelopen. Hij was wat ouder dan ik en verdiende een aardig centje met zijn job in the City. Maar plots werd het heel serieus. Hij begon al over kinderen en zo.' Ze rolde met haar ogen. 'En eerlijk gezegd vond ik het maar niets, zijn constante drang om meer geld te verdienen. Ik vond zijn waarden maar leeg. Hij was totaal niet geboeid door dingen als het klimaat of politiek. Dus dat is op niets uitgelopen.' Ze haalde haar schouders op. 'Op een dag wil ik heel graag kleine koters, maar daar vind ik me nu nog veel te jong voor. Ik wil eerst wat andere dingen doen. Zoals in de politiek gaan en mijn eigen taartenwinkel openen. Nu werk ik nog bij een patisserie in een stadje twintig mijl van hier om te sparen en ervaring op te doen.'

'Dus je hebt voor patissier gestudeerd?' Emma veegde de laatste spullen schoon.

'Nee, ik heb politicologie gestudeerd. Maar ik hou ook enorm van gebak.'

'Als ik je zo hoor spreken, zou ik nu al op je stemmen.'

'Als ik na mijn eerste verkiezing geen stemmen heb gehaald, dan weet ik op wiens deur ik moet staan bonzen.' Het keukentje vulde zich met gelach.

June wou niet te opdringerig zijn, want ze vond dat Emma er onder haar zelfzekere façade op een manier ook kwetsbaar uitzag, dus stuurde ze het gesprek nu pas richting Emma's persoonlijke leven.

Emma was net aan het vertellen over haar reisplannen die ze had moeten opbergen, toen een oudere man met grijs haar en gekleed in een tuinbroek de keukendeur opende. Emma werd opgeschrikt door het geluid van tegeneen kletterend tuingereedschap dat hij in zijn knoestige handen hield.

'Oh, dag paps, mag ik je voorstellen aan Emma, mijn

nieuwe vriendin?'

Emma stak haar hand uit, maar George zwaaide kort en liep brommend de trap naar boven op om zich te wassen.

'Dat is George, mijn vader', zei June verontschuldigend. 'Let maar niet op hem, je stoort helemaal niet. Hij heeft niet graag een wijziging in zijn vaste, zondagse routine, maar hij is een schat van een mens. Dat zal je hopelijk gauw genoeg ontdekken. En bovendien zal hij straks heel tevreden zijn om zijn tanden in een lekker stukje gebak te zetten.'

June bleek gelijk te hebben, want een halfuurtje later liet George zich fris en monter aan de keukentafel zakken, net op het moment dat June het gebak uit de vorm haalde.

Emma dekte de tafel, schonk ieders theekopje vol en June sneed drie dikke plakken cake af.

George zette gretig zijn tanden in het gebak en kauwde goedkeurend, waarbij zijn witte snor van links naar rechts wiebelde. Emma zag meteen de gelijkenis met een walrus die op een lekker vishapje kauwde en kon een giechel die naar boven borrelde maar net tegenhouden.

Terwijl ze genoten van de warme appelcake, vertelde hij over zijn beroep als tuinier en vroeg nadien zonder blikken of blozen naar haar liefdesleven.

June gaf berispend een tikje tegen zijn arm.

'Pa, het is niet netjes van je om mensen meteen uit te horen. Onze gast moet zich op haar gemak kunnen voelen.'

'Ach, June, maak me nu niet wijs dat je er niet even nieuwsgierig naar bent als ik. Wat is er nu mooier in het leven dan de liefde!' zei hij uitgelaten. 'Iedereen vraagt zich af wat die jonge meid alleen in de winkel van Paula komt doen. Je hebt ongetwijfeld een vriend die op je wacht in de grote stad. Had hij geen tijd om je dit weekend te komen opzoeken misschien? Die jongeren van tegenwoordig, ze zijn allemaal zo ambitieus! Ze weten niet beter dan dagen door te brengen op kantoor achter een computerscherm, terwijl het leven zoveel meer te bieden heeft.'

'Ik vrees dat ik je moet teleurstellen', zei Emma. 'Er is geen vriendje dat op me wacht. Voor romantiek is er jammer genoeg even geen plaats in mijn leven.' Ze lachte schuchter.

'Een charmante jongedame alleen op het platteland? Dat mag toch niet zijn! Je bent al net als mijn dochter', bromde hij. 'Misschien ben je te kieskeurig, anders had je al lang een geliefde aan je zijde', zei George verontwaardigd.

Emma haalde slechts haar schouders op.

'Er zal zich wel een geschikte jongeman aandienen, maak je geen zorgen. Het platteland doet iets met een mens!' George zwaaide zijn bekruimelde vinger heen en weer.

6

Drie dagen later zat Emma weer in de winkel. Het was woensdag en ze was blij dat ze eindelijk iets anders te doen had dan het huishouden.

Ze was nu quasi volledig geïnstalleerd in tante Paula's huisje. Wat haar betrof, was er de afgelopen dagen bijster weinig veranderd aan haar situatie, denkend aan Georges woorden. Ze zuchtte gefrustreerd bij de gedachte aan Winston die nog steeds weigerde het eten te verorberen dat ze hem voorschotelde.

Misschien voelde hij zich echt niet lekker, dacht Emma bezorgd. Je zou denken dat hij onderhand al wat vermagerd zou zijn, maar hij bleef er moddervet uitzien.

Norah kondigde met een kordaat klopje op de deur aan dat ze eraan kwam, hoewel dat strikt genomen niet nodig was omdat er een belletje boven hing dat rinkelde wanneer je hem opendeed.

Toch bleef ze vasthouden aan haar gewoonte, want het voelde voor haar beleefder aan dan gewoon zomaar komen binnenvallen.

Ze kwam opnieuw aanlopen met één of ander excuus, maar Emma wist inmiddels dat ze vooral gezelschap zocht en een praatje kwam maken om de rustige momenten in de tearoom te doorbreken.

'Zo, je hebt weer een andere outfit aan', zei Norah met opgetrokken wenkbrauwen.

Emma schonk haar een kort glimlachje. Ze begreep niet waarom Norah de afgelopen week verbaasd naar haar wisselende outfits had gekeken. Zo blits waren die nu ook weer niet. Ze zal vast denken dat dat een gewoonte is van een typisch meisje uit de stad.

Vanuit het raampje zagen ze enkele klanten met modderige wandelschoenen richting de tearoom lopen. Norah liep monter naar de deur.

'Oh, eh, Norah! Voor je gaat, weet jij soms waar tante Paula's wasmachine verstopt is? Ik zou dringend een was moeten draaien want ik zit bijna door mijn ondergoed.'

'Ha!' riep Norah uit, haar lange voortanden ontblotend. 'Daar zeg je iets, kom maar mee! Mandy zal deze klanten even op zich moeten nemen.'

Ze wenkte Emma naar buiten en ging haar voor naar de achterzijde van de watermolen. Daar wees ze naar een zinken wasteil die buiten onder een oude, gietijzeren waterpomp stond. Emma trok grote ogen. Ze besloot ter plekke dat ze met haar eerste inkomen van die maand een wasmachine zou kopen voor het stulpje.

'Zo deed jouw tante Paula de was!' zei Norah kakelend. Haar Ierse accent klonk nu sterk door.

De moed zakte in Emma's schoenen. Nu pas begon ze echt te denken dat ze het hier niet lang zou volhouden. Plots besefte ze waarom Norah zo vreemd opkeek wanneer Emma weer een andere outfit aanhad nadat er slechts één dag was verstreken.

Toen ze die avond aan het karwei begon, zuchtte ze diep. Tot ze de wasmachine had, zou ze spaarzaam omgaan met haar kleren en ze afdragen tot ze echt niet meer fris roken.

Het wassen met de hand, het sleuren met de emmers

water en de warmwaterketel was vermoeiend. Toen ze haar kledingstukken een voor een over het wasbord haalde, beeldde ze zich in dat ze een wit kapje droeg. Er hingen drie dreumesen aan haar rokken en een zwerm ganzen cirkelde om hen heen, met veren witter dan haar wasgoed ooit zou worden. Ze keek naar de damp die opsteeg van het water in de lucht die nog de laatste koude van de winter in zich droeg.

De dagen nadien kwam Norah af en toe soep brengen terwijl Emma aan het werk was in de molenwinkel.
Die dag had ze een medelijdende blik in haar ogen. Ze zei: 'verwacht je hier nu niet elke dag aan.' Emma onderbrak haar snel al lachend.
'Ik weet het, ik weet het. Ik moet mijn eigen boontjes doppen.'
'En daar slaag je aardig in. Je bent een flinke meid.'
Norah klopte tevreden op haar ronde buik.
'De dame die de winkel voor jou runde, Jane, was nog niet half zo sympathiek als jij. Zij kreeg geen soep van Mandy en ik, hoor', vertrouwde ze haar met een knipoog toe.
'Oh, nou, ...' zei Emma verlegen.
'Het hele dorp is weg van je. Laatst stond ik nog in de kruidenierswinkel en hoorde ik Abigail tegen haar zoon, die voor een deurwaarder werkt, zeggen dat hij beter eens bij je langs zou komen. Haar zoon geraakt maar niet aan een goede vrouw en het feit dat ze jou aanprijst bij hem, wil al wat zeggen! Abigail is een heel kieskeurige vrouw, zie je.' Norah glunderde.
Om de één of andere reden stond Emma niet te springen om Abigails zoon te leren kennen. Wellicht sprak het idee van een man die dagelijks mensen uit hun huis

zette haar niet echt aan, maar ze bedankte Norah toch voor het compliment en de soep.

Toen Norah vrijdag langskwam voor de wekelijkse levering taarten, kon Emma trots vier zelfgebakken appelcakes presenteren die ze die ochtend had gebakken.

Gelukkig zei Norah niets over het feit dat het vier dezelfde taarten waren. Ze zag eruit alsof haar hoofd ergens anders zat, wat niet bij haar paste.

Emma vroeg zich af wat haar zorgen baarde.

Zaterdagavond sloot Emma tevreden de kassa af. Het was uitzonderlijk goed weer geweest voor de tijd van het jaar en bijgevolg was er die dag een hele bus koopgrage toeristen neergestreken in het dorp. Ze zou binnenkort wat spullen moeten bijbestellen. Vooral de kaartjes met landschapschilderingen en peper- en zoutvaatjes in de vorm van dieren waren vandaag in trek geweest.

Emma had al opgemerkt dat van zodra één persoon enthousiast werd over een item, er meestal meerdere stuks van werden verkocht. Zelf vond ze niet veel aan doe-het-zelf-haakwerksetjes met cottages en kippen, maar van zodra een zeventigplusser deze luidop had gespot en geprezen in de winkel, gingen ze als zoete broodjes over de toonbank.

Norah zou nog haar volle werk hebben in de tearoom met de drukte.

Emma draaide een sjaal rond haar nek en slenterde op haar gemakje naar het terras van de tearoom in de hoop een leeg tafeltje te vinden. Ze wou genieten van de laatste zonnestralen van die dag.

Ze schrok op uit haar overpeinzingen toen ze een figuur

weggedoken zag zitten aan een van de tafeltjes.

Het was Mandy, de serveerster.

Emma wou al omdraaien, want ze had behoefte aan wat rust en stilte. Maar toen Mandy haar zag, schoten haar dunne wenkbrauwen omhoog en wenkte ze haar dichterbij. Ze blies heimelijk een wolk rook in de lucht die naar tabak en kruidnagel rook.

'Norah heeft niet graag dat ik rook.' Ze trok haar schouders op en zwaaide haar asblonde haren over haar schouders. Het zat half opgestoken in een rode klem en zag eruit als een rommeltje. 'Wil je d'er ook eentje? Ik rol ze zelf, met mijn speciale kruidenmix.'

'Nee, dank je. Ik rook niet, maar ga gerust je gang. Voor mij hoef je je niet te verbergen', zei Emma.

'Dat dacht ik wel.' Mandy lachte schalks. 'En? Valt het een beetje mee hier?' Ze boog zich dichter naar Emma toe.

Ondanks het feit dat haar gezicht bezaaid was met fijne rimpeltjes, schatte ze Mandy nog vrij jong in. Ze kon niet ouder zijn dan zesendertig.

'Gaat wel', zei Emma. 'Ik had het veel erger verwacht. Eigenlijk vind ik het hier best fijn, enkel het gebrek aan een wasmachine en warm water in de badkamer is niet zo aangenaam. Norah doet wel haar best voor me.'

'Maar doet ze niet te erg haar best? Ze kan soms nogal opdringerig en controlerend overkomen. Moet je je niets van aantrekken', zei Mandy. Ze tikte de as van haar sigaret. Emma's blik viel op Mandy's vergeelde nagels.

'Norah is in de kern een goed mens. Je moet er gewoon haar verschrikkelijke kanten bijnemen.'

Emma lachte. 'Zoiets dacht ik al', zei ze.

'Je zou bijna denken dat dat hysterische, bemoeialige iets Iers is, maar niets is minder waar. Ik heb een aangetrouwde tante uit Ierland en zij steekt nooit haar neus in andermans zaken. Het is gewoon hoe Norah is. Maar goed, ik heb mijn huidige leven wel aan haar te danken. Zonder haar zou ik waarschijnlijk het hoederecht over mijn dochtertje kwijt zijn en in een of andere kliniek zitten weg te rotten.'

'Goh, dat klinkt afschuwelijk.'

'Dat was het ook. Norah heeft me door heel die periode gesleept.' Mandy snoof.

'Toen mijn vriend me enkele maanden na de geboorte van onze baby verliet, heb ik het zwaar gehad, zie je. Mijn moeder steunde me wel, maar ze begreep mijn verdriet na verloop van tijd niet meer. Norah begreep dat wel. Zij had iets gelijkaardig meegemaakt, maar dan zonder de drang naar alcohol. Niemand wou me aannemen op de arbeidsmarkt, enkel Norah gaf me een kans. En ze stond er vurig op dat ik naar elke AA-bijeenkomst ging. Het is puur door haar vasthoudendheid dat ik nu na negen jaar kan zeggen dat ik erop door ben. Ik ben weer terug de oude Mandy en ik heb er een schat van een dochter bij.'

Emma luisterde geïnteresseerd naar haar relaas. 'Ik ben er zeker van dat je dat ook voor een groot stuk aan je eigen doorzettingsvermogen te danken hebt.'

'Je moest eens weten hoe vaak ik in dat eerste jaar veel te laat, met een kater en een klingelende handtas naar de tearoom kwam. Norah was heel geduldig met me. Ze zei op die momenten enkel: 'de drank zal niet helpen om hem uit je systeem te krijgen.' En ze had gelijk. Ik schaam me zo voor mijn gedrag van toen, zeker naar mijn moeder en dochtertje toe. Soms controleerde Norah als een echte inspecteur mijn spullen en haalde de flessen drank er zonder boe of ba uit. Gelukkig is dat allemaal verleden tijd. Ik kan nu zelfs af en toe weer genieten van een glaasje wijn zonder te hervallen. Het hing samen met mijn verdriet, begrijp je. En nu ben ik weer gelukkig, helemaal vanuit mezelf. Zonder dat ik daarvoor afhankelijk ben van iets of iemand anders.'

'Dat is geweldig. Zoiets wens ik iedereen toe. En ik zou graag je dochtertje eens zien.'

'Dat zal zeker gebeuren! Die kleine smulpaap komt vaak op woensdag na schooltijd om scones bedelen, tenminste, als mijn moeder het toelaat.'

Mandy zag Norah richting hun tafeltje stomen en stond haastig rechtop. Door haar abrupte beweging liet ze de tafel wankelen en viel de bloempot met primula's om, waardoor er overal aarde terechtkwam. Ook op Emma's trui.

'Shabby Mandy!' riep Norah uit. 'Zie nu wat je gedaan hebt!' Norah klopte bruut de aarde van de voorkant van Emma's trui. Bij eender welke andere persoon zou Emma het bijna grensoverschrijdend gevonden hebben, maar dit was Norah. Rechttoe, rechtaan en moederlijk.

Mandy lachte onwillekeurig haar tanden met lichtgele vlekjes bloot en wiebelde met haar wenkbrauwen naar Emma. Ze wreef snel haar rok met psychedelische print schoon en gooide haar peukje in de haag.

'Laat de rommel hier buiten maar even liggen. Er is een groep van zeven toeristen komen binnenwandelen en ze vragen om verse cream teas. Op dit uur nog, God verhoede!'

'Wat een drukte. Kan een mens nu nooit even een rustig momentje hebben voor zichzelf', mopperde Mandy.

'Ik weet het, ik weet het. Maar voor zolang dit nog mag duren...' zei Norah met een bezorgde trek rond haar mond.

'Juist', zei Mandy plots op droevige toon. 'Voor zolang dit nog mag duren, mogen we dankbaar zijn.'

Emma vroeg zich af vanwaar die plotse ommeslag kwam en wou verder doorvragen, maar de twee vrouwen liepen al naar binnen.

Ze huiverde. Nu de zon weg was, was het buiten koud geworden. Ze wandelde haastig terug naar de warmte van tante Paula's watermolen en hoopte maar dat de kachel niet was uitgedoofd.

Emma was blij dat ze Mandy had leren kennen. Je kon niet anders dan haar aardig vinden door haar openheid en onhandigheid. Het was iemand die ongegeneerd zichzelf was, wat Emma bevrijdend vond.

Ze opende het deurtje van de kachel en zag tot haar genoegen nog wat gloeiende kooltjes liggen. Ze pookte ze haastig op en legde er nog wat hout bij.

Nadien sneed ze wat groenten die ze in een pan gooide met eiernoedels en pikante saus. Na de vaat kieperde ze Winston's volle bakje voer buiten en vulde het opnieuw. Ze wist dat ze morgen hetzelfde zou doen.

Ze installeerde zich in de verschoten sofa en stuurde een sms naar June om te vragen of de baksessie van morgen nog zou doorgaan. Ze bevestigde snel en liet weten dat ze al vroeg op de ochtend welkom was, want 's middags moest ze naar een afspraak. Emma besloot dan maar om vroeg naar bed te gaan. Ze koos een boek over de geschiedenis van tulpen uit tante Paula's bibliotheek. Daarvan zou ze vast snel in slaap vallen.

De volgende ochtend belde Emma al om acht uur dertig aan bij June. Een verkreukelde George opende de voordeur en leidde haar met een zachtmoedige brom naar binnen.

Emma vond het komiek dat die kleine, gedrongen George zo een lange dochter had voortgebracht. Buiten hun lengte, was de gelijkenis tussen beiden treffend. 'Het is zondag hoor, slapen alle jonge stadsmeisjes dan niet uit?'

Emma beeldde zich in dat hij net uit het dopje van een eikel was gekropen en voldoende had met een enkele druppel water om zijn gezicht te wassen.

Ze glimlachte. Tot een paar weken geleden zou ze dat inderdaad gedaan hebben, maar dat zou ze hier nooit toegeven.

'Nee, enkel oude tuinkabouters doen dat nog', zei ze. George lachte hartelijk. Zijn buik schudde op en neer. 'Goed, goed. Ik mag je wel. June! Je studente is hier!' riep hij. Hij wandelde op zijn korte benen door de hal.

'Breng haar maar naar de keuken!' riep June terug vanuit de veranda waar ze de planten water stond te geven.

In de keuken stond er al wat gerief klaar.

'Ziezo, ik zie dat je al hebt uitgevogeld wat we vandaag gaan maken', zei June.

'Ziet er heerlijk uit.' Emma tuurde naar het recept voor chocoladetaart met peren. Haar maag rommelde. Ze had snel een stukje brood met marmelade in haar mond gepropt voor vertrek, maar dat was blijkbaar niet genoeg.

Onder het schillen en snijden van de peren stopte ze telkens een kwartje in haar mond, tot groot plezier van George.

'Zoiets mag ik nooit van June, hoor', zei hij lachend. 'Jij hebt duidelijk een streepje voor.'

Tijdens het bakken vertelde June over haar jeugd en hun leven in Waterbury.

Toen de taart in de oven stond, vroeg Emma of ze ergens anders ook zo gelukkig zouden zijn geweest.

'Dat zal binnenkort wel moeten.' June had een droevige blik in haar ogen.

'Wat bedoel je?' vroeg Emma verbaasd.

'Heb je dat nog niet gehoord? Mijn vader en ik zijn geen eigenaar van deze cottage. We huren dit al sinds jaar en dag van de eigenaar van Waterstone House, het landgoed dat aan het dorp grenst. Mijn vader onderhoudt daar de tuinen.'

George knikte. Hij schoof zenuwachtig wat spulletjes heen en weer. Het was duidelijk dat dit niet zijn favoriete gespreksonderwerp was.

'De meeste andere dorpsbewoners bevinden zich trouwens in dezelfde situatie. Bijna niemand is hier eigenaar van zijn woonst.'

Emma kon zich niet inbeelden dat June en George hier ooit niet waren. Het leek alsof ze hier al eeuwen in hun eigen paradijsje woonden, ver weg van de rest van de wereld.

'Maar ...', zei Emma teleurgesteld. 'Je was hier toch geboren?'

'Dat klopt. Toen mijn moeder vierentwintig jaar geleden was gestorven, mocht mijn vader de cottage verder huren van de landgoedeigenaar die het landgoed een tiental jaar daarvoor van zijn vader had geërfd. En in al die tijd heeft hij de huurprijs maar enkele keren verhoogd. Het was hier goed leven. Maar inmiddels is die landgoedeigenaar ook weer gestorven en is zijn zoon recent uit New York teruggekeerd om die taak over te nemen, of 'orde op zaken te stellen' zoals hij het verwoordde in de aangetekende zending die alle huishuurders en pachters van de gronden kregen.'

'Dus hij zet jullie er allemaal uit?' vroeg Emma verontwaardigd.

'Vermoedelijk. De brief was nog geen officiële opzeg van de huur, eerder een voorproefje van wat ons te wachten staat. Hij raadde ons aan om al op zoek te gaan naar een nieuwe woonst.'

'Dat klinkt afschuwelijk, ik had hier geen idee van!' zei Emma oprecht aangedaan.

'Dat kon je ook helemaal niet weten. De watermolen is gelukkig in eigendom van jouw tante Paula. Haar familie heeft die decennia geleden weten te kopen van de landgoedeigenaar met de opbrengsten van het molenwerk, dus zij hoeft zich geen zorgen te maken. De winkel kan gewoon verder bestaan.'

'En zal wellicht nog beter draaien dan voordien met alle rijke Londenaren die hier binnenkort in hun Porsches en dure Land Rovers zullen komen aanrollen om onze cottages op te kopen als vakantiewoning. Jouw tante is zo dom nog niet', zei George met een zucht.

'Paps, zoiets kon ze nooit geweten hebben', zei June geïrriteerd.

'Natuurlijk niet! Ik heb enkel het grootste respect voor Paula. Ik wou enkel maar dat ik haar kristallen bol had. Dan had ik jaren geleden al stappen ondernomen om onze cottage over te kopen. Ik spreek uit frustratie, June', zei George sussend, maar de verontwaardiging uit zijn stem was niet weg te filteren.

'Nu is dat uiteraard veel te laat. De laatste jaren zijn de prijzen in de Cotswolds de pan uit gerezen. Het is hier schandalig onbetaalbaar geworden. Enkel miljonairs kunnen zich hier nog iets veroorloven.'

Emma keek naar June, maar ze knikte slechts om de woorden van haar vader te bevestigen.

'En de tearoom?' vroeg Emma plots. Ze dacht terug aan de woorden van Norah en Mandy op het einde van hun gesprek gisteren.

June zuchtte. Haar hangende schouders spraken boekdelen.

'Ook van het kasteel. Norah huurt hem slechts.'

Emma kon zich niet inbeelden dat Norah ooit iets anders had gedaan dan druk in en rond haar tearoom te scharrelen. En binnenkort zou dat allemaal vergaan. Emma wou dat ze er niet over begonnen was, maar nu ze het wist, kon ze niet anders dan delen in hun verdriet. Niemand verdiende zoiets, al zeker niet zo een goede mensen als June, George en ja, ook Norah.

'Daarom vroeg ik je om zo vroeg langs te komen vandaag. Straks ga ik naar een vergadering met andere dorpelingen die ook getroffen zijn. We zijn met een heleboel mensen die in hetzelfde schuitje zitten en er gaan natuurlijk stemmen op om iets aan de situatie te doen.'

'Inderdaad, we moeten terugvechten! Hij mag dan wel mijn nieuwe werkgever zijn, maar ik ben ook nog trouw aan de waarden van zijn vader en grootvader', zei George passioneel.

'Niemand spreekt over vechten, paps.' June rolde met haar ogen. Emma grinnikte onwillekeurig.

'Ik vind dit echt verschrikkelijk voor jullie. Ik wou dat ik iets kon doen om jullie te helpen', zei ze.

'Dat is aardig van je, maar ik denk niet dat er iets is wat je kan doen.'

'Waarom ga je niet mee straks?' vroeg George.

'Dat is een uitstekend idee', zei June. 'Dan kan je wat andere dorpelingen leren kennen. Hoewel het onderwerp niet zo vrolijk zal zijn, zal het je dag wat minder eenzaam maken.'

'Goh, ik wil niet tot last zijn', zei Emma aarzelend. Ze was van plan geweest om wat dozen geleverde spullen voor de winkel uit te pakken, maar daarvoor had ze eigenlijk nog dagen de tijd. De winkel zou pas weer opengaan op woensdag.

'Natuurlijk niet', zei June. 'En je eet gewoon ook hier mee lunch.'

Daar kon Emma natuurlijk geen nee op zeggen.

7

'Welkom allemaal.' June schraapte gewichtig haar keel. 'Vandaag heb ik iemand meegenomen die geïnteresseerd is in onze zaak.'

Ze wees naar Emma. Ze zaten temidden van een grote groep in een zaaltje met houten wandpanelen dat achter de pub lag.

'Dit is Emma, het nichtje van Paula van de watermolen. Ze heeft architectuur gestudeerd, wie weet kan ze nog van nut zijn voor ons', zei June met een kwinkslag.

'Welkom', zeiden enkele comitéleden.

'Zoals je ziet, zitten we hier met een beperkte groep. We noemen dit ons kernkabinet. Het actiecomité bevat zowat elke getroffen dorpeling en is veel groter, maar niet iedereen heeft evenveel tijd om zich in te zetten. Met ons kernkabinet komen we wekelijks samen en één keer per maand zullen we een vergadering houden met alle getroffenen waar we vooral gaan bespreken wat we hier zoal hebben zitten uitvoeren.'

Emma knikte en leunde zichtbaar achteruit in haar stoel. Ze had gedacht dat ze anoniem vanop een stoeltje de vergadering kon bijwonen. Nu zat ze hier naast Junes magere gestalte die blijkbaar de voorzitter van het actiecomité was.

Ze voelde enkele nieuwsgierige blikken over zich glijden.

'Goed', zei June met een zucht. 'Jammer genoeg heb ik deze week slecht nieuws ontvangen van mijn contact bij de gemeente. De eigenaar is tijdelijk teruggekeerd uit de Verenigde Staten en blijkbaar laat hij een vergunningsaanvraag voorbereiden voor de gronden rond Waterstone House.'

'Oh!' riepen enkelen luidop. De ontspannen sfeer waarmee de vergadering was begonnen, was op slag verdwenen.

'Ik heb nog geen details!' riep June over het gemompel uit. 'Misschien gaat het over de aanleg van een nieuwe stal, wie weet is de nieuwe eigenaar een paardenliefhebber, maar bij deze zijn jullie gewaarschuwd.'

'Een nieuwe stal ... June, wat een naïef idee', mopperde een vrouw van in de veertig met blonde lokken. 'Die man is niet geïnteresseerd in hobbyen. Hij wil zo snel mogelijk verder met zijn rijkeluisleventje in de VS.'

June trok haar schouders op en zuchtte.

'Ik denk dat dit een duidelijk signaal is', zei Norah. Haar bovenlip stond strakgespannen over haar prominente voortanden. 'Hij zet zijn masterplan in gang.' Ze zag eruit als iemand die de ondergang van de wereld voorspelde, en ergens was dit ook zo voor deze mensen, besefte Emma met een steek in haar hart.

'Misschien loopt het zo een vaart niet', trachtte June nog.

'Dat is het! Binnenkort zet hij ons er allemaal uit en staan we op straat!' riep iemand. De comitéleden spraken nu allemaal door elkaar. Emma stelde zich voor dat ze verkeerskegels op hun hoofd hadden die nu gloeiend rood oplichtten en in het rond flikkerden. Ze knipperde even met haar ogen.

'Hoe kan iemand zo op geld belust zijn!' zei Emma ontdaan. Ze kon zich niet langer houden. Het onrecht van de situatie greep haar te zeer aan.

Het werd stil en de dorpelingen keken haar kant op. Wellicht had ze dat gevoel omdat ze maar zopas van het hele gebeuren had gehoord. Er was een vlammetje in haar borst gaan branden.

'Ja, maar als puntje bij paaltje komt, wie is dat niet als hij de kans heeft?' zei Norah. Ze roerde met een lepeltje in haar kop thee.

'We weten allemaal dat jij hoopt op een nieuwe eigenaar die je de tearoom verder zal laten uitbaten, Norah. Maar wij zitten in een minder fortuinlijk situatie. Onze woningen zullen vakantiehuizen worden en we zullen moeten verhuizen naar God weet waar! In de eerste honderd mijl van hier heb ik nog geen even betaalbare woning gevonden' zei de vrouw met het blonde haar. Norah schonk haar een giftige blik.

'Ik vind dat hij een grens overschrijdt', sprak Emma verder. 'Hij zal er talloze levens mee kapot maken, en dan spreken we nog niet van het erfgoed en de eeuwenoude charme van het dorp dat hij hier zal verpesten.' Ze zag enkele verkeerskegels rond haar geïnteresseerd opflakkeren. Ze had duidelijk een gevoelige snaar geraakt.

'Daar heb je absoluut gelijk in. En dat is nu net de reden waarom we het actiecomité hebben samengesteld. We moeten uitvissen hoever zijn plannen met het dorp zullen gaan. Nu tasten we in het duister en gaan er de wildste theorieën in het rond, maar wie weet wordt het helemaal niet zo erg. Misschien is hij wel voor rede vatbaar,' zei June.

Emma wrong haar handen in elkaar. 'Als hij al begint

met het rondsturen van aangetekende brieven, zal je er met een actiecomité alleen vrees ik niet geraken', zei ze. 'Om te beginnen moet iemand met hem gaan praten. Alleen dan weet je waar jullie voor staan. Wie weet valt hij nog om te praten.'

'Juist, daar hebben wij ook al aan gedacht. Maar aan één van ons wil hij natuurlijk niet veel lossen. Het is geen domme man. Hij heeft aan Harvard gestudeerd. We hebben intussen ook al een advocaat in de arm genomen die een dossier voorbereidt. Het kost handenvol geld, en dat zal er niet op verbeteren wanneer de situatie uit de hand zou lopen en er effectief een proces zal moeten worden opgestart. Gelukkig kunnen we de kosten onder elkaar delen.'

'Kan jij niet met hem gaan praten?' opperde één van de comitéleden plots. Het werd stil in het zaaltje.

Emma draaide haar hoofd naar de spreker. Het was een kalende man van middelbare leeftijd. Hij trok één wenkbrauw op en tuurde in het rond alsof hij zonet een geniaal idee had verkondigd.

June zag Emma's aarzeling en nam het woord nog voordat Emma haar mond kon openen.

'Gregory, ik weet niet of dat zo'n goed idee is. Emma is hier maar tijdelijk totdat Paula iemand vast heeft gevonden voor de winkel', zei ze sussend.

'Juist, ik denk dat ik niet veel gewicht in de schaal kan leggen', zei Emma plots een beetje verlegen.

'Wel? Dat klinkt toch ideaal? Hij heeft er geen idee van wie ze is. En blijkbaar heb je architectuur gestudeerd. Te horen naar jouw reacties hier, denk ik dat je hem heel wat nuttige dingen kunt zeggen.'

Een paar andere stemmen begonnen nu instemmende geluiden te maken.

Emma kon wel op haar tong bijten. Waar bemoeide ze zich in godsnaam mee?

'Ik stel voor dat we dit nu even laten rusten en verder gaan met het volgende agendapunt', opperde June.

'Rusten? Rusten? June, voor je het weet, moeten we allemaal 'rusten' aan de andere kant van het land omdat hij ons eruit heeft gezet!' riep Gregory nu verwoed. George bromde instemmend.

'Eh, ik zal erover nadenken', zei Emma met rode wangen. Gelukkig stemde dat de dorpelingen tevreden.

June schikte haar papieren en al gauw ging de discussie over het al dan niet opzetten van een geldinzamelingsactie om de volgende factuur van de advocaat te betalen.

's Avonds lag Emma in haar bed te woelen.

Ze dacht terug aan de verhitte discussies op de vergadering van het actiecomité. Ze begreep waarom dit zoveel losmaakte bij de dorpelingen.

Het ging niet alleen over hun huis, maar ook over hun hele leven dat ze zouden moeten achterlaten.

Sommigen onder hen hadden hier een relatie die nu lange afstand zou worden. Anderen hadden kinderen onder gedeelde voogdij met hun ex-partner die het zich kon veroorloven om in de buurt te blijven wonen. Om maar niet te spreken over alle kinderen die in deze streek naar school gingen en ouders die hun jobs zouden moeten verlaten.

Het ging niet zomaar even over een koppel dat op eigen houtje en na lang nadenken besloot om een heel eind dieper het land in te gaan wonen. Het ging om een grote groep mensen waaronder enkele kwetsbaren die gedwongen waren hun thuis te verlaten.

Uiteindelijk viel Emma in een rusteloze slaap.

Toen ze 's nachts wakker werd en wat water ging drinken in de keuken, nam ze een besluit.

Ze zou met de eigenaar van het landgoed spreken.

Ze wist dat het naïef was en wellicht helemaal niets ging uitmaken omdat de persoon in kwestie veel geld zou verdienen aan zijn plannen. Maar zomaar bij de pakken zitten kon ze ook niet doen. Wat had zij immers te verliezen? Haar imago dat verpest zou zijn bij een oude, rijke man?

Niets, ze had helemaal niets te verliezen, en de dorpelingen alles. Als ze hen hiermee kon helpen, zou ze dat doen.

8

Tijdens het ontbijt nam Emma haar telefoon en sms'te naar June.

'Ik ga met de eigenaar praten.'

'Oh!' stuurde June. 'Zou je dat echt willen doen?' In gedachten zag ze Junes neus hoopvol krullen.

Emma bewonderde haar om haar moed. Niet iedere zevenentwintigjarige zou het kunnen klaren om een heel actiecomité samen te stellen. Ze leek helemaal in haar element op de vergadering.

'Je weet maar nooit. Hij zal er zijn plannen niet door van tafel vegen, maar misschien mildert hij ze wel. Wat denk je dat ik best doe? Bellen over de telefoon? Maar dat komt misschien niet goed over? Of e-mailen?' Emma veegde wat broodkruimels van haar schermpje.

'Nee, dan denk ik dat je overtuigender zal zijn als je jouw expertise als architect in het echt uit de doeken doet. Als je 'Waterstone House' intikt op Google Maps, zal je het landgoed zeker vinden. Mijn vader werkt er al tientallen jaren als hoofdtuinier en hij zegt dat hij normaal aanwezig zou moeten zijn.'

'Ok', stuurde Emma terug met een bange emoji.

'Succes. Ik ben er zeker van dat hij onder de indruk van je zal zijn.'

Emma trok een warme trui aan en liep naar de achterkant van de watermolen waar haar fiets stond.

Ze bereidde zich al mentaal voor op het gesprek. Ze was zozeer in gedachten verzonken dat ze Norah niet opmerkte die een schoonmaakplunje aanhad en een emmer bruin kuiswater stond uit te gieten in het putje. 'Weer met je hoofd in de wolken meisje?'

Emma schrok op en glimlachte.

'Nee, had ik maar prettigere gedachten vandaag.'

'Zo een dagen hebben we allemaal.' Norah klopte wat druppels van haar schort. 'Ben je al bekomen van de vergadering gisteren? Het was me weer een heksenketel. Met reden natuurlijk, het nieuws had nogal een impact op ons gemoed.'

'Ja, het is te zeggen, ik ga nu even naar de eigenaar om toch dat gesprek met hem te hebben.'

'Dat vind ik erg moedig van je.' Norah's gezicht begon te vertrekken. Ze zag er geëmotioneerd uit. 'Ik kijk er niet naar uit om mijn tearoom te moeten verlaten. Ik heb hier mijn hele leven ingestoken.'

Het onrecht van de situatie dat Norah en Mandy binnenkort effectief zouden moeten vertrekken uit hun tearoom, kwam harder binnen bij Emma dan ze had kunnen denken. Het sterkte Emma enkel maar in haar voornemen vandaag.

Elke seconde telde, want hoe langer de dorpelingen wachtten met hun acties, hoe groter de kans was dat ze binnenkort uit hun huisjes werden gezet.

June was verstandig, maar misschien vertrouwde ze iets te veel op de algemene goedheid van de mens. Emma wist echter uit ervaring dat sommige mensen of situaties gewoon niet ok waren. Zo was ze tijdens de stagedagen in haar studiejaren op enkele schrijnende situaties gestoten in Londen.

Je kon veel door de vingers zien in het leven, maar een

aantal zaken waren simpelweg onaanvaardbaar.

'Dat begrijp ik. Ik kan me niets vreselijkers indenken dan je levenswerk te moeten achterlaten.'

'Ik kan je wel zeggen, je bent duidelijk familie van je tante Paula. Zij was voor haar ziekte ook altijd een erg zelfstandige vrouw die zich het lot van anderen aantrok. Niemand hier kan een verkeerd woord over haar zeggen.'

'Dat is fijn. Ik denk dat ik haar binnenkort eens zal bezoeken. Ze zal zich wel afvragen hoe het met de watermolen gaat.' Emma zwaaide haar been over de fiets en zette zich op het afgesleten leren zadel.

'Goed idee. En veel succes, hoor. Je bent een aardige meid. Maar wees maar niet te aardig tegen die geldzuiger straks.' Ze knipoogde.

Emma fietste weg. Ze reed door het dorp en fietste langs enkele diep uitgesleten wegen met struiken en bomen die tot hoog boven haar uittorenden.

Volgens de routeaanwijzingen lag het landgoed net over de rivier. Ze stak een stenen brug over die wellicht al enkele honderden jaren oud was en zag wat verderop inderdaad een baantje dat langs weilanden naar een smeedijzeren toegangspoort leidde. Langs weerszijden stond een hoge heg.

Ze maakte haar fiets vast en tuurde door het groen. Ze zag enkele statige schoorstenen en kantelen uit zandsteen die er verweerd uitzagen. Het leek alsof de steen door zijn ouderdom vatbaar was geworden voor een bleke soort mos. Emma vermoedde dat het gebouw dateerde uit de zeventiende eeuw.

Ze haalde diep adem en drukte op de intercom naast de poort. De beltoon ging enkele keren over en na een klik gleed de poort schokkerig open.

Ze wandelde over een grindpad dat omgeven was door gazon. Voor het enorme landhuis met hoge, geruite ramen verbrede het grind zich tot een cirkel.

Aarzelend wandelde ze de stenen trappen op en staarde naar de voordeur die bedekt was onder de spinnenwebben. Ze vroeg zich af of ze moest aankloppen, maar gelukkig zag ze dat er een deurbel was. Haastig duwde ze op het knopje.

Slechts enkele seconden later vloog de deur open. De deur kraakte in zijn hengsels.

Ze staarde verbouwereerd naar de man die in het deurgat stond.

'Ik wist natuurlijk dat er iemand stond aan te komen', zei die op ironische toon. Emma slikte nerveus. 'Ik zou graag even met de eigenaar spreken.'

'Het gebouw is niet te koop.' De jongeman trok een donkere wenkbrauw op. 'Ik weet niet hoe het komt dat het halve land er lucht van heeft gekregen dat mijn vader is overleden, maar die eindeloze telefoontjes en bezoekjes van makelaars en 'hoegenaamd geïnteresseerde kopers' ben ik nu al grondig beu.'

'Ah', zei Emma geïntimideerd.

'Goed, het deed er misschien geen deugd aan dat zijn overlijden in de krant heeft gestaan. Maar gun een mens toch enkele weken respijt.'

'Maar daar kom ik niet voor', zei ze zenuwachtig.

'Hmm', bromde de man. 'Zoals je ziet hoef je niet ver op zoek te gaan naar de eigenaar. Mijn vader heeft helaas bijna al zijn personeel moeten laten gaan, op enkele ouwe getrouwen na. Ik ben Samuel Wollington. Wat heb je dan nodig?' Zijn lange gestalte torende boven haar uit.

'Niets.' Emma voelde de spanning stijgen.

Wat had ze zichzelf toch aangedaan? Ze liet haar hoofd

zakken en staarde moedeloos naar haar kleren waar ze deze ochtend geen aandacht aan had besteed, want dat leek toen niet belangrijk.

Ze verwenste zichzelf. Ze had die ochtend haar lelijkste tuinbroek aangetrokken die vol groene vlekken zat van middagjes in het park te hangen met haar vriendinnen. Die had ze gecombineerd met een bruin hemdje en de grof gebreide trui die ze over haar schouders had gehangen omdat ze het warm had gekregen na de fietstocht.

Er ontbraken enkel nog rubberlaarzen aan haar voeten om helemaal voor een plattelandsmeisje te kunnen doorgaan. En dus helemaal niet als een gediplomeerde architecte.

'Ik wou me gewoon even komen voorstellen. Ik ben niet zo lang geleden in het dorp toegekomen.' Haar stem klonk tenenkrommend onzeker.

Had ze dat laatste wel moeten zeggen? Haar gedachten vlogen alle kanten op.

Het kader voor het constructieve gesprek dat ze daarnet had uitgedacht, smolt zienderogen en vormde een vreemd geurig plasje onder haar puppyvoeten. Was ze maar in haar warme nest gebleven deze ochtend.

'Ben jij misschien het meisje dat op de watermolen van Paula komt passen? Ze zeiden me nochtans dat ze uit Londen kwam, maar dat is ...'

Emma vroeg zich onwillekeurig af wie dat had gezegd, maar herinnerde zich toen dat George hier werkte als tuinier. De gedachte aan die vriendelijke, goede, oude George vormde een baken van vertrouwen waar ze zich aan kon vastklampen.

'Dat klopt', onderbrak Emma hem. 'Ik bedoel, ik kom uit Londen, maar zo jong ben ik nu ook weer niet. Ik ben afgestudeerd', voegde ze er gemaakt trots aan toe.

'Juist', zei hij om een lichte beleefdheid te veinzen, al kon Emma aan zijn gezicht zien dat hij geen interesse had om een lange conversatie te voeren.

'Aangenaam met je kennis te maken', zei Emma, terwijl ze haar hand uitstak en hij die tegen zijn zin schudde, waardoor het gesprek pijnlijk stilviel.

Emma bedacht zich dat ze misschien beter haar handen had gewassen na haar plakkerige ontbijt van boterhammen met choco.

'En wat bedoelde je met 'maar, dat is ...'?' vroeg Emma dan maar.

'Oh', zei hij, terwijl hij naar haar kledij staarde. 'Ik bedoelde helemaal niets. Zo, uit Londen. En waar kom je vandaan? Ergens uit het oostelijke deel?' Emma trok beschaamd de mouwen van haar trui wat lager, in de ijdele hoop dat die meer van haar outfit zouden bedekken.

'Nee, ik woon in Kensington, niet ver van het metrostation South Kensington', zei ze met schaamrood op de wangen, al was dat nergens voor nodig, want iedere Engelsman wist immers dat dat een zeer goede buurt in Londen was. Emma hoopte maar dat hij door haar rode gezicht niet dacht dat ze loog.

'In het huis van mijn ouders', voegde ze er maar aan toe in de hoop dat dat geloofwaardiger klonk.

'Ah', zei Samuel Wollington slechts, waarmee hij uitdrukkelijk haar niet zo spraakzame reactie van daarnet imiteerde.

'Maar ik zou binnenkort een eigen stekje gaan zoeken. Het is hoog tijd dat ik mijn vleugels uitsla, zeker nu ik afgestudeerd ben', ratelde Emma verder.

'Had je verder nog iets nodig?' kapte hij haar af,

waarmee hij liet merken dat hij geen zin had in praatjes. Zo, die is kordaat, dacht Emma geschrokken. Daar was ze hem niet dankbaar voor, want nu kwam het moment dat ze de koe bij de horens moest vatten en haar ongenoegen moest uiten over zijn plannen met het dorp, maar ze voelde ze zich hoe langer, hoe onzekerder. Ze voelde aan dat het natuurlijke overgewicht in iedere discussie bij hem zou liggen, wat haar een enorm nadeel opleverde.

Ze had gehoopt dat de eigenaar van het landgoed vatbaar was voor rede, of in elk geval al aan de oudere kant was geweest en oor zou hebben voor iemands mening, maar zijn vader moet of jong gestorven zijn, of pas op late leeftijd het leven aan zijn zoon hebben geschonken.

Emma schatte de nieuwe lord Wollington begin de dertig, ouder kon hij niet zijn. Niet oud genoeg om interesse te veinzen voor iets dat buiten zijn beperkte, glamoureuze wereldje lag. Ze kende dat type wel van in de stad en huiverde.

'Nee, ik heb verder niets nodig, dank u.' Ze kon de kilte die in haar was geslopen maar moeilijk verbergen en draaide zich om.

'Wacht even, nu je hier toch bent.' Hij wenkte haar als een bediende terug.

'Ik kan de raad van iemand uit de streek goed gebruiken. Het landgoed wordt binnenkort ontwikkeld, ook deze gebouwen. Ken je misschien iemand die de tuin onder handen kan nemen? En daarmee bedoel ik geen ordinaire tuinman, daarvan heb ik er hier al voldoende rondlopen. Ik zoek iemand die het ontwerp en de aanleg onder handen kan nemen. De tuin is de afgelopen decennia sterk verwaarloosd. Er moet dringend in worden geïnvesteerd om hem terug toonbaar te maken. Ooit was de tuin zelfs een publiekstrekker, maar dat is al lang geleden, van voor de tijd dat ik geboren was. Mijn vader hield er niet van om vreemden op zijn domein toe te laten.'

Hoewel Emma ineenkromp bij zijn opmerking over 'ordinaire tuinmannen', aarzelde ze geen moment. Er begon zich vaag een plan te vormen in haar hoofd.

Als ze vaak aanwezig was op het landgoed, dan kon ze misschien cruciale informatie oppikken die ze kon doorspelen aan het actiecomité.

'Dan moet je niet verder zoeken. Toeval wil dat ik geschikt ben voor de job.' In gedachten wreef ze in haar handen. Ze zou haar rol slim moeten aanpakken. Hij mocht niet te weten komen dat ze familie was van tante Paula. Dat maakte de link met de dorpelingen te groot, anders zou hij haar nooit in vertrouwen nemen.

'Jij?' Hij kruiste wantrouwig zijn armen.

'Ja, ik heb net nog een jobaanbieding als hoofd landschapsarchitect afgeslagen bij de Royal Botanic Kew Gardens. Ik heb een grondige kennis van tuinontwerpen en heb een master landschapsarchitectuur op zak. Mijn eindwerk handelde over historischwetenschappelijk tuinieren.' Emma schrok zelf van de leugens die uit haar mond kwamen. Historischwetenschappelijk tuinieren, bestond zoiets zelfs wel? Ze beet op de binnenkant van haar wang.

'Waarom heb je zo'n aanbod afgeslagen? Ik zou denken dat zoiets goed betaalt.'

'Ik wou er erg graag aan de slag gaan. In feite was dat altijd al mijn grote droom, weet je, maar ... plots verlangde ik naar het platteland. Ik heb heel mijn leven in Londen gewoond en vond dat ik eerst ervaring moest opdoen in een landelijke omgeving. Om planten en landschappen echt tot in de kern te begrijpen, zie je?'

Samuel Wollingtons uitdrukking was onbeweeglijk. Hij had iets van een Grieks standbeeld dat ongeïnteresseerd voor zich uitkeek.

Emma duwde door. Ze voelde dat ze op het goede spoor zat. 'Dat heeft me naar the Cotswolds gebracht. Ik heb een tijdelijke job gevonden in the Old Mill Shop in het dorp totdat ik hier in de buurt een positie als landschapsarchitect heb gevonden.'

'Ah, vandaar dat je voor Paula werkt. Ken je haar goed misschien?'

Emma sloeg haar ogen neer. 'Nee, ik werd aangenomen door de vorige winkelbediende.' Ze kruiste haar vingers achter haar rug.

'Dan had je blijkbaar toch iets nodig.'

'Hoe bedoel je?'

'Een job. Je zei daarnet dat je niets van me nodig had, maar nu kom je hier bijna als geroepen aanfladderen.'

'Tja ...' Emma voelde zich weer rood worden. 'Ik had misschien wel iets opgevangen over een nieuwe eigenaar die plannen had.'

Het leek haar beter om doorzichtig over te komen.

'Er is geen schaamte in proberen zaken doen. Een jonkie moet ergens beginnen. En met al jouw kennis denk ik niet dat ik iemand geschikter voor de klus zou kunnen vinden.'

Emma trok ongemakkelijk aan haar hemd, maar besloot zich niet te laten kennen en hief haar hoofd trots op.

'Wat goed genoeg is voor de koninklijke Kew Gardens, is zeker goed genoeg voor mij. Een vriendin overtuigde me om over drie weken een feest te organiseren voor enkele zakelijke contacten. Het zou goed zijn als de binnentuin tegen dan min of meer aangelegd is. Je weet wel, met bloemen en zo.' Hij streek met een hand door zijn dikke, golvende haar.

'Ja, dat kan wel lukken', zei ze aarzelend.

Ze zou alle bloempotten van de tuincentra in de buurt opkopen en kunstig in de grond stoppen, dan kon ze vast wel de pronktuin creëren die hij in gedachten had. En George had waarschijnlijk wat goede raad die hij aan iemand kwijt wou.

Inderdaad, dacht Emma tevreden, dit was in feite nog beter dan een ongemakkelijk gesprek over de toekomst van het dorp. Elk detail dat ze zou opvangen over zijn plannen, zou van groot nut kunnen zijn voor het actiecomité.

'Ik kan niet onderuit van mijn arbeidscontract bij de winkel, maar eigenlijk is dat maar deeltijds werk want de winkel is niet alle dagen open. Op mijn vrije dagen kan ik me dus bezighouden met het ontwerp en de aanleg van jouw project.'

'Goed. Drie weken is niet lang om de binnentuin klaar te krijgen, dan zie ik je binnenkort?'

'Je kan op me rekenen.' Emma glimlachte genoegzaam toen ze wegwandelde.

Met Georges hulp zou dit een makkie worden.

De volgende ochtend werd Emma wakker om zes uur. April deed vandaag zijn intrede. Ze hoorde enkele roodborstjes aan het slaapkamerraam fluiten en wreef in haar ogen. De herinneringen aan gisteren kwamen binnenrollen in haar hoofd dat nog daas was van de slaap.

Meteen na de ongemakkelijke ontmoeting met de landgoedeigenaar was haar moeder langsgekomen. Ze had een dag vrijaf genomen en samen waren ze eropuit getrokken met de auto om de streek te verkennen. Ze waren zelfs op restaurant geweest. Emma voelde zich lekker verwend. Het uitje had haar weinig tijd gegeven om over de recente ontwikkelingen na te denken.

Maar in het gouden ochtendlicht werd haar plots duidelijk in wat voor een web van leugens ze zichzelf had geplaatst.

Ze kon zichzelf wel slaan. Ze kende niets van landschapsarchitectuur, laat staan dat ze kennis had van planten. Hoe durfde ze zichzelf aanprijzen als volleerde horticultus-vrouw of hoe je dat ook noemt, terwijl ze niet eens in staat was om de kamerplant op haar slaapkamer in Londen te onderhouden.

Er bekroop haar een schuldgevoel. Ze was het niet gewend om te liegen tegen mensen.

Ze zwaaide haar benen uit bed en nam enkele slokken water van het kraantje in de badkamer. Nadien trok ze een loszittend T-shirt, een legging en haar loopschoenen aan.

Terwijl ze de veters op haar eigen specifieke manier vaststrikte, kwam er een zekere kalmte over haar. Ze zou alles eens goed overdenken tijdens het lopen, zoals ze tijdens haar studiejaren ook steeds had gedaan als ze de examens niet zag zitten of zich ergens zorgen over maakte.

Ze besloot haar looproutine stap voor stap opnieuw op te bouwen. Vandaag zou ze beginnen met een lus van vier kilometer, in de hoop dat ze binnen twee maanden opnieuw vijftien kilometer aan een stuk kon lopen.

Ze maakte een tour rond het dorp en liet haar voeten

daarbij hard op de grond ploffen als om zichzelf te straffen.

Halverwege hield ze hijgend halt. Ze genoot van de zonnestralen op de grasheuvels die het dorp omringden. In een meidoornstruik hoorde ze mussen tsjilpen en boven zich zag ze een zwerm spreeuwen uitvliegen.

Dit waren dingen die ze niet kende in de stad, en ze besefte hoe uniek en kwetsbaar dit stukje land was. Ze voelde een steek in haar hart bij de gedachte aan Samuel Wollingtons woorden over zijn 'plannen'.

Ze had nog veel werk aan haar conditie. Terwijl het zweet in beekjes van haar lichaam liep, besloot ze dat het niet nodig was om zichzelf te pijnigen. Ze zou haar leugen verderzetten, omdat ze zo heel wat mensen kon helpen.

Weer in het huisje aangekomen, nam ze een douche en gebruikte de douchegel met citroen en kamperfoelie die in het winkeltje werd verkocht. Ze droogde zich af en trok haar versleten plunje van de dag voordien aan.

De winkel zou pas morgen weer opengaan, dus ze besloot even langs te gaan bij tante Paula. Ze zocht op welke bus er naar Oxford ging en fietste naar de bushalte. In Oxford werd ze overvallen door een soort thuisgevoel.

Ook al had ze Londen niet actief gemist de voorbije weken, toch was ze blij om nog eens in een drukke stad te zijn. Het gespecialiseerde verzorgingstehuis waar tante Paula nu woonde, hield het midden tussen een ziekenhuis en een rusthuis. Ze klopte zachtjes op de deur.

'Binnen.' Er verscheen een glimlach op tante Paula's bleke gezicht toen ze zag wie er als een stille muis binnen trippelde. Terwijl Emma hen wat thee uitschonk, vertelden ze elkaar hoe het hen verging.

'Je vraagt je misschien af wat ik nu nog doe met die verdomde watermolen. Ik heb er in de winter ook vaak op gesakkerd met de kou. Het waren harde dagen wanneer George maar weinig brandhout van het domein had om uit te delen, maar toch gaf het me ook voldoening dat ik mijn plan kon trekken.'

Emma begreep wat ze bedoelde. Ook al was het niet ideaal, toch had ze een soort trots gevoeld nadat ze voor de eerste keer haar kleren met de hand had gewassen en te drogen had gehangen aan de waslijn in het tuintje.

'Ik weet dat ik al oud ben en eenieder ander mens met gezond verstand zou de zaak al lang verkocht hebben, maar … ik zou het plekje nooit kunnen verkopen. Het heeft een ziel. De watermolen is al generaties lang in onze familie en ik vind dat dat zo hoort te blijven. Andere mensen zouden de plek misschien niet begrijpen en zouden het waarschijnlijk commercieel gaan uitbuiten en verpesten.' Tante Paula gruwelde zichtbaar bij die gedachte.

'Dan vind je het vast afschuwelijk wat de nieuwe landgoedeigenaar van plan is met de cottages?' Emma kruiste haar benen.

'Oh, ja. Het is een ramp voor het dorp. Hij is eigenaar van bijna alle huizen. Binnenkort zal Waterbury veranderen in een leeg spookdorp dat het in de zomermaanden moet stellen met een wisselend publiek.' Tante Paula snoof.

'Ik ben trouwens gisteren met hem gaan praten.'

Tante Paula veerde op. 'Met wie? Met de nieuwe lord Wollington?'

Emma stak wat kussens achter haar rug.

'Ja, wat een onaangenaam gesprek was dat. Ik heb er een naar gevoel bij.'

'In jouw hoofd zag hij er waarschijnlijk al uit als iemand die oud, gewiekst en op geld belust is. Maar zo is de realiteit niet helemaal. Die jongen heeft heel wat meegemaakt. Het heeft hem gevormd tot de persoon die hij vandaag is.'

Dit wekte Emma's interesse. Tante Paula had enkel een nieuw kopje thee nodig als aanmoediging.

'De vorige eigenaar, Samuels vader, is gestorven aan een drankverslaving. Hij heeft het kasteel in een wanordelijke puinhoop achtergelaten. Het gebouw is vandaag niet veel waard meer. Het is een halve bouwval geworden. Het gezin is nogal wat rampspoed overkomen, maar dat is vele jaren geleden. Zijn vrouw was bij hem weggegaan en verhuisde even later naar de Verenigde Staten om bij haar nieuwe echtgenoot te gaan wonen. Een tweede klap voor de oude lord was het plotse vertrek van zijn zoon naar het buitenland om bij zijn moeder te gaan wonen. Die jongen heeft nooit meer contact opgenomen met zijn vader. Hij heeft hem laten vallen als een baksteen.'

'Wat erg.'

'Oh, ja. Dat was het zeker. Het was een ongelukkige familie. Over de zoon kunnen de dorpelingen weinig goeds zeggen. Wie laat er zijn vader nu in de steek? Die man had niemand meer. Werkelijk niemand verdient zoiets. Hij was veel te schuw om een nieuwe vrouw te zoeken. En de drank hielp er ook niet aan.' Tante Paula zuchtte. 'Vroeger zagen we het gezin nog in de kerk, maar dat is inmiddels ook al meer dan twintig jaar geleden. De oude lord kwam niet meer in het dorp. We wisten enkel nog van het personeel hoe hij het stelde.'

Emma vertelde voor hun afscheid ook nog over haar plannen om als landschapsarchitect voor het domein te werken, tot groot genoegen van tante Paula. Ze beloofde haar dat ze haar gauw weer zou bellen en opzoeken.

'Dat is goed, ik kijk er naar uit. Maar maak je geen zorgen, kind. Je moeder zorgt heel goed voor me.'

Op de terugweg naar het dorp bedacht Emma zich dat ze dringend een paar mensen op de hoogte moest brengen van haar plannen. Ze plofte neer in de zachte sofa van de watermolen. Met hernieuwde moed nam ze haar telefoon in de hand en belde naar June om haar in te lichten.

June was door het dolle heen. Ze zou onmiddellijk het actiecomité op de hoogte brengen. Ze zei dat ze maar best langskwam om haar vader op de hoogte te stellen van haar missie en hem betrok, want ze zou hem daarbij hard nodig hebben.

9

'Je hebt wát belooft?' barstte George uit.

'Dat de binnentuin binnen drie weken volledig heraangelegd zou zijn, compleet met pronkplanten en zo.' Emma klonk plots een pak onzekerder.

George liet zijn hand met een klets op zijn voorhoofd vallen.

'Mijn god, dan moeten we nu meteen starten. En denk maar niet dat zoiets kan lukken. Of wat had je in gedachten misschien?'

'Ik dacht dat we wat bloemen in potten konden kopen en in de grond konden stoppen?' Emma kon wel door de grond zakken van schaamte. Wat had ze hen aangedaan.

'Hmm', zei George aarzelend. 'Daar zit misschien wel wat in. Als we dat pak onkruid wegmaaien, de bestaande taxus en buxusheggen zwaar insnoeien en vormgeven, dan kunnen we de lege ruimtes met eenjarigen opvullen. Dat op zich zou al een hele transformatie lijken. God weet hoe weinig die jongen van planten kent. Hij zou nooit weten dat die bloemen na één seizoen al afsterven. Van een echte heraanleg is er dus geen sprake, want daarvoor moet je hopen vaste planten selecteren en in de grond stoppen. Maar daarvoor hebben we nu geen tijd.'

Emma voelde een sprankje hoop opborrelen.

'Maar wordt maar niet te enthousiast, meissie. We zullen minstens één paar extra handen nodig hebben.' George fronste. Hij staarde nadenkend in de verte. 'Misschien kunnen we het aan Marcus vragen.'

'Ja! Prima idee! Als je wil, bel ik die Marcus nu meteen op', zei Emma gretig.

'Nee, nee. Laat dat maar aan mij over. Je zou geen woord verstaan van wat die jongen zegt, en hij zou geen woord begrijpen van jouw nette stadsaccent', bromde hij.

'Goed dan', zei Emma geprikkeld.

George nam zijn telefoon en toetste wat dingen in met zijn grove vinger die bruin zag van de aarde. Emma probeerde niet te laten merken hoe fascinerend ze het vond om te zien hoe een knoestige kabouter als George zo vlotjes een modern toestel bediende.

'Oké, Marcus doet mee.'

Emma klapte opgelucht in haar handen.

'Hij zal ook zijn bestelwagen ter beschikking stellen om naar het tuincentrum rijden. Die zullen we hard nodig hebben. Dan kunnen wij nu even naar de binnentuin gaan zodat jij wat inspiratie kan opdoen voor de eerste lading eenjarigen die we later deze week gaan uitkiezen. Het was trouwens hoog tijd dat die lopende rekening van Waterstone House bij het tuincentrum weer gebruikt werd.' Georges ogen twinkelden bij de gedachte aan de duizenden ponden die ze straks zouden gaan uitgeven aan al dat groen.

Hij laadde Emma's fiets in de laadbak van zijn tuinierswagen die vol gereedschap lag en samen tuften ze naar het landgoed.

Bij de smeedijzeren toegangspoort haalde George een pasje tevoorschijn dat hij voor een plaatje zwaaide, waarop het hek openging.

Handig, dacht Emma. Zo een pasje moest ze ook zien te verkrijgen.

'Dat was één van de eerste dingen die die knul hier heeft veranderd. Alles moest veiliger. Er is toch niets mis met een sleutel?' morde hij.

Opnieuw werd Emma getroffen door de charme van het eeuwenoude gebouw. Ze wandelden over het grind en liepen naar de ommuurde achterkant van het landhuis. Daar stuitten ze op een woestenij aan struiken, metershoge brandnetels en bruine grashalmen. Op sommige plekken kon Emma nog een bakstenen pad ontwaren dat nu overwoekerd was door onkruid. Her en der lagen er lege verpakkingen, rotte stukken timmerhout en plastiek.

'Jij denkt vast dat ik mijn job als tuinier niet goed heb gedaan. Maar je moet weten dat ik vooral de weilanden heb onderhouden. Heggen snoeien, afsluitingen repareren, ... Het gaat hier over tientallen hectaren grond en ik stond er praktisch alleen voor. De oude lord had ook liever niet meer dat er nog iemand te dicht in de buurt van het huis kwam. Zelfs zijn eigen personeel niet. Hij was gesteld op zijn privacy.'

'Maak je geen zorgen, ik weet heel goed dat ze op gelijkaardige eigendommen meerdere mensen in dienst hebben voor zulke taken.'

George knikte instemmend.

'En? Komt de inspiratie al binnenvallen?'

Emma wandelde zwijgend tussen het onkruid. Ze was blij dat ze een jeans aanhad. Ze tuurde omhoog, naar de zon die vanachter de wolken een zachte gloed over de plek wierp.

Ooit moet dit een hemels plekje geweest zijn. Ze stelde zich voor dat ze in statige rokken rondliep en een boek ging lezen op een bank onder een prieel dat bijna doorboog onder het gewicht van bloemen en kwetterende vogels. Haar jurk sleepte langs netjes geschoren buxus die in een ingewikkeld patroon rond lavendel en rozen stond. Ze schudde haar haren naar achteren en maakte een denkbeeldige reverence.

Of toch niet zo denkbeeldig als ze dacht. George stond alles geamuseerd te bekijken.

Samuel Wollington staarde uit het raam. Hij was weer in het midden van een afschuwelijk lange werkdag, maar daar treurde hij niet om. Het werk schonk hem voldoening en de intellectuele uitdaging die hij nodig had.

Hij wenste gewoon dat hij soms zijn zorgen met iemand kon delen. Of om eens even te kunnen lachen om iets, al was het maar om iets kleins.

Met zijn moeder kon hij dat af en toe wel, maar zij zat ver weg in de Verenigde Staten. Het tijdsverschil zorgde voor een natuurlijke kloof tussen hen.

Wanneer hij acuut de nood voelde om met iemand te praten die geen mouwveger was, iemand die hij vertrouwde, dan lag zij te slapen. En tegen de tijd dat zijn moeder wakker was, was het moment al gepasseerd voor hem.

In de verte zag hij zijn nieuw aangeworven landschapsarchitecte ronddolen in de binnentuin.

Wat deed ze vreemd.

Hij ging dichter bij het raam staan om haar te bekijken. Tussen haar wandelpassen maakte ze soms een klein huppeltje. Af en toe kneep ze met haar vingers in de lucht, alsof ze dingen aan de atmosfeer toevoegde, bijna als een kind dat imaginaire vriendjes had.

Misschien was het een soort oefening. Of een meting van de lichtinval en leerden ze hen zoiets in de opleiding, maar hij twijfelde. Het was bijna een soort dansen dat van binnenuit kwam, als een tweede natuur. Gebiologeerd door haar onaardse bewegingen, leunde hij dichter naar het raam toe.

Plots hield ze op en het leek alsof ze hem onverschrokken aankeek.

Verdorie, dacht hij. Kon ze hem van die afstand zien? Hij leek wel een engerd die aan het staren was. Snel trok hij zich terug in de duisternis en haastte zich weer naar zijn bureau.

Maar op het moment dat hij zich weer op zijn werkstoel wou laten zakken, bedacht hij zich. Ach wat, hij had toch niemand te vrezen? Het was zijn huis en zijn tuin. Het werd tijd dat hij zich beneden even liet zien.

Toen hij naar buiten wandelde, liep Emma nog steeds rond in haar fantasie.

'In welke wereld bevindt zij zich?' vroeg hij aan zijn tuinier. Samuel overschouwde het tafereel laatdunkend.

Georges buik schudde zachtjes van het lachen.

'Komt goed, Sir, komt goed. Ze gaat nu door het creatieve proces.'

Emma schrok op uit haar gedachten. Ze herstelde zich snel toen ze Samuel Wollington naast George zag staan.

'Ik denk dat we voor wit en blauw moeten gaan. Met hier een daar een lila accent.' Ze knikte nadrukkelijk. 'Ja, bloemen in de kleur van de hemel, want dat gevoel roept deze plek bij me op.' Ze hoopte maar dat het niet klonk alsof ze dit zonet uit haar duim had gezogen.

Samuel kruiste zijn armen. 'Voor je zo een door de hemel geïnspireerde beslissingen gaat maken, denk ik dat ik je beter eerst wat informatie over de tuin geef. Of is dat 'goddeloos' van me?' Het sarcasme droop van zijn stem.

'Nee, dat is prima', stamelde Emma. 'Ik wou je daar net om vragen.'

George wendde zich af om de glimlach op zijn gezicht te verbergen. Hij trok al wat verdorde distels uit met zijn blote handen. Emma kromp ineen, maar bedacht zich dat hij de prikken wellicht toch niet voelde met al die eelt op zijn handen.

Samuel wenkte haar en liep door een deurtje. Ondanks het feit dat het om een zijdeur ging, had deze toch een prachtige versierde stenen lijst.

Emma wist uit haar opleiding dat dat betekende dat de bouwer van het huis ooit welvarend was en dat ook wou tonen aan de buitenwereld.

Ze schrok toen ze binnenwandelde.

Aan de buitenkant van het landgoed kon je vermoeden dat het gebouw een opknapbeurt kon gebruiken, maar het was nog erger dan je zou verwachten.

Ze stonden nu in een ontvangstruimte en ze zag hoe charmant het hier ooit geweest moest zijn. Nu kon je het niet anders beschrijven dan totaal vergane glorie.

De kalk brokkelde op verschillende plekken van de muren. In een bepaalde hoek van het plafond zag ze dat er zelfs niets meer overschoot van de versierde bepleistering, wellicht door waterschade. Er gaapten haar daar enkel nog wat rotte latjes hout aan.

De raamkozijnen en gordijnen waren zwart van de schimmel die zelfs bijna tot de vloer doorliep. Overal stonden er bestofte flessen en rommel. Heel veel rommel.

De kamer leek net een oude mond vol scheve tanden met een ademtocht die je deed kokhalzen.

Ze huiverde. Had niemand dan ooit de moeite genomen om op te ruimen? In gedachten zag ze een familie ratten picknicken op het verschoten tapijt, compleet met kleertjes en een picknickmand.

Samuel zag hoe ze rondkeek en kromp zichtbaar in elkaar. Dit is dan de grote erfenis van mijn vader, dacht hij bitter. Hij besloot er niet op in te gaan.

Hij duwde haar een opgerold vel papier in de handen. 'Dit is het laatste plan van de binnentuin. Het zou leuk zijn moest je je voor de restauratie baseren op de geschiedenis van deze plek. Met jouw eindwerk zal dat wellicht geen probleem vormen.'

Ze knikte snel en slikte een brokje denkbeeldige schaamte weg.

'Het plan moet ergens dateren van de zeventiende eeuw en is origineel, wees er dus voorzichtig mee.'

Emma voelde zich nederig worden met zo een oud document in haar handen.

'Ik maak er nu even een foto van, dan kan het hier weer in veiligheid liggen.' Al dacht ze onwillekeurig dat het document minder kans had om schade op te lopen in haar droge, schone watermolen dan in dit vergiet. Haastig rolde ze het plan open en speurde de ruimte af naar een leeg oppervlak, dat er niet was.

Ze drukte het de rol papier dan maar tegen de muur met haar ene arm en nam met haar andere hand wat foto's met haar telefoon. Ze voelde Samuel Wollingtons blik even over zich heen flitsen, of verbeeldde ze zich dat slechts?

'Er ligt hier nog meer over de tuinen. Je moet een andere keer eens langskomen, nu heb ik de tijd niet. Er is nog wat werk te doen voor ik hier een feestje kan geven.' De ironie in zijn stem ontging haar niet.

Hij gebaarde naar de deur en liep met grote passen weg in de andere richting, dieper het kasteel in. Emma was bang dat het gebouw hem zou opslokken. Ze maakte zich snel uit de voeten en was blij om weer in de frisse buitenlucht te zijn, alsof ze wakker werd uit een benarde droom waarin ze vruchteloos vluchtte van haar achtervolger.

Die avond zette Emma alle hens aan dek. Ze at snel een snack en installeerde zich met haar spullen in de zitruimte. Ze haalde haar laptop boven en opende de designprogramma's die ze tijdens haar opleiding had leren gebruiken.

Zelfs Winston kwam aanwippen. De dikke kater veinsde desinteresse, maar Emma prikte er zo doorheen.

Hij kon zijn ogen niet van haar vingers afhouden die met de muis klikten en vleide zich tegen de warme achterkant van het computerscherm.

Emma downloadde gedetailleerde luchtfoto's van het domein en zette de foto van het antieke tuinplan ernaast. Ze bestudeerde beiden minutieus.

De kleine bibliotheek van tante Paula vol klassiekers over tuinieren kwam nu goed van pas. Het was een hele stapel, maar Emma moest en zou zich door de situatie slaan.

Voor een keertje zat het geluk haar mee. Ze had tussen de talloze tuinboeken ook een gehavend boekje gevonden over de geschiedenis van Waterbury en het landgoed. Deze plek ademde geschiedenis uit. Emma vond dat het verkeerd aanvoelde als ze een volledig nieuw, modern design zou opdringen aan de binnentuin. Ze zou de binnentuin grotendeels in zijn oorspronkelijke staat herstellen en hier en daar een frisse wind laten waaien.

Ze gaf haar eigen draai aan de nieuwe plannen die zich op haar laptop vormden en knikte tevreden.

Gaandeweg zou ze zich wel bedenken met welke planten ze haar ideeën zou realiseren.

Het was een rustige dag voor de winkel. In de voormiddag was ook eindelijk de wasmachine toegekomen die ze op het internet had besteld. Na een halfuur had de installateur alles keurig gemonteerd in de keuken van de watermolen. Er stond zelfs al een eerste wasje te draaien.

Emma sloot tevreden de deur. Ze had een uur lunchpauze en besloot dat het een goed moment was om even naar het landgoed te fietsen. George was daar al voor de tweede dag aan het werk in de binnentuin.

Gisteren had ze de plannen gefinaliseerd en per e-mail naar June gestuurd. Volgens haar was haar vader opgetogen met het werk.

'Komt er toch nog iets goed uit al deze miserie', had hij gebromd.

Ze drukte op de bel en de toegangspoort gleed woordeloos open. Ze vroeg zich af of het ding ook een camera had.

Toen ze in de tuin aankwam, zag ze twee hoofden verwoed discussiëren boven een berg brandnetels die net uit de grond waren getrokken.

'Marcus, hoe vaak heb ik je het al niet gezegd. Je moet de machine sméren voor je d'ermee aan de slag gaat. Alleen zo krijg je de taxus het gladst gesnoeid.' George trok geagiteerd aan de klep van zijn pet.

'Maar hij ziet er toch prima uit? Ik zal hem straks wel smeren.' Een knullige kerel met rood haar wees naar een enorme taxus die al half gesnoeid was.

'Hier wordt duidelijk hard gewerkt.' Emma stond met haar handen in haar zij en keek goedkeurend naar de tuin die nu een werf was geworden.

'Ah, Marcus, dit is onze landschapsarchitect. Ze komt de werken hier inspecteren. Smeer die machine nu maar.'

Marcus gezicht lichtte op toen hij Emma zag. Hij schudde haar hand met één van zijn enorme handen en sjokte ditmaal zonder morren naar een bakstenen berghok.

'Mooie plannen hoor. Maar zal nog een aardig werkje worden om alles rond te krijgen. En ik heb enkel Marcus om me uit de penarie te helpen. Die jongen bedoelt het goed, maar soms is hij niet helemaal mee.' George sjorde aan een groot stuk onkruid tot het uit de grond schoot.

'Maak je geen zorgen, op mijn vrije dagen zal ik komen helpen. Ik zal al je bevelen met plezier opvolgen.'

George lachte. Zijn snor zag er extra borstelig uit vandaag. Tussen de wirwar aan dorre grashalmen wees hij naar enkele toefjes buxus die al kunstig ingesnoeid waren.

'Dat is een voorproefje, om je te tonen tot wat we in staat zijn.'

'Het ziet er veelbelovend uit.'

Emma meende vaag een gedaante te onderscheiden in een raam op het tweede verdiep van het landhuis. Ze vroeg zich onwillekeurig af of het weer Samuel Wollington was. Een golf van stress overspoelde haar, maar ze besloot er zich niet door te laten afleiden.

Haar maag knorde. Ze haalde een boterham uit haar achterzak en wikkelde hem uit de folie. Zo goed en zo kwaad ze kon, wandelde ze door de stekelige planten. In gedachten projecteerde ze haar plannen op de vervallen tuin.

Leven, dacht ze. Dat heeft deze plek nodig. Vlinders en bijen. Ze zou aan George vragen welke planten zulke insecten konden aantrekken.

'Nog veel werk voor de boeg, he.' Marcus keek hoopvol naar Emma, maar ze was te zeer in haar gedachten verzonken.

'Laat d'r maar, die meid is kierewiet', bromde George.

'Zo ziet ze d'r niet uit', zei Marcus. Hij tuurde dromerig naar Emma's fijne gezicht en welgevormde benen.

'Probeer maar es een normaal gesprek met haar te houden, het zal je ogen openen.' George kreunde en rolde de kruiwagen een stukje verder om plaats te maken voor een nieuwe berg onkruid.

'Kom, knul. Geef me de heggenschaar eens aan? De grote. En knip al wat uitstekende takken weg van deze sering. Ze hinderen ons in het werk en hij is toch te groot geworden.'

Emma sprak af met George dat ze zondag naar het tuincentrum zouden gaan om de bloemen uit te kiezen. Ze nam afscheid van beide mannen en keerde terug naar de watermolen.

10

Vrijdagavond bracht Emma de vier taarten naar de tearoom die ze die ochtend had gebakken.

'Chocoladeperentaart en weer van de geweldige appeltaart. Wat verrukkelijk.' Norah keek met grote ogen naar haar creaties.

Mandy was na sluitingstijd nog wat blijven hangen in de tearoom. Ze stal een kruimeltje dat naast een van de taarten was gevallen. Norah gaf haar een lichte tik.

'Die zijn voor de klanten, hoor.'

'Al goed.' Mandy smakte met haar lippen.

'Wil je ook een glaasje wijn?' vroeg Norah aan Emma.

'Graag.'

Mandy klopte op haar magere ribbenkast. 'Om de week te verteren en het weekend te vieren.'

'Niet te zwaar vieren hoor, Mandy. Morgen moeten we weer paraat staan. Nu de lente goed in gang is geschoten, worden het weer drukkere tijden voor ons.'

'Ik weet het, ik weet het.' Mandy haalde een satéstokje uit haar haren en legde het op de toonbank. Ze bukte zich om een wijnglas voor Emma te nemen.

Norah trok haar wenkbrauwen op en fluisterde tegen Emma: 'Je moest eens weten wat ze daar allemaal in kwijt kan. Net een eksternest.'

Emma lachte zachtjes.

'Moet je nu wat weten.' Norah likte langs haar lange

tanden.

'Spill the tea', zei Mandy. Norah had verder weinig aanmoediging nodig.

'Gisteren in de kruidenier ving ik een gesprek op tussen twee vrouwen over Waterstone House. Blijkbaar reed er een gloednieuwe Aston Martin door het dorp. Een rode, wat een smakeloze kleur voor een Aston Martin als je het mij vraagt', zei Norah tussen neus en lippen.

'Nog eens wat anders dan die toeristenbussen die we hier altijd te zien krijgen.'

'Juist, Mandy, daarom leek het ook zo verdacht. Één van die dames was aan het rijden en besloot de Aston even te volgen. En hij stopte gewoon half op de baan vlak voor de toegangspoort van Waterstone House. Stond daar blijkbaar heel protserig. Die dame dacht eerst dat het misschien ging om een potentiële koper, maar niets is minder waar. Het was Lady Amy!' Norah wiebelde enthousiast heen en weer op haar stoel.

'God, die meid. Wat heeft iedereen hier toch met haar?' Mandy trok haar neus op en richtte zich tot Emma. 'De plaatselijke adel wordt hier als celebrity behandeld. Voor niets nodig, als je het mij vraagt.'

'Mandy, niet zo takkig doen. Lady Amy is hier al enkele keren langs geweest en heeft altijd mooie woorden voor mijn scones. Ze behandelt me telkens bijna als haar vriendin.'

'Je vriendin, kom nu …' Mandy rolde met haar ogen.

'Lady Amy is geweldig. En jij, Mandy, nou, jij bent … Mandy! Het zou nooit werken tussen jullie door de grote verschillen in …' Norah aarzelde.

'Zeg het maar luidop, hoor. De grote verschillen in klasse!' zei Mandy terecht stekelig.

'Welnee, lieverd! Je liet me niet uitspreken, ik zocht

gewoon even naar het juiste woord. De grote verschillen in karakter, dat is wat ik wou zeggen. Maar Mandy, je weet dat wij gemaakt zijn uit klei, om het woordsprekelijk te zeggen.'

'Spreekwoordelijk zul je bedoelen', zei Mandy kort.

'Juist, spreekwoordelijk,' zei Norah, die door Mandy's opmerking totaal niet uit het veld geslagen was. Het leek alsof Mandy een bediende was die haar net zoals het aanreiken van het juiste paar schoenen bij het aankleden, een woord aanreikte.

Norah vervolgde weer op gewichtige toon: 'wij zijn gemaakt uit klei en Amy is geconstitueerd uit vloeibaar goud, zo simpel is het!'

'Het klinkt bijna alsof je verliefd bent, Norah. Wat mij betreft mag je haar hebben, ik moet niets weten van verwaande types.' Mandy nam een slokje van haar glas en kieperde de rest van de fles leeg in dat van Emma.

'Ze is helemaal niet verwaand, net het tegenovergestelde zou ik zo zeggen. Jij bent vandaag ook snel op jouw tenen getrapt, zeg', zei Norah kribbig.

Emma had medelijden met Mandy. Ze vond het hooghartig van Norah om zo hoog op te lopen met iemand 'van klasse', wat vandaag de dag natuurlijk klinkklare onzin was.

Mandy was met haar zesendertig jaren op de teller nog jong en door de vele dingen die ze al had meegemaakt, zag ze er aan de buitenkant misschien wat ruw en doorleefd uit voor haar leeftijd. Maar de zorg waarmee ze haar klanten bediende, getuigde van compassie en een goede portie gezond verstand. Veel betere kwaliteiten dan dat bestonden er niet, vond Emma.

'Ja, ik voel me ongemakkelijk door jouw nieuwtje. Of nee, ik voel me gealarmeerd.'

'Gealarmeerd!' riep Norah uit.

'Ja. Amy is makelaarster. Ze handelt in luxevastgoed. Dat heb je me zelf gezegd na één van haar befaamde bezoekjes aan de tearoom. Was je dat soms vergeten? Dat kan maar één ding betekenen.'

Norah sloeg een hand voor haar mond. 'God, ja. Je hebt gelijk.'

'Het is slecht nieuws voor ons, Norah.' Mandy sloeg haar armen over elkaar en Norah beet op haar lippen.

'Laat ik dit nieuwtje aan June weten? Lijkt me nuttige info voor het actiecomité' opperde Emma voorzichtig.

'Goed idee', beaamden ze.

Emma wreef over haar stramme spieren. Het was zondagvoormiddag en ze stond in een gespecialiseerd tuincentrum naast een montere George te kijken naar verschillende soorten viooltjes, waar ze eerlijk gezegd maar weinig verschil tussen kon zien.

Dat waren gewoon maar haar stadsogen, stelde George haar gerust.

Voor een baksessie met June was er die dag geen tijd. De aanpak van de binnentuin kreeg nu alle voorrang.

Ze was gisterenavond nog zes kilometer gaan lopen, wat achteraf gezien geen goed idee was geweest. Zoals Norah had voorspeld, was het een drukke bedoening in de winkel. Ze had ook dozen vol Paasgerelateerde snuisterijen uitgeladen en in de winkel gestald. De rieten konijnen met mandjes en donzige namaakkuikentjes met pastelstrikken waren een instant hit bij haar klanten.

Ze struinde rond in het tuincentrum en laadde wat witte camelia's op haar karretje die al behoorlijk uit de kluiten gewassen waren.

Ze schrok van het prijskaartje. Ze had geen idee dat planten zo duur konden zijn, maar omdat de tuin klaar moest zijn voor een feestje, had George gezegd dat ze ook naar de grotere planten moest kijken. Hij zou zich wel over de eenjarigen bekommeren.

Ze keek ook naar de prentjes van de potten, want veel planten stonden nog niet in bloei. De blauwe agapanthussen zouden mooi staan bij wat lavendel en de hopen witte trosrozen die George al had geselecteerd.

Enkele uren later, toen de laatste krat met planten was ingeladen, kreunde George. De bestelwagen van Marcus was handig ingericht met rekken die nu boordevol bloemen en groen stonden, als een weelderige tuin op wielen.

'We zullen ze morgenochtend wel uitladen op het domein. Ik zal aan Marcus vragen dat hij zijn raampjes opendraait. Ze hebben toch voldoende water gekregen om de nacht door te geraken.'

'Goed.' Emma veegde haar haren uit haar gezicht. 'Dan zie ik je morgen. Ik probeer er zo vroeg mogelijk te zijn.'

Marcus stond tegen een boompje op een ladder te balanceren. Toen Emma uitgerust en frisgewassen in zijn gezichtsveld verscheen, liet hij de snoeischaar uit zijn handen vallen.

'Die zal ik wel voor je oprapen', zei Emma snel. Ze bukte zich om de snoeischaar uit het gras te nemen.

Marcus liep rood aan.

'Stel je niet aan, jongen. Je ziet eruit als een Kniphofia.' George veegde zijn handen schoon aan zijn broek.

Dat was een rode vuurpijl, wist Emma nu dankzij de vele uren die ze in tante Paula's tuinboeken had zitten rondneuzen. Ze had het zelf niet beter kunnen omschrijven en proestte het zachtjes uit.

Het leek Marcus niet te deren, hij was Georges kleurrijke omschrijvingen wel gewend. Hij nam vrolijk de snoeischaar van Emma aan.

'Goed, nu we er alle drie zijn, is het tijd dat we de bloemen en planten uitladen en een plekje geven in de serre tot de grond volledig plantklaar is. Ik denk dat we het best een ketting vormen.'

Na een uur was alles uitgeladen en bewaterd. Nadien moest Emma het bakstenen tuinpad wieden. Ze wenste dat ze haar oortjes had meegenomen om wat muziek te luisteren tijdens het werkje dat eindeloos leek voort te duren.

Van haar frisgewassen haren viel er na een tijdje niets meer te zien. Na verloop van tijd zag ze er volledig bestoft en bezweet uit.

Maar goed dat ze een oude T-shirt aanhad die dag.

'Emma', zei een mannenstem achter haar.

Ze bevroor.

Dat klonk wel heel erg als Samuel Wollingtons stem. Zou ze zich omdraaien, of doen alsof ze hem niet had gehoord? Ze had weinig zin om weer als een 'jonkie' of een soort bedelaar te worden behandeld. Voor zo een spelletjes voelde ze zich simpelweg te oud.

'Emma', zei de stem opnieuw. Ze zuchtte. Ze draaide zich nog steeds gehurkt om en keek op een paar benen in een chinobroek met daarnaast een paar hele lange, gebruinde benen.

'Mag ik je voorstellen aan Amy, een goede vriendin van me. Je zal geen aardiger persoon vinden op aarde', zei Samuel.

Dit was de eerste keer dat Emma hem zo oprecht zag spreken, zonder verholen sarcasme of achterdocht.

Amy was een verzorgde brunette met een soort uitstraling die opviel. Geen wonder dat Samuel zich plots als een gestreken hemdjes-man gedroeg, dacht Emma grimmig.

'Dit is de nieuwe landschapsarchitect waar je naar vroeg, Amy. Ik hoop dat je tevreden bent.' Emma voelde zich net een nieuwe wagen die door de ene buurman aan de andere werd geshowd.

'Fantastisch!' Amy klapte enthousiast in haar handen. 'Dus jij bent tuindesigner?'

Emma krabbelde overeind en trok haar schouders op. Tuindesigner klonk natuurlijk chiquer dan landschapsarchitect.

'Ik ben zo blij dat hij naar me heeft geluisterd, dankzij jou zal de tuin er geweldig uitzien voor het feest.'

Emma voelde iets trekken in haar maag. Ze glimlachte en knikte slechts.

Amy maakte een overweldigende indruk op haar. Het voelde niet goed om te liegen tegen zo een knap en aardig persoon. Bij Samuel Wollington had ze daar geen moeite mee, want iemand die een tachtigtal gezinnen op straat zette voor het geld, verdiende geen medelijden. Aan die gedachte moest ze zich vasthouden, besloot ze.

Ze glimlachte met hernieuwde kracht.

'Klopt. We zijn volop aan het werk om jullie dromen waar te maken.'

Samuel fronste en keek ongerust naar de puinhoop die zich rond hen heen bevond.

'Je hebt nu nog wat fantasie nodig om te zien hoe het zal worden, maar het komt goed. Als je wil kan ik je de plannen tonen?' Ze probeerde zo professioneel mogelijk te klinken. Ze hoopte dat dat haar matuur en zelfzeker deed overkomen.

'Zolang het eindresultaat maar goed is', zei Samuel terughoudend. 'Jouw plannen kan ik later archiveren bij de rest van de documenten over het domein.'

'Ik ben er zeker van dat jij en jouw team dit geweldig zullen doen. Ik had trouwens nog een paar ideetjes voor deze plek.' Amy nam Emma's arm vast om haar mee te tronen naar een uithoek van de binnentuin.

'Hier dacht ik aan een water feature, een fontein of een siervijver of zo. Met jouw expertise weet je vast wat het beste is', zei Amy.

Ze kneep vriendelijk in Emma's arm. Emma's blik bleef hangen op haar verzorgde handen. Ze had de meest perfecte nagels, het viel bijna niet op dat ze van acryl waren.

Emma keek naar haar eigen bruine, afgekloven nagelrandjes.

Ze had ze misschien moeten boenen voor ze naar hier kwam, maar dan kwamen ze toch onmiddellijk weer onder de aarde. Valse nagels stonden Emma niet. Ze had er gewoon de handen niet voor.

Ooit had ze dat eens geprobeerd, in haar laatste jaar aan de universiteit. Het was de periode dat ze haar eindwerk moest schrijven en elke keer dat haar vingers het toetsenbord raakten, voelde ze een pijnscheut. De acryl op haar nagels voelde ongemakkelijk aan. Er waren grenzen aan je mooi maken, had ze toen besloten. En heel eerlijk, soms vond ze het ook maar ordinair.

'Het heeft nogal wat moeite gekost om Sam te overtuigen dit feest te geven', zei Amy vertrouwelijk.

Even flitste het door Emma's hoofd hoevéél moeite Amy precies had moeten doen, maar die gedachte schoof ze onmiddellijk opzij. Ze was hier niet om te oordelen over andermans leven.

'Ik ben zo blij dat hij mijn advies heeft opgevolgd. Het doel van het feest is om een projectontwikkelaar uit te kiezen. En het was mijn idee om de concurrentie in aangename omstandigheden samen te brengen. Een feestje en een rondleiding op de site zal hen wat opwarmen. Ik heb ervaring met dat soort dingen als makelaar, weet je. Hij zal fantastische aanbiedingen binnenkrijgen en kan op die manier de beste deal uit de wacht slepen.'

'Ja, dat is heel, eh, slim van je', zei Emma. 'Het is altijd leuk om iets bij te leren van medeprofessionals.'

'Juist, zo denk ik er ook over.' Amy knikte. 'Jij zal toch ook aanwezig zijn op ons feestje?'

'Ik?' vroeg Emma verbouwereerd.

'Ja! Heeft Sam je nog niet uitgenodigd? Ach, zo zie je maar. Gelukkig dat ik er ben om zo een dingen voor hem te regelen. Natuurlijk moet je erbij zijn. Jij bent tenslotte de tuindesigner van het project. En zo heb ik wat emotionele support, het is niet altijd makkelijk om zo'n evenementen te leiden.'

Het klonk bijna alsof zij de eigenaar was van Waterstone House, dacht Emma meewarig. Maar het kwam goed uit dat ze werd uitgenodigd. Misschien kon ze er waardevolle informatie vergaren voor het actiecomité van de dorpelingen, want van de sessies in de tuin was er voorlopig nog niet veel uit de bus gekomen.

'Je hebt gelijk. Ik zal graag aanwezig zijn', zei ze gedienstig.

Amy liep glimlachend weg. Ze wandelde met Samuel naar binnen.

'Wat kwam het chique volk doen? Inspectie van de site?'

vroeg George achterdochtig.

'De dame kwam vragen om een water feature. Een fontein of dergelijke.'

George steigerde bijna. 'Die kan ze op haar buik schrijven. We mogen al blij zijn als de hele aanplant lukt tegen het feest.'

Emma lachte.

'Water feature, water feature', hoorde ze hem mopperen toen hij terug wandelde naar zijn werkplekje in de schaduw.

11

De week vloog voorbij. Emma werkte zo hard ze maar kon in de winkel en de tuin. Het feest naderde en ze begon zich stilletjes aan zorgen te maken. Zelfs June bood aan om mee te helpen op het domein.

Enkel Samuel Wollington zelf had dat niet gedaan. Vaak sloeg hij hen vanuit het huis gade. Emma vond het maar niets.

Junes hulp had ze voorlopig luchthartig weggewimpeld, maar als ze eerlijk was, zou ze hem eigenlijk goed kunnen gebruiken.

Niet alleen was er nog veel te doen in de binnentuin, ze vroeg zich ook af wat ze zou aandoen op het feestje van Amy en Samuel. Ze bezat enkele mooie kleedjes, maar die had ze bij haar ouders in Londen achtergelaten. Bij het inpakken had ze niet gedacht dat ze ze nodig zou hebben.

Ze vroeg zich onwillekeurig af wat Amy zou dragen. Zelfs met een vuilniszak aan zou ze er nog geweldig uitzien. Waarschijnlijk zou het zelfs in een mum van tijd een hele trend worden. Sexy, gescheurde designer vuilniszakjurken.

Emma zuchtte. Ze wou haar rol goed aanpakken. Hoe meer ze deed alsof ze bij het clubje van dit vastgoedproject hoorde, hoe groter de kans was dat ze ook daadwerkelijk tot dat clubje werd gerekend. Schijn was alles. Dat had de natuur haar de afgelopen weken wel geleerd.

Ze bestelde online een zwart bandagejurkje en koperkleurige hakken. Ze hield van koper. Dat deed haar bruingroene ogen beter uitkomen.

Toen het jurkje en de schoenen donderdagvoormiddag in de winkel toekwamen, scheurde ze het plastiek open. Het was rustig in de winkel. Ze besefte dat dit wel vaker gebeurde op een donderdag.

Ze besloot om de outfit ter plekke even te passen. Ze stapte uit haar losse jeans, trok de nieuwe kleren aan en bewonderde zichzelf in de spiegel met ornamenten die achteraan bij de sjaals van Norah stond.

Het was een beetje krapper dan ze normaal gezien zou dragen, maar het kon ermee door. Ze had nu toch geen tijd meer om het terug te sturen en iets anders te bestellen. Het feest was al over twee dagen.

Als ze nog een keer ging lopen en wat minder boter op haar boterhammen smeerde, zou het tegen zaterdag misschien enkele millimeters losser zitten.

Het belletje boven de voordeur klingelde.

'Emma, George vroeg zich af of je …' Emma schrok op toen Marcus zijn rode haren door de deur stak en binnenwandelde.

'God, je bent … Ik heb nog nooit …' Marcus bloosde.

Zelfs zijn oren werden rood, wat Emma eerlijk gezegd een beetje overdreven vond. Het was nu niet dat ze naakt stond rond te paraderen.

Emma gnuifde om de situatie. Ze vond het ook een beetje beroerd voor Marcus, het was duidelijk dat hij niet vaak met vrouwen in contact kwam. Ze vroeg zich af of hij wel ooit verder dan vijftien mijl buiten Waterbury kwam. Laat staan dat hij al in Londen was geweest. Ze schuifelde subtiel achter de toonbank.

'George vroeg zich af?' herhaalde ze zijn woorden om hem uit zijn lijden te verlossen.

Marcus schraapte luidruchtig zijn keel.

'George ... vroeg zich af ...'

Emma knikte bemoedigend.

'... of je na sluitingstijd even kon langskomen. Hij heeft je mening nodig.'

'Geen probleem, dan zie ik je daar.'

Marcus zuchtte opgelucht en schoot als een vuurpijl de deur uit.

Toen ze die avond in de binnentuin stapte, keek ze verwonderd rond. Het vallen van de avond gaf iets magisch aan de plek.

Het werk van de laatste paar dagen was een kantelpunt geweest.

Plots zag ze haar tuinplan tot leven komen. Vier enorme taxuspiramides torenden uit boven de formele, maar romantische tuin met zes symmetrisch opgedeelde buxusperken die van elkaar gescheiden werden door het bakstenen paadje dat Emma met bloed, zweet en tranen had gewied.

De buxushaagjes waren in een ingewikkeld, gevlochten patroon geschoren. George had er echt een kunstwerk van gemaakt.

De aanplant in de perken was voor bijna de helft rond. Ze bewonderde de fijne blauwe bloemen en de witte tulpen die er als wolkjes boven zweefden. De camelia's leunden zwaar van de bloemen tegen de taxus.

Ze zag ook de plekken waar George de lavendel en witte trosrozen in de grond had gestopt. Ze was blij dat ze toch niet alleen maar voor eenjarigen hadden gekozen. Deze planten zouden pas later in het jaar gaan bloeien, maar het zou er fantastisch uitzien, dat wist Emma zeker. Ze keek reikhalzend naar het midden van de tuin waar ze één van haar eigen toevoegingen had gemaakt. Het was een stervormig perkje afgebakend met een lage haag van tijm. Het hart bestond uit een bodembedekker met witte bloesems. Het zag er betoverend uit. En het rook ook geweldig.

Emma ademde de avondlucht diep in.

George kwam uit het bijgebouw lopen. Hij rolde een kruiwagen voor zich uit.

'Ha, onze visionaire. Begint er al wat op te lijken, he.' Hij tikte tevreden tegen zijn pet.

'Absoluut. Ik denk dat we fier mogen zijn op onszelf.'

'Maar we zijn er nog niet. Nog even doorbijten.'

'Marcus zei me deze middag dat je mijn mening nodig had?'

'Oh, dat is al opgelost. Het ging over de tijm, was niet zo belangrijk. Die jongen zocht gewoon een excuus om je op te zoeken. Ik denk dat hij nogal onder de indruk is van jou. Hij heeft de hele namiddag geen woord gezegd. Kon enkel maar fluiten onder het snoeiwerk.'

Emma grinnikte. Ze keek in het rond. Ze zou niet graag hebben dat Marcus dacht ze hem uitlachen.

'Hij moet telkens om klokslag zes uur aan tafel zitten voor het avondeten dat zijn moeder bereidt. Hij is dus al gevlogen. Let maar niet op hem, hoor. Het is de lente die door zijn aderen vloeit.'

'Maak je geen zorgen, ik vind hem aardig. Zijn moeder boft met zo een brave kreeft in huis.' Ze lachten beiden.

Emma was blij dat de restauratie van de tuin vorderde, maar het was een dubbel gevoel. Ze had nog steeds niet veel nuttige info bekomen voor het actiecomité.

Ze vroeg zich af waar Samuel Wollington zich bevond. Wellicht stond hij hen weer van een afstandje gade te slaan. Ze keek naar het landhuis, maar kon hem niet ontwaren in de vallende duisternis.

De ramen van het huis waren donker. Er brandde geen licht.

'Waar is lord Wollington?', vroeg ze George.

'Geen idee, heb hem van de hele dag nog niet gezien. Misschien is ie binnen. Altijd maar aan het werk achter zijn computerschermen, die jongen.'

'Oh, goed. Dan ga ik hem even briefen over de tuin.'

Emma wachtte niet op Georges reactie en wandelde casual naar de achterdeur waarvan ze vermoedde dat die zelden op slot werd gedaan. Ze duwde de deur open en belandde in een donker halletje met terracotta plavuizen.

Het rook er een beetje muf.

Ze spitste haar oren. Tot haar opluchting was het muisstil. Ze liep snel door en hoopte ... Wat hoopte ze eigenlijk?

Een bureau te vinden? Een soort dossierkamer?

Ze voelde zich een beetje naïef, maar beet toch door.

Ze wandelde door een ontbijtkamer en een leefruimte die in een iets betere staat waren dan de zitkamer die ze de vorige keer had gezien. De leefruimte verraadde dat Samuel hier soms moest verpozen. Het zag er opgeruimd uit.

Ze vermoedde dat ze hier beneden niet veel zou vinden. Ze liep weer naar de hal en wandelde verder door tot ze op een grotere hal met een statige trap stootte. Ze gaf zichzelf geen tijd om te aarzelen en liep zo stil als ze kon naar boven.

De donkere treden kraakten onder haar voeten. Ze

kromp in elkaar, maar liep toch verder.

Op de laatste trede verstijfde ze. Ze hoorde een stem komen uit een van de kamers aan de andere kant van de overloop, maar in de schemer was er weinig te zien. 'Ja, dat weet ik. Dat weet ik.' Het was Samuel Wollington die telefoneerde met iemand. Ze sloop dichterbij en drukte zich tegen de muur naast de deur die op een kier stond.

'Wacht nog even met die opzegbrieven rond te sturen. Ik heb de contracten nog steeds niet gevonden in dit schimmelhok. Alleen God weet hoe oud die papieren zijn. De families van die mensen wonen al generaties in de huisjes. Ik vraag me zelfs af of er überhaupt contracten te vinden zijn.' Samuel Wollington trok enkele dozen van een kast en stak een lampje aan. Zijn langgerekte schaduw verscheen nu tot op de overloop. Emma hield haar adem in.

'Dus ik heb werkelijk geen idee of het om pacht of huur gaat', vervolgde hij. 'Ik weet enkel zeker dat de eigendom altijd in onze familie is gebleven. De eigendomsaktes heb ik trouwens al gevonden. Die stuur ik je binnenkort op.' Ze hoorde Samuel rommelen in de dozen. Ze boog zich nog een tikje dichter naar de deur toe.

'Ik zou willen dat u er mee wacht tot ik op zijn minst wat documenten heb gevonden. Het moet legaal gebeuren, of toch in de mate van het mogelijke.'

Emma fronste bij die woorden. Ze wenste dat ze het gesprek had opgenomen. Gelukkig had ze een goed geheugen. Ze zou June woord voor woord inlichten.

'Oké, ja. Ik betaal uw factuur, meester. Bij deze verleng ik ook uw mandaat om me verder te blijven assisteren. Uhu. Ja, in orde.'

God, dat klonk als een afronding van het gesprek. Ze

haastte zich zo stil mogelijk terug naar de trap. Ze hoorde zijn stem afzwakken.

Toen ze zich in het midden van de traptreden bevond, schoot er plots een licht aan. Ze keek paniekerig in het rond en zag boven zich een antieke kroonluchter een gouden licht verspreiden.

Vliegensvlug draaide ze zich om, zodat het leek alsof ze naar boven liep in plaats van naar beneden.

Samuel Wollington schrok op toen hij een blond hoofd bovenaan de trap zag zweven.

'Emma.' Zijn stem klonk verrast. En kil. 'Wat doe jij hier?'

'Sorry, heb ik je soms laten schrikken?' vroeg ze zo onschuldig mogelijk. Ze lachte hoegenaamd ontspannen.

Samuel fronste. 'Ja, het was donker in huis. Ik begon al bijna in spoken te geloven toen ik iets hoorde kraken.'

'Op een plek als deze zou ik ook in spoken geloven.' Ze probeerde luchtig te klinken en liep verder naar boven. Het leek haar verstandig om de afstand tussen hen te verkleinen.

'George zei me dat ik je hier kon vinden. Ik vroeg me af of je nog wat documenten over de binnentuin had? De vorige keer had je daar iets over laten vallen.'

'Heb je die nu nog nodig? Ik dacht dat de binnentuin bijna klaar was.'

Emma verwenste zichzelf. Ze had beter een ander excuus aangegrepen, dit wakkerde zijn achterdocht alleen maar aan.

'Ja, die is bijna klaar. Ik wou gewoon nog wat laatste checks doen. Je weet nooit dat ik nog een detail kan corrigeren.'

'Dat zal niet nodig zijn.'

'Goed, dan.' Emma vouwde haar handen in elkaar. 'Dan zie ik je zaterdag? Amy heeft me trouwens uitgenodigd voor het feestje. Ik weet niet of je daarvan op de hoogte bent.'

Samuel knikte slechts.

'Als je tuin goedkeuring krijgt op het feest, dan neem ik je misschien wel aan voor de rest. En dan kan je toch nog om die documenten komen.'

Emma vroeg zich af wat hij bedoelde met die woorden. Zou hij de andere kasteeltuinen ook willen restaureren? Of doelde hij op de tuinen van de cottages die hij van plan was te verkopen? Ze kon jammer genoeg niet verder doorvragen, want hij wandelde naar beneden en begeleidde haar zonder omwegen naar de voordeur.

'Tot zaterdag dan, op het befaamde feest', zei hij zonder een spoortje vreugde.

Ze zwaaide en vroeg zich meteen erna af waarom. Zwaaien was iets voor schoolmeisjes, of voor familie die elkaar graag zag.

Ze hoopte maar dat ze op het feest de kans kreeg om meer te weten te komen. Misschien kon Amy haar wel wijzer maken. Zij was een spraakwaterval in vergelijking met de teruggetrokken Samuel Wollington. Op dat vlak was de appel niet ver van de boom gevallen, dacht ze. Net als zijn vader hield hij van privacy en liet zich niet kennen bij andere mensen.

Emma vertrok met haar fiets zonder afscheid te nemen van George. Ze durfde niet meer terug om het huis te lopen om hem gedag te zeggen. Ze haastte zich naar de watermolen.

De frisse avondlucht vloog kalmerend over haar heen. In haar stulpje aangekomen, opende ze snel de deur, wenkte Winston naar binnen die al klaar zat op de vensterbank en draaide hem dan snel op slot.

Ze warmde een restje avondeten van gisteren op in een pannetje en nam haar telefoon in de hand. Ze sms'te June het hele relaas, die erg opgetogen was met dit nieuws.

'Dit is absoluut geweldig, Emma. Ik ben er zeker van dat onze advocaat hiermee aan de slag kan', stuurde ze onmiddellijk terug.

Emma vroeg ook om zich te verontschuldigen bij haar vader voor haar haastige vertrek, maar die zat er blijkbaar helemaal niet mee.

'En ik vrees dat ik je hulp toch zal kunnen gebruiken voor de tuin. Ben bang dat we niet rond geraken met de aanplant tegen zaterdagavond.'

'Mijn vader opperde zoiets ook al. En dat terwijl hij meestal zo onbezorgd in het leven staat.'

Emma lachte.

'Ik kom jullie zaterdagochtend vervoegen. Geen idee of je iets aan mijn twee linkerhanden zal hebben.'

'Super', stuurde Emma terug.

Ze kieperde haar avondmaaltijd op een bord en at het met smaak op aan het eenvoudige keukentafeltje.

Wat was ze blij dat ze zich weer in dit knusse hol bevond, en niet in dat tochtige landhuis met zijn al even ongezellige eigenaar.

Zaterdagochtend werd ze wakker van de zon die door het raam op haar bed scheen. Ze voelde zich uitgerust en rekte zich tevreden uit.

Het klokje op haar telefoon gaf aan dat het al voorbij zeven uur was.

Ze stond snel op en waste zich in bad met warm water

uit de ketel die beneden op de kachel stond. Onderweg naar het landgoed at ze twee mueslirepen op die ze gisteren was gaan kopen in de supermarkt van het nabijgelegen stadje.

Ze was blij met het mooie weer die dag. Dat zou de tuin extra mooi doen uitkomen op het feest vanavond, dacht ze tevreden.

Ze trof haar 'team' al druk in de weer aan.

June zat op haar knieën in de aarde en mopperde tegen haar vader die haar aanwijzingen gaf. Marcus cirkelde zenuwachtig om het tweetal heen. Hij voelde zich wat verloren want meestal genoot hij van de volle aandacht van George die hem in het rond beval. Maar nu had hij zijn handen vol aan zijn licht opstandige dochter.

'Ah, Emma.' Junes gezicht klaarde op. Ze veegde de aarde van haar handen. 'Mooi werk, zeg. Ik heb de afgelopen minuten al heel wat meer respect gekregen voor mijn vaders dagelijkse job.'

'Dan toch! Ik zeg het je al jaren, mijn werk is niet te onderschatten.'

Emma grinnikte. Ze zette zich aan het werk, intussen wist ze wel wat er moest gebeuren. Het laatste halfuur voor ze moest vertrekken, schoot ze wat in paniek. Ze waren nog niet klaar en straks zou ze de winkel moeten openen.

Marcus was al naar huis vertrokken. Het was tenslotte zijn vrije dag en hij had er al enkele uurtjes vrijwilligerswerk opzitten die dag. June zag Emma's ongelukkige gezicht en vervoegde zich bij haar.

'Nog dertig potten te gaan. En je vader moet nu de rest van de dag de gazons vooraan maaien. Dit lukt nooit', zuchtte ze.

'Weet je wat? We steken de helft ervan nog in de grond

en de andere helft ...' June keek slinks in het rond alvorens zich te bukken. Ze nam een bloempot, boorde hem met plastiek en al wat in de grond en gooide er enkele klonten losse aarde tegenaan.

Ze grijnsde. 'Geen ziel die dit ooit merkt.'

Emma schokte van het lachen. 'Als je dit maar nooit tegen je vader vertelt.'

'Beloofd.'

Met Junes onchristelijke techniek zat het werkje er snel op.

Emma keek tevreden in het rond, nam afscheid van haar vriendin en haastte zich naar de winkel. Met dit mooie weer verwachtte ze een lading klanten na hun daguitstapje in the Cotswolds. Ze keek al uit naar een rij van open- en dichtknippende portemonnees voor de kassa. Ook zij vond het leuk om geld te verdienen, als het op een eerlijke manier gebeurde.

12

Het was sluitingstijd. Emma liet de laatste klanten uit, sloot de deur en stofzuigde de winkel. Ze ging snel met een natte lap over de toonbank en enkele rekken. De rest van de koopwaren zou ze later wel afstoffen. Daar had ze nu geen tijd voor.

Ze at een stuk kant-en-klare quiche uit de koelkast en hoopte dat er op het feest wat hapjes voorzien waren. Winston loerde vanop zijn voetenbankje naar haar bewegingen. Zijn staart sloeg heen en weer in het rond.

Ze friste zich op aan de afwasbak in de keuken, poetste haar tanden en verhuisde naar de spiegel in de badkamer. Ze voelde zich een beetje zenuwachtig. Het was de eerste keer dat ze naar een feestje ging zonder dat ze er echt iemand kende.

Goed, ze kende Amy een heel klein beetje. Ze was niet ondankbaar voor Amy's openheid en sociale vermogen. Dan had ze toch iemand om mee te praten die avond. Ze trok haar kleren en hakken aan. Gelukkig liepen ze comfortabel, dat was een zorg minder.

In de supermarkt had ze op het laatste moment ook nog valse wimpers voor enkele ponden mee gegrist. Ze had er geen ervaring mee, maar alle sterren droegen toch zo een dingen? En zij zagen er altijd geweldig uit, net als Amy.

Vlak voor ze vertrok, kleefde ze ze bovenop haar

eigen wimpers. Ze leek Bambi wel. Terwijl ze naar het landgoed fietste, voelde ze zich alsof ze voelsprieten op haar gezicht had gekleefd. In haar fantasie steeg ze op boven het dorpje als een fietsende libel. Zoef, zoef.

Ze zweefde boven de lieflijke heuvels en honingkleurige cottages van Waterbury. Wat een heerlijk gevoel. 's Nachts droomde ze vaak dat ze kon vliegen. Het voelde telkens heel realistisch aan.

Het straatje voor het landgoed was bezaaid met glimmende auto's die her en der geparkeerd stonden. Ze kon de Bentleys in lichtgrijze en donkergrijze tinten niet op één hand tellen. De kersenrode Aston Martin van Amy stal de show.

Toen Emma aankwam bij de poort, controleerde ze toch even de wimpers in het schermpje van haar telefoon. Alles zat nog goed.

Ze wandelde naar het indrukwekkende Waterstone House. Iemand had kaarsen aan weerszijden van het grindpad gezet die rechtstreeks om het huis naar de binnentuin leiden. Ze wandelde haastig het pad af naar de tuin waar ze deze ochtend nog in een heel ander plunje stond te zwoegen.

Emma keek verrast naar haar creatie. Er hingen lichtjes om de taxuspiramides die zacht over de bloemen schenen. Het zag er prachtig uit.

De gasten zweefden met tevreden blikken door de binnentuin. Er hingen lantaarns aan de achterzijde van het huis. Het zag er verwelkomend uit en een pak minder eng dan enkele dagen geleden.

Toen ze een glas champagne van een ober aannam, zag ze plots dat een vrouw zich over een van de buxusperken boog. Ze keek gealarmeerd naar haar bewegingen en zoomde haar blik in op wat de aandacht van de vrouw had getrokken.

Tot haar ongenoegen zag ze een zwart stukje plastiek glimmen onder één van de bloemen. Ze haastte zich ernaartoe. Haar hakken tikten op de bakstenen.

'Mooie ketting', zei Emma om te beletten dat de vrouw zich dieper bukte.

'Dank je.' Haar ogen lichtten goud op. 'Cadeautje van mijn man voor de geboorte van onze dochter.'

'Echt? Je zou nooit zeggen dat u net bevallen was!'

'Dat is inmiddels al vier jaar geleden hoor.' De vrouw keek nu lichtjes beledigd naar haar buik.

Emma knikte beleefd. Dat laatste had ze natuurlijk niet moeten zeggen, maar haar doel was bereikt. De vrouw wandelde verder door en had niets opgemerkt. Haar geheimpje was veilig.

Ze liep naar binnen in de hoop wat hapjes te scoren. Toen ze aankwam in de zitkamer, keek ze haar ogen uit. Her en der stonden er sfeerlampen en design klapstoeltjes. Er was opgeruimd en de vloer was vers geboend.

Samuel Wollington had duidelijk niet stilgezeten. De ruimtes in het landhuis waren uiteraard nog vervallen en schreeuwden bijna om een diepgaande renovatie, maar op de een of andere manier zag het er stijlvol uit voor het feest. Het gaf een edgy tintje aan de avond. Een soort vervallen grandeur die een grote belofte inhield. Het was de perfecte sfeer voor Amy's doel van de avond.

'Emma!' schelde Amy's stem door de ruimte.

Emma keek verschrikt op. Het leek alsof ze gestraft ging worden. Amy wandelde op haar lange, goudbruine benen naar haar toe. Ze droeg zwarte hakken die op gladiatorstijl met een touwtje tot onder de knie waren vastgebonden. Ze nam ook nog twee toehoorders mee.

'Emma, wat heb je gedaan met deze plek! Ik kan het gewoon niet geloven. De tuin ziet er gewéldig uit!' Ze gaf haar twee zoenen.

Emma voelde zich weer lichtelijk overdonderd. Het hielp ook niet dat Amy een hoofd groter was.

'Wat een metamorfose. Sam heeft duidelijk de juiste persoon aangeworven. Je blijft toch om de rest van het groendesign voor het project te doen? Dat moet gewoon.'

Haar twee compagnons glunderden toen ze hen woordeloos om bevestiging vroeg en knikten. Iets in Emma zei haar dat ze dat wellicht zouden doen om alles wat Amy zei, zolang ze zich maar in haar nabijheid konden bevinden.

'Eh, ja. Is dat niet iets wat Samuel moet beslissen?' Emma trok aan de zoom van haar rok. Ze voelde zich een beetje ongemakkelijk. Het lopen van gisteren had toch niet geholpen.

'Ik denk niet dat we iemand geschikter kunnen vinden. Modern en romantisch, dat kan enkel maar van zo een jonge, pientere meid als jij komen. De tuin is echt té gek.'

'Bedankt', stamelde Emma. 'Maar misschien wacht ik toch best even zijn besluit af.'

'Sam luistert naar mijn advies. Hij is echt een goede kerel.' Ze knipoogde.

Als je tuin goedkeuring krijgt ... Samuel Wollingtons woorden van een paar dagen geleden echoden door haar hoofd. Het was duidelijk dat hij veel waarde hechtte aan Amy's mening.

Emma greep haar kans. 'En dat project, wat houdt dat juist in? Ik dacht dat hij gewoon de cottages in het dorp wou verkopen. Maar het klinkt alsof er meer achter zit.'

'Oh, ja. Heeft hij je nog niet ingelicht? Typisch.' Amy

rolde met haar ogen. Het licht ving de zilveren glitters die ze op haar oogleden had aangebracht. Ze zag eruit als een halfgod.

'Er wordt zometeen een presentatie afgespeeld op de schermen. Daar zal je al heel wat wijzer uit worden. Wacht even, ik ga hem anders nu aanporren. Nu jij er bent, kunnen we de avond officieel aftrappen. We hebben heel wat in petto.' Ze kneep met een geheimzinnig glimlachje in Emma's armen.

'Sam! Sam!' Amy zwaaide met een van haar lange armen door de ruimte.

Samuel Wollington zag haar bewegingen, rondde zijn gesprek af met één van de gasten en slenterde naar hen toe.

'Het is tijd dat je jouw presentatie geeft. Alle gasten zijn gearriveerd. Nadien kunnen we de drank onbeperkt laten vloeien. Nu moeten ze nog wat nuchter blijven, anders letten ze niet goed op.' Ze lachte haar glanzende tanden bloot. 'En Emma is hier, zeg je haar niet gedag?'

'Oh', zei hij slechts.

'Dag, eh ...' Moest ze nu 'meneer Wollington' zeggen? Emma aarzelde. Hij trok grote ogen.

'Zeg maar Sam, toch?' zei Amy licht bazig. 'Niemand uit onze vriendenkring noemt jou Samuel.'

Samuel deed er het zwijgen toe.

'Zet ik de laptop alvast klaar? Ik heb de juiste presentatie in onze gedeelde map op de cloud gezet.'

'Prima', zei hij kortaf. Amy beende naar de overkant van de ruimte, met 'Sam' in haar kielzog.

Het duo stond op een geïmproviseerd podium. Ze tokkelden op een laptop. Met hun gedistingeerde uiterlijk trokken ze automatisch de aandacht. Hoewel Emma het niet graag toegaf, zag Samuel er bijzonder aantrekkelijk uit in zijn kostuum. Knap en vilein.

Amy tikte tegen een microfoon.

'Goedenavond, dames en heren', zei ze met bevallige stem.

'Mag ik jullie voorstellen aan onze gastheer van vanavond, Samuel Wollington, eigenaar van het fijne domein waar we onze avond mogen doorbrengen.' Het publiek juichte bij die woorden. Obers vlogen af en aan met flessen drank en schalen oesters op ijs. Maar geen lekkere hapjes, dacht Emma teleurgesteld. Ze hoopte dat ze nog een koekje in haar handtas zou vinden.

'Als jullie rondkijken, dan zien jullie heel wat projectontwikkelaars in de kamer staan. En dat is geen toeval. Sorry dat ik jullie zomaar bij elkaar heb gebracht. Ik hoop dat er geen oude vetes zijn die straks worden uitgevochten.' Ze lachte en het publiek lachte terug, een tikje ongemakkelijk.

'Sam, ik geef het woord aan jou. Het werd tijd dat je jouw fantastische project uit de doeken doet.'

Samuel nam de microfoon aan. Zijn koele, zelfzekere façade begon een beetje af te brokkelen.

'Goedenavond', zei hij kortaf. Op een scherm achter hem werd een luchtfoto van Waterstone House en het dorp geprojecteerd.

'Recent mocht ik in het bezit komen van een domein dat vijftig hectare beslaat. Dat deed mijn ondernemersbloed bruisen, want zoveel grond die ook nog deels in bebouwbare zone ligt, daar moet wel iets mee gebeuren, toch? Vandaar dat ik jullie mijn project kom voorstellen waarvoor ik nog een bouwpartner zoek.'

Het publiek mompelde opgewonden.

'Mijn project bestaat uit drie luiken.' Hij projecteerde drie eenvoudige tekeningen op het scherm. Een ouderwetse cottage, een hoop huisjes tegen elkaar en een kasteeltje met een vlag op.

Emma zette al haar zintuigen op scherp. Ze nam haar telefoon en trok wat foto's van het projectiescherm.

'Het eerste luik is voor jullie het minst interessante. Dat gaat over de verkoop van tachtig cottages in het nabijgelegen dorp die ik in eigendom heb. Maar nu komt de kat op de koord. Die opbrengsten wens ik te herinvesteren in de bouw van een honderdzeventigtal nieuwbouwwoningen, in de klassieke steen van de Cotswolds uiteraard, op de weilanden tussen het dorp en Waterstone House.'

Het geroezemoes versterkte.

'Honderdzeventig. Waarom dat getal vragen jullie zich af? Omdat dat ongeveer overeenstemt met het bedrag dat de bank me wil uitlenen voor deze operatie.'

Er brak een lachsalvo uit. Dat sterkte Samuel Wollington in zijn vertrouwen.

Emma vond er niets grappig aan. Ze had gezien dat een aantal mensen in het publiek zijn speech filmden en besloot hetzelfde te doen. Hij kon haar toch niet zien vanuit deze hoek en voor de andere aanwezigen zou het niet verdacht lijken.

'Als je de bank al mee hebt, dan wordt dit een makkie!' riep iemand uit het publiek.

'Inderdaad. Het sterkte hun vertrouwen dat ik een financieel consultancykantoor heb opgericht. Maar eerlijk gezegd heb ik weinig ervaring met nieuwbouwprojecten. En nu maar hopen dat ik niet door de mand val bij de bank.' Opnieuw klonk er luid gelach op uit de zaal.

Emma snoof. Hij vond zichzelf wel erg grappig. En dat op de kap van een hele hoop andere mensen die binnenkort hun leven hier vaarwel moesten zeggen. 'Momenteel wonen er ca. 250 personen in Waterbury. Na mijn uitbreiding, zou het dorp ongeveer verdriedubbelen in populatie en in oppervlakte.' De slides hadden design visualisaties. Emma kende het programma waarmee ze gemaakt waren van haar studies architectuur. Ze vond het geheel ronduit smakeloos.

Ze maakte verwoed foto's van een groot plan met de nieuwe indeling van het dorp en een luchtfoto waarop de getroffen weilanden stonden aangeduid.

'Het derde luik gaat over het gebouw waar jullie zich nu in bevinden. Waterstone House houd ik in eigendom, maar het is zonde dat er niemand van kan genieten. Ik zou het dan ook commercieel laten uitbaten.'

Hij omcirkelde met een rood laserpuntje wat iconen op de slides. 'Waterbury is vandaag al een toeristische trekpleister. Om dit te faciliteren, zou ik op de benedenverdieping een restaurant laten runnen. De bovenverdiepingen zou ik laten opdelen in korte termijnverhuurappartementen en door een private real estate manager laten beheren. Deze zijn de dag van vandaag meer in trek dan een klassiek hotel.'

Emma kon maar net beletten dat haar mond openviel. Als architect besefte ze dat hij de charme en de geschiedenis van het landhuis volledig zou vernietigen. Op zich was er niets mis met wat renovaties, het opstarten van een restaurant en een kleine, weloverwogen uitbreiding van een dorp. Maar met zijn megalomane project galoppeerde hij niet alleen over de hoofden van tachtig gezinnen, maar ook over de schoonheid van de streek die binnenkort verpest zou worden.

Te horen aan de positieve reacties van het publiek, zagen zij daar duidelijk geen graten in.

De presentatie liep ten einde. Emma nam met een naargeestig gevoel nog enkele foto's van het scherm dat nu op repeat de plannen voor de enorme nieuwbouwwijk toonde.

'Sam en ik danken jullie voor jullie aanwezigheid. En ik denk dat we reikhalzend uitkijken naar jullie voorstellen. Is het niet, Sam?' Amy glimlachte engelachtig.

Het hele publiek was in de ban van haar. Toen ze wegwandelde, viel vooral de leegte op die ze achterliet op het podium. Het publiek volgde haar met zijn ogen en barstte los in wat al gauw een wirwar aan opgewonden gesprekken werd.

Geld, dacht Emma. Jullie hebben één voor één last van goudkoorts. En hier viel er wat te scheppen.

Emma staarde naar Amy. Ze hoopte maar dat het niet teveel opviel. Wellicht niet, want Amy was als een magneet die ieders aandacht trok. Emma keek naar hoe ze moeiteloos van groepje naar groepje manoeuvreerde, als een charmante gastvrouw die haar best deed om haar aandacht eerlijk te verdelen onder de gasten. Al was ze eigenlijk niet echt de gastvrouw, merkte Emma bij zichzelf op.

Maar Samuel vond het duidelijk niet erg dat ze die rol op zich nam. Hij kwam van nature gereserveerd over.

Amy maakte een zelfrelativerend mopje tegen een andere gast en het was nog grappig ook. Emma voelde zich als een pudding in elkaar zakken. Ze straalde zo een elegantie en goedheid uit. En ze was oprecht afschuwelijk aardig tegen iedereen.

Hoe kon ze in godsnaam ooit carrière hebben gemaakt als luxe real estate makelaar? Emma dacht altijd dat zo een mensen enkel maar giftig konden zijn. Ze zou haar willen haten, maar er was geen enkele reden te vinden. Ze kón haar niet haten. Ze was de perfectie zelve.

Emma zuchtte en nam nog een glas champagne van de hapjestafel.

Aan de andere kant, ze zag ook wat Amy probeerde te doen bij Samuel. Op dat vlak was ze een beetje doorzichtig, maar in zo een zaken was het misschien beter om dat te zijn. Het was duidelijk dat ze helemaal voor hem ging. Elk van haar bewegingen leek dat te verraden voor de aandachtige toeschouwer.

Na een tijdje vond Emma zelfs dat Samuel nogal een onnatuurlijk uithoudingsvermogen had. Geen enkele man zou zo een vrouw kunnen weerstaan en hij was nog steeds niet gevallen voor Amy.

Misschien hielden ze hun relatie geheim om het professioneel te houden voor de buitenwereld.

'Sam!' Amy's heldere stem weerklonk door de ruimte.

'Sam, Sam', dacht Emma kregelig. En ik mag hem maar Samuel blijven noemen. 'Noem me maar Sam' kreeg hij klaarblijkelijk niet over zijn lippen en dat zou wellicht ook nooit gebeuren voor mensen die hij als personeel beschouwde.

Het was duidelijk waar ze op de ladder stond. Ze beeldde zich een kippenkot in met een hoop kippen die netjes gerangschikt op stok zaten. Helemaal onderaan zat een kleine, pluizige kip die Emma heette.

'Sam!' riep Amy opnieuw. Ze stak elegant haar hand omhoog ten teken dat hij zich bij haar en een groepje glamoureus geklede mensen moest voegen. Emma perste er van danige irritatie bijna een ei uit.

'Gaat het wel?' vroeg Samuel haar in het voorbijgaan. Hij wachtte niet op een antwoord en liep meteen door.

Emma vond het maar vernederend. Ze nam een slok van haar glas bubbels en keek wat in het rond. Ze besloot zich bij het groepje van Amy te voegen. Waarom ook niet? Tenslotte was ze hier om informatie te vergaren voor het actiecomité.

'Sam, dit is Dave. Hij is de projectontwikkelaar die dat geweldige nieuwbouwdorp heeft gezet waar ik je over sprak. Ik denk echt dat we deze richting uit moeten gaan. Dave heeft tonnen ervaring.'

'Die vergunning zal ik wel regelen', zei Dave vol zelfvertrouwen.

Samuel keek geïnteresseerd op.

'Ik ken genoeg politieke contacten in de wijde omtrek die al lang wachten op iets groot voor deze streek. Het was hier wat ingedommeld. Komt goed.' Hij sloeg hard op Samuels schouder, die onbewogen bleef staan.

'Prima. Ik woon al twaalf jaar over de plas. Het is dus belangrijk voor me dat ik mensen betrek met een goed lokaal netwerk. Eerlijk gezegd keek ik wat op tegen al dat papierwerk. Alleen is dat toch maar wat veel om te dragen naast mijn job. Ik werk al enkele weken vanop afstand, wat me in eerste instantie prima beviel. Maar ik verlang er alweer naar terug te gaan. Hoewel dat nog enige tijd op zich zal moeten wachten. Als ik realistisch ben, zal ik nog een jaar op en af naar de VS moeten gaan eer alles hier goed op poten staat.'

'Dan denk ik dat je met mij geen betere kandidaat hebt. Focus jij je nu maar verder op jouw consultancykantoor in de VS.' Daves rolex flikkerde in de zachte gloed van een vloerlamp.

'De voorbereiding voor de vergunning hebben we al in gang getrapt. Maar jouw vuur is nu net wat we ontbraken', zei Amy. 'En Sam, je staat er niet alleen voor. Je hebt mij voor de verkoop, en wat je ook maar nodig hebt. Dat weet je. Je mag me dag en nacht bellen.'

Samuel knikte. 'Ik stel voor dat we de site binnenkort eens bezoeken met de hele ploeg. Ik geloof dat dit iets kan worden, Dave.'

Dave grijnsde breed. Emma zag onmiskenbaar de goudkoorts in zijn ogen verschijnen die de hele groep op het feest had aangestoken.

Er bestond geen besmettelijkere ziekte dan te worden getroffen door de reële kans op groot geld maken.

'Dan geef ik jullie op mijn beurt graag eens een persoonlijke rondleiding in mijn vorige project. Dan zie je in real life wat ik voor jou kan doen.'

'Dat is dan afgesproken.' Samuel gaf hem een hand. 'Amy zal nog contact met je opnemen voor het vastleggen van een datum.'

'Ik zorg ervoor dat mijn secretaresse volgende week plek maakt in mijn agenda. Dit project heeft vanaf nu de absolute topprioriteit voor ons bedrijf.' Dave wandelde opgetogen weg met zijn gevolg.

Samuel richtte zich tot Amy. 'Ik heb nooit begrepen waarom jij hier bent blijven wonen. Ik haat deze plek. Hier vertrekken was de beste beslissing van mijn leven.'

Amy lachte schuchter. 'Ach, je vertrek heeft je inderdaad geen windeieren gelegd. Maar ik heb hier een fijne jeugd gehad. En de laatste jaren heb ik hier een mooie carrière uitgebouwd. Enkel jij kan de charme van the Cotswolds weerstaan.'

Samuel trok zwijgzaam zijn wenkbrauwen op. Er vormde zich langzamerhand een donderwolk boven zijn hoofd. Die ga ik niet voor je wegblazen, dacht Emma. De charme van het dorp, jazeker, die merken jullie op, maar jullie hebben er ook geen moeite mee om deze uit te buiten en te verpesten.

Ze liet haar tandenstokertje in zijn lege glas op de tafel vallen.

'Goed, Sam, nu we Emma toch even voor ons alleen hebben ...'

Emma vroeg zich af met wie Amy haar dacht gezien te hebben op het feest. Het was niet alsof ze de mensen van zich moest afslaan.

'Juist', hij knikte.

'We hebben goed nieuws voor je. Je opdracht wordt bij deze verlengd. Gefeliciteerd! Je bent officieel de landschapsarchitect van ons project en mag het groenontwerp voor de nieuwbouwwijk uittekenen.'

Amy klapte in haar handen. Emma wenste dat ze even hard kon juichen als haar, maar het lukte haar even niet. Het was alsof er een baksteen op haar maag lag.

'En je mag ook de rest van de tuinen op Waterstone House renoveren. Iets in dezelfde stijl als de binnentuin, maar aan de voorzijde van het huis mag het formeler', voegde Samuel eraan toe.

'Eh, dat is fantastisch.' Meer kreeg Emma niet over haar lippen.

Ze vond het ergens ook wat arrogant dat ze haar hier zomaar mee bombardeerden op dit feestje zonder eerst eens met haar te bespreken of ze zo een project wel zag zitten.

Amy was zich van geen kwaad bewust en richtte zich even tot een gast die haar gedag kwam zeggen.

Samuel leek echter iets van haar stemming op te vangen.

'Achter de kassa zitten in de watermolen kan je nauwelijks een job noemen, toch?'

Over arrogant gesproken, dacht Emma. Ze kneep haar lippen op elkaar. Ze zei maar niet dat ze veel meer eer haalde uit het openhouden van een winkel dan te moeten werken voor zo een chagrijnige charlatan als hem.

'We moeten het dan wel nog eens over prijzen hebben. Kom je volgende week eens langs?'

Ze voelde het schaamrood naar haar wangen stijgen. Aan prijzen had ze helemaal nog niet gedacht. Emma knikte.

Samuels aandacht werd getrokken door een groepje duur geklede mensen die luid verkondigden dat ze over 'zaken' wouden spreken, waardoor Emma weer alleen stond.

Ze besloot dat het welletjes was geweest voor vanavond en zwaaide naar Amy ten teken dat ze zou vertrekken. Ze draaide zich al om, toen Amy haar terugriep.

'Oh, eh, Emma.' Ze haastte zich op haar lange benen naar Emma toe en boog zich samenzweerderig voorover. 'Dit hing een beetje los.' Tot haar afgrijzen plukte Amy één van de valse wimpers van haar gezicht.

'Bedankt', stamelde ze.

'Wij vrouwen moeten elkaar steunen, op alle vlakken. En nog eens proficiat, je verdient dit', drukte ze Emma op het hart.

Emma baande zich een weg door het feestgedruis. Ze wandelde met een eenzaam, hol gevoel weg. De leegte in haar borst leek te vibreren door de bastonen van de muziek die luid werd gedraaid na de presentatie. Met nog maar één plakwimper op, leek ze vast op het hoofdpersonage van 'A Clockwork Orange', maar het deerde haar niet.

Ondanks de vernederingen die ze die avond had moeten doorstaan, was ze blij met de informatie die ze had opgepikt. Ze fietste snel naar huis en trok huiverig de deur toe.

'NIEUWS!!! Bingo. Echt belangrijke info vergaard vanavond', stuurde ze naar June. Ondanks het feit dat het al ver voorbij één uur was, belde June haar onmiddellijk op. Ze spendeerden nog een uur aan de telefoon met elkaar waarbij ze alles tot in detail bespraken. June drong er ook sterk op aan dat Emma morgen persoonlijk aanwezig was op de vergadering van het actiecomité. Het klonk altijd geloofwaardiger als de betrokken persoon het nieuws zelf verkondigde. Emma stemde onmiddellijk in. Ze sloten het gesprek af. Ze was blij dat ze haar hart had kunnen luchten bij June. Daardoor kon ze toch nog min of meer met een goed gevoel gaan slapen.

13

Ondanks het feit dat Emma die ochtend wat langer had geslapen, was ze toch opgestaan met het gevoel alsof ze een zware kater had. Het was wellicht meer psychologisch dan lichamelijk, dacht ze grimmig terwijl de gebeurtenissen van gisterenavond zich door haar hoofd afspeelden.

'En weet je wat er dan gebeurt?' hoorde ze een stem verkondigen toen ze het zaaltje achter de pub binnenstapte. Het geroezemoes in de zaal verstomde. Ieder richtte nu zijn aandacht op Jacintha's relaas. Ze was één van de jongere leden en had zwartgeverfde haren.

Haar bleke gezicht vertoonde een dramatische uitdrukking. 'Dan bijt het vrouwtje één voor één de vleugels van het mannetje af.' De leden van het actiecomité keken zichtbaar teleurgesteld en wendden zich al gauw weer af. Iedereen praatte weer verder door elkaar.

Het was erg druk in het zaaltje. Het voltallige kernkabinet was die dag aanwezig. Daar had June op aangedrongen.

June wenkte Emma dichterbij. Ze slalomde tussen de groepjes mensen door tot ze vooraan stond.

'Mag ik even jullie aandacht?' riep haar vriendin zwakjes. Haar pogingen waren onsuccesvol. Ze draaide met haar ogen naar Emma.

Dit zou niet werken. Emma ging kordaat op een stoel staan en schraapte haar keel. Ze vormde haar handen tot een kegeltje en toeterde erdoor: 'Aandacht! Aandacht!'

Het werd op slag stil. Emma klom van de stoel en June keek haar dankbaar aan.

'Goedemiddag. Ik hoop dat jullie een fijne week hebben gehad. Recent hebben we indrukwekkend nieuws vernomen, en dat bedoelen we jammer genoeg niet in de positieve zin.'

Het werd nu echt muisstil in de zaal.

'Ik denk dat dit iets is wat jullie advocaat ook zal willen horen', zei ze voorzichtig.

'Juist.' June nam haar telefoon en belde de advocaat, die gelukkig opnam. 'Goed, hij hoort ons. Ga je gang, Emma.'

Emma deed haar ontdekkingen uit de doeken. Het actiecomité luisterde met stijgende afkeer en ontzetting.

De advocaat reageerde als eerste over de telefoon die op speaker stond. Zijn stem schetterde onheilspellend door het zaaltje.

'Dit is heel slecht nieuws. Het spijt me dit te horen. Het betekent dat jullie landlord het geld van de verkoop van jullie woningen dringend nodig zal hebben om zijn bouwplannen te financieren. Waterbury zal de komende maanden drastisch veranderen.'

Norah liet geschokt haar mond open zakken. Ze wreef over haar sproetige voorhoofd. Het actiecomité barstte los. De reacties waren unaniem negatief. Door de opwinding van het moment, werden er zelfs ware doemscenario's voorspeld.

'Een voor een! Een voor een!' trachtte June nog boven het rumoer. Maar het was tevergeefs.

June keerde zich af van het volk en wandelde naar het gangpad met Emma op haar hielen.

'Ik bel u later nog om verdere stappen te overwegen, dank u, meester.' Ze sloot het gesprek af. Haar gezicht stond moedeloos.

'Ik heb er gewoonweg geen woorden voor. Waterbury zal meer dan verdubbelen in omvang. Wat ooit onze thuis was, zal onherkenbaar worden.' Haar stem stokte. Ze keek wanhopig naar Emma.

'Het spijt me.' Emma beet op haar lippen. 'Gelukkig hoeven jullie nu geen tijd meer te verspillen aan het opzetten van een actiecomité. En een advocaat hebben jullie ook al.'

June knikte. 'Ik vermoed dat we hem nog hard nodig zullen hebben.' Het besef dat ze binnenkort daadwerkelijk een rechtszaak zou moeten opstarten, kwam hard binnen bij haar vriendin. 'Gelukkig maar dat ze jou bij hun clubje aanvaard hebben. Dat geeft me nog enigszins een sprankje hoop.'

Emma zuchtte. Ze hoopte maar dat die hoop niet snel de grond in werd geboord.

Alsof het nieuws van zondag al niet zwart genoeg was, kwam Norah woensdagochtend met tranen in haar ogen naar Emma's watermolen. Ze had een brief in haar handen.

Emma rekende snel af met haar klant en wenkte haar dichterbij.

'Het is zover', zei ze met zware stem. 'Hij zet ons eruit.' Ze zwaaide met de brief. 'Nancy van hierboven in de straat kwam er als eerste mee naar de tearoom gelopen. En toen herinnerde ik me dat er bij mij ook een brief door de postbus was gevallen deze ochtend. Twee keer raden! Wat een smerige ketel, die jongen. We hebben nooit veel van hem gezien in de jaren dat hij hier verbleef. Weinig goeds en weinig slecht.'

Emma trok een stoel vanachter de toonbank en zette hem neer voor Norah. Ze liet zich met een plof vallen.

'Maar dit ... Dit! Zoiets zou zijn vader nooit gedaan hebben. Dat noem je nu eens je erfenis als een citroen uitpersen. Gitzwart moet het daarbinnen zien, gitzwart!'

'Wat ziet er zwart uit?' vroeg Emma voorzichtig.

'Zijn ziel!' Norah's kin trilde.

Emma knikte snel. Ze voelde zich beroerd.

'Hoeveel tijd geeft hij jullie nog?'

'Twee maanden. Alsof dat genoeg is om een heel leven te verhuizen.'

Emma nam de brief over en las hem snel door. Hij sprak van een 'voortgezet huurcontract' dat wegens geen uitdrukkelijke, recente vernieuwing, zonder reden en met twee maanden opzeg kon worden stopgezet door de landlord. De brief was ondertekend door een jurist.

Ze betwijfelde of Samuel de contracten op die korte tijd had gevonden. En of zijn jurist ze op die enkele dagen tijd allemaal had kunnen doorlezen en alle brieven had kunnen rondsturen. Het ging tenslotte om tachtig woningen.

Volgens haar had hij gewoon de gok gewaagd.

'Dit moeten we zo snel mogelijk aan de advocaat doorgeven. Ik zal June inlichten.'

'Goed.' Norah knikte. Ze wreef enkele tranen weg en snoot luidruchtig haar neus. 'Gelukkig is er nog iemand die het hoofd koel weet te houden. Je bent een zegen,

Emma. Jij en June.' Ze klopte op haar arm. Emma kneep in haar hand. Ze trok haar telefoon uit haar achterzak en zocht naar Junes nummer.

'Goed', zei June aan de telefoon. 'Of ik bedoel. Niet goed. Dit was de druppel. Ik vermoed dat er bij ons ook zo een brief zal binnengevallen zijn.'

Emma hoorde op de achtergrond een onbekend gestommel en het zachte tikken van metaal op metaal, als een garde die door een geoefende hand in een kom roerde. Ze vermoedde dat June op haar werk was.

'We zullen de advocaat namens het actiecomité een urgentieprocedure laten opstarten voor het gerecht om te voorkomen dat we binnen twee maanden al moeten vertrekken. Hij had eens iets laten vallen over een juridisch-technische vernuftigheid waarmee je de opzegtermijn tijdelijk kan schorsen tot een proces is uitgevochten, tenminste, als de rechter daarmee akkoord gaat.' Junes stem klonk gespannen.

'Oké, veel succes. Ik zal doen wat ik kan op het veld. Hou me op de hoogte van elke stap.'

'Uiteraard. Je bent echt een grote steun, Emma. Gewoon geweldig. Ik hoor je snel.'

De volgende dag schraapte Emma al haar moed bij elkaar en besloot langs te gaan op Waterstone House om de rest van de antieke documenten over de tuinen op te halen. Samuel Wollington had haar dat tenslotte uitdrukkelijk gezegd.

Toen ze toekwam aan het landhuis, stond de poort al open.

Samuel stond aan de voordeur. Hij liet een oudere man met zilver haar en een aktetas naar buiten.

Emma liep snel door de poort. Bij het kruisen, knikte de

man haar vriendelijk toe.

Op enkele meters afstand kon ze al zien dat Samuels gezicht als een donderwolk stond. Dat zou weer een leuk gesprek opleveren, dacht ze grimmig.

Hij hield de deur open voor haar.

'Dank je.' Ze wandelde behoedzaam naar binnen en keek rond in de imposante hal die ze nu in het daglicht mocht aanschouwen.

'Jij komt voor jouw documenten.'

Emma knikte.

'Ik heb ze al klaargelegd. Volg me maar.'

Ze wandelden naar de kleinere leefruimte, die ze dit keer beter kon bestuderen. Het zonlicht scheen helder binnen door de ramen. Er stond een laptop op een tafeltje. Aan de lege verpakkingen te zien, deed het ook dienst als zijn eettafel.

Tegen de lambrisering stond een grote hoekzetel met plaids en kussens. Er was zelfs een wat oudere televisie, wellicht was die nog van zijn vader. Onder het raam stonden allerlei planten.

Al bij al was de ruimte nog best gezellig en leefbaar. De staat van de vloer viel mee. Die zag er recenter uit dan degene in de formele zitkamer. Het behangpapier kon misschien eens vernieuwd worden, maar als je dat lostrok, dan moest je waarschijnlijk de hele bepleistering vervangen.

Hij liep naar een commode, waarop ze vergeelde papieren en een antiek boek zag liggen.

'Dit zijn alvast de documenten voor de restauratie van de andere tuinen op het domein. Met het groenontwerp voor de nieuwe wijk in het dorp mag je nog even wachten tot ik je het definitieve vergunningsplan kan geven. Dat zal nog even op zich laten wachten.'

Hij reikte ze haar aan. 'Alsjeblieft. Je mag alles meenemen, maar wees voorzichtig met het boek. Het dateert van de zeventiende eeuw en bevat een uitgebreide omschrijving van de toenmalige tuinen van dit huis. De hoofdtuinier had dit geschreven en was er best bekend mee geworden in zijn tijd.'

Emma nam alles zorgvuldig aan. 'Dit is heel nuttig, dank je wel.'

Ze bladerde bewonderend in het antieke boek, waar talloze inkttekeningen van bloemen in stonden met de vermelding van hun Latijnse namen in een sierlijk schrift. Het vormde duidelijk een uniek stukje geschiedenis. Ze zou alles veilig moeten opbergen voor Winston.

Oude geurtjes waren interessant voor nieuwsgierige katers. Stel je voor dat hij er zijn kattenbak van zou maken. Ze beet op haar onderlip en kon maar net weerhouden dat ze begon te giechelen.

'Is er iets grappig misschien?'

Verdorie, hij had het toch opgemerkt.

'Nee', zei ze snel.

'Heb ik soms iets op mijn gezicht?' Hij wreef over zijn wang. Dat trok haar blik naar zijn krachtige kaaklijn en nek.

'Nee hoor, je gezicht is prima.' Ze slikte en verwenste zichzelf. Meer dan prima zelfs, maar dat wist hij vast goed genoeg.

Hij nam haar stilzwijgend op.

Er bekroop haar een gevoel van ongemak. Zou hij haar gedachten kunnen raden? Ze wenste dat hij wat uitgesproken ordinairder was, of wat dan ook. Met intelligentie kon ze maar moeilijk spotten.

'Heb je soms contact met je buurvrouw?' Zijn gezicht

stond uitgestreken bij die vraag.

Emma dacht razendsnel na. Waarschijnlijk was hij ongerust over de brieven die hij had rondgestuurd. 'Goh.' Ze aarzelde. 'Ik heb niet echt buren. Aan de rechterkant is er water en aan de linkerkant een tearoom voor wandelaars en toeristen.'

Samuel knikte. Dat leek hem gerust te stellen. Hij had wellicht geen zin in lastige vragen van zijn personeel. Of hij wou er, zoals de vlotte CEO die hij was, meteen korte metten mee maken. Emma huiverde.

Ze bespraken ook de betaling voor haar afgelopen en toekomstig werk op het domein.

Het geld zou ze grotendeels doorstorten naar het actiecomité. Dat maakte dat ze zich minder een fraudeur voelde. En het comité zou het binnenkort broodnodig hebben want de kosten voor de nakende rechtszaak konden wel eens hoog oplopen.

Met wafels bakken alleen kon je niet aan duizenden ponden geraken.

'Welke bedrijfsnaam mag ik noteren in de boekhouding voor jouw facturen?'

'Eh', stamelde ze. Hier had ze helemaal niet over nagedacht. Hij keek priemend met zijn ogen in de hare.

'Emma's paradise', zei ze haastig.

Ze had onmiddellijk spijt van haar keuze.

'Emma's paradise?' Het sarcasme droop van zijn gezicht.

Ze onderdrukte de neiging om in de verdediging te schieten. Het zou het gewoon nog erger maken, dus liet ze het voor wat het was.

'Krijg ik dan ook een pasje voor de toegangspoort? Zo eentje als George heeft.'

'Ehm. Goed, ik laat er nog eentje bijmaken.' Zijn blik gleed over haar heen, als in een reflex om te zien of ze wel betrouwbaar genoeg was om een pasje te verdienen. Haar ogen flitsten over haar witte T-shirt en jeans. Ze voelde zich weer sjofel gekleed tegenover zijn elegante voorkomen. Van haar mooie présence op het feest schoot niets meer over.

'Kom je morgenavond mee?' vroeg Samuel.

Emma trok haar blik los van het wandtapijt dat haar aandacht had getrokken. Ze schrok een beetje op van zijn woorden. Voor wat vroeg hij haar mee op een vrijdagavond?

'Naar?' Ze hief haar gezicht vragend naar hem op.

'Amy dacht dat het een goed idee was dat je meeging. We gaan naar Daves nieuwbouwdorp. Hij zal ons een rondleiding geven.'

Bij het horen van dat laatste bevroor ze innerlijk en wendde haar blik weer af.

'Ze dacht dat je wat inspiratie kon opdoen voor het groenontwerp van mijn project.'

'Juist.' Ze hoopte maar dat ze niet te kortaf klonk.

'We vertrekken vanuit hier om zes uur. Het is een halfuurtje rijden.'

'Prima, dan zie ik je morgen.' Ze forceerde een glimlach op haar gezicht.

'Goed, tot dan.' Ze wachtte dit keer niet tot hij uitgesproken was. Dat deed hij immers vaak niet bij haar, en wandelde al naar buiten voor hij zijn zin had afgemaakt.

Dat zal die sluwe vos leren.

14

'Emma, wat leuk je weer te zien. Ik ben blij dat je officieel deel uitmaakt van ons team.' Amy gaf haar een zoen. Haar blik schoot razendsnel over Emma's modderige sneakers, maar Emma had het opgevangen. Ze keek op haar beurt naar Amy's elegante laarsjes met hoge hakken.

Gingen we niet een dorp bezoeken, vroeg Emma zich af.

'Goed, dan zijn we voltallig.' Samuel keek naar de twee vrouwen voor zich. 'Dave gaat rechtstreeks naar het nieuwbouwdorp. Hij zou ook wat jongere medewerkers meebrengen die ons in het project zullen assisteren.'

'Dat is verstandig. We hebben nog hopen werk te doen en kunnen alle hulp gebruiken', zei Amy. Ze richtte zich gauw weer tot haar telefoon, waar ze in een vreemd toontje allerlei dingen tegen mompelde.

'Dat zijn voice memo's', zei ze met een knipoog tegen Emma die haar met een bedachtzame blik stond op te nemen. 'Dan kan ik van overal lekker doorwerken.'

Emma knikte met grote ogen en nam eveneens haar telefoon in de aanslag, ook al had ze niets te doen. Misschien zag ze er ook best uit als een professional die maar niet kon stoppen met werken, anders zou ze uit de toon vallen.

En er was niets dat meer verdachtmakend was dan de vreemde eend in de bijt te zijn.

'Als je wil, kan je met mij meerijden, Emma.' Samuel zwaaide met de sleutels van zijn verouderde Discovery Land Rover. De zwarte lak van de wagen was bezaaid onder de modderspatten.

'Eh, oké.'

'Geen sprake van! Emma rijdt mee met mij.' Amy nam haar dwingend bij de arm. 'Tijd voor vrouwenpraat, lekker gezellig.'

Emma trok haar schouders naar hem op. Ze vond het geen straf om eens in een Aston Martin te mogen meerijden.

Onderweg vertelde Amy hoe zij en Samuel elkaar hadden leren kennen.

'We kwamen elkaar vaak tegen als tieners op de tennisclub hier in de buurt. We hebben talloze zomers tegen elkaar getennist. Hij was daar zo vaak te vinden met zijn vrienden. Wat een tijden. Zoiets schept natuurlijk een band voor het leven.'

'Juist, juist', zei Emma knikkend. Ze voelde zich weer sprakeloos worden door Amy's verschijning.

'Ze namen me op in hun vriendenkliekje. Leuke jongens. Het verbaasde me dan ook helemaal niet dat hij me als partner voor het project vroeg. Ik heb vooral ervaring met de verkoop van luxevastgoed, maar die schattige cottages van hem krijg ik zo verkocht, daar ben ik zeker van.' Ze knikte met getuite lippen.

Amy hield zich niet in met gas geven. Haar wagen zoefde behendig door het verkeer onder het gewip van haar elegante voet op het gaspedaal. Als je eigenaar was van zo een wagen, kweekte je waarschijnlijk bijna automatisch zo een rijstijl. De machine reageerde vinnig op het minste aanwijzinkje.

'Sommige mensen die ik op het feestje had uitgenodigd,

waren geen projectontwikkelaar, maar klanten. Eentje onder hen was bijvoorbeeld een klant van me die al jaren van zijn eigen dorp droomt. Dit zou een uitstekende kans voor hem zijn. Het is belangrijk dat je zo een mensen al vroeg warm maakt.'

'Wat voorzienig', zei Emma. Ze hield haar blik strak op het verkeer gericht. Een gevoel van misselijkheid sluimerde zachtjes in haar buik. Ze was geen held in het doorstaan van lange autoritten. In Londen hadden ze maar zelden de wagen nodig.

Amy had verder weinig aanmoediging nodig. 'En de verkoop van de nieuwbouwwijk zal ook mijn verantwoordelijkheid worden. Ik moet binnenkort dringend beginnen met wat extra personeel aan te werven, dat wordt handenvol werk.'

En je zal er ook handenvol geld aan verdienen, dacht Emma. De commissie die Amy zou verdienen op de verkoop van tachtig peperdure cottages in de gewilde Cotswolds en honderdzeventig nieuwe gezinswoningen, was voldoende om nadien voor de rest van haar leven niet meer te hoeven werken, daar was Emma zeker van.

Dat sterkte haar in haar voornemen om Samuel een forse factuur voor haar landschapswerken voor te schotelen.

Bij aankomst stond Dave hen al op te wachten. Naast hem stonden twee medewerkers. De ene was een gedrongen jongen die onmogelijk ouder kon zijn dan Emma. Ze vermoedde dat het om een stagiair ging. En de andere was een slungelige jongeman met oren die opvielen. Ze schatte hem ongeveer de leeftijd van June. Ze zagen er een pak minder glamoureus uit dan de mensen die hij op het feest had meegebracht.

Op een manier maakte het dat ze zich meer op haar gemak voelde. Nu trok zij niet langer de aandacht als junior van de groep, wat ze als een voordeel beschouwde.

'Welkom, welkom', zei Dave met gespreide armen. 'Ik ben blij dat ik jullie mag meenemen in dit kleine Eden dat ik hier gecreëerd heb.'

Het klonk alsof hij de Schepper van de aarde was.

Amy's laarsjes tikten op het verse asfalt.

Ze betraden hiermee meer Emma's terrein dan ze ooit hadden kunnen raden. Ze zette automatisch haar architectuurbrilletje op en nam de omgeving in zich op. Dave leidde hen trots rond.

Her en der stonden er nog houten werfpanelen. De laatste huizen moesten dus nog maar net gebouwd zijn. Dat verraadden ook de talloze bordjes 'te koop' en 'te huur' die ophingen. De huizen en kleine appartementseenheden waren in een klassieke, neutrale stijl gebouwd, waar op zich niets mis mee was. Er viel in feite weinig over te zeggen. Het architecturale ontwerp was duidelijk gebaseerd op standaard huisplannetjes die je voor enkele ponden online kon aankopen.

Het viel haar ook onmiddellijk op dat er met goedkope materialen gewerkt was, wat wel vaker gebeurde voor zulke grote nieuwbouwsites.

Samuel stelde geïnteresseerd wat vragen, en Amy onderbrak Dave om de haverklap in zijn uitleg. Ze wou ook haar expertise doen gelden als makelaar.

Emma keek troosteloos in het rond. Het druilerige weer van die avond hielp ook niet. Op vlak van het groenontwerp, kon ze maar weinig inspiratie opdoen. De borders tussen de straten lagen er nog brak bij, op wat onkruid tussen de grote plekken aarde na.

'Emma, kijk! Tulpen!' Amy wees naar een plantenbak die door een van de bewoners naast zijn nette huisje was gezet.

'Mooi', ze knikte gedwee. 'Inspirerend.'

De plek voelde heel kunstmatig aan. Ze vond de straten ook net te wijd, wat maakte dat het dorp nooit 'gezellig' kon aanvoelen. Het was wel praktisch natuurlijk. Er was voldoende ruimte om twee wagens in tegenovergestelde richting langs elkaar te laten scheuren. Niemand zou moeten afremmen.

'Als je wil, stel ik je voor aan mijn architect. Hij is echt geniaal.'

'Waarom niet? Ik denk dat ik op je voorstel inga, Dave. Ik was al begonnen met het vergelijken van offertes van architecten, maar ik vermoed dat jij dat wel vaker doet voor jouw bouwprojecten.'

Emma kromp in elkaar. Een wijk in deze stijl bij Waterbury zou een smet vormen in de streek.

'Prima. Dan laat ik een ontmoeting regelen.'

Ze waren weer bij de wagens aangekomen.

'Dames.' Dave kuste haar gedag. Emma worstelde zich ongemakkelijk los. Hij had haar veel te innig vastgenomen naar haar zin.

Dave kuchte en wandelde meteen door naar Amy, die zijn omhelzing hartelijk ontving. Samuel en Emma drentelden wat in het rond terwijl Dave Amy's armen bleef vasthouden en haar strak in de ogen keek onder een eindeloze uitwisseling van complimenten over elkaars professionele realisaties.

Toen het bizarre afscheidsritueeltje voorbij was, - wellicht was het een gewoonte binnen de hogere vastgoedwereld waarvan Emma nog niet op de hoogte was -, stapten ze eindelijk in de auto en reden terug naar huis.

Zondagochtend had ze weer afgesproken met June. Emma had twee vlechten in haar haren gemaakt voor de baksessie van die dag. Ze vond dat ze er extra bakkerinachtig uitzag. Of was dat iets wat een boerin deed? Maar die bakten soms toch ook, nee? Het was misschien goed voor haar dat ze uit die kosmopolitische fantasiewereld van de grote stad was gestapt en het echte leven op het platteland leerde kennen.

Ze bond een schort om.

'Zo, jij ziet er klaar uit. Met die vlechten lijk je net zestien', zei June op plagende toon.

'Oeps, het leek me wel eh ... hygiënisch. Voor het bakken.' Emma knikte overtuigd.

'Hoe oud ben je eigenlijk?' June kon haar nieuwsgierigheid niet bedwingen. Het was iets waar noch zij, noch haar vader goed in was.

'Binnen twee dagen word ik eigenlijk vijfentwintig', zei Emma trots.

Ze vond dat ze daarmee het echte rijk van volwassenen betrad. Naar haar mening kon je voor je vijfentwintigste nog schaamteloos student zijn en hoefde je niets te weten over facturen betalen, je eigen woonst financieren, je kleren wassen, ... Haar moeder dacht er kennelijk ook zo over, nu ze haar naar the Cotswolds had gestuurd en Emma de afgelopen weken met vallen en opstaan had geleerd om op eigen benen te staan.

'Echt? Proficiat! Doe je iets leuk?'

Emma haalde haar schouders op. Ze vond verjaardagen eigenlijk niet zo belangrijk. 'Ik denk het niet.'

'Na vandaag kan je alleszins wel je eigen

verjaardagstaart bakken', zei June met lichte spot.
Emma lachte. 'Dat lijkt me al heel wat.'

De dag nadien bevond ze zich opnieuw in de tuin met George. Het was maandag en het weer was nog steeds niet opgeklaard.
Haar ouders gisterennamiddag naar het dorp gekomen. Ze waren even bij tante Paula langs geweest, hadden een lange wandeling gemaakt en in de avond had Emma voor hen gekookt in de watermolen. Ze hadden ook enkele van haar lievelingssnacks meegenomen uit de lokale supermarktjes in Londen. Haar batterijtjes waren weer volledig opgeladen.
Ze zouden het enorme werk tuin per tuin aanpakken. Je had de formele tuin aan de voorkant van het landhuis. Daar zouden ze mee starten.
Nadien kwam een ommuurde tuin met leifruit, bessen en rozen aan de beurt. Dan had je ook nog de keukentuin met groenten, snijbloemen en medicinale planten. De wilde bloemenweide zouden ze nu al door Marcus laten bloteren en inzaaien, onder streng gezag van George natuurlijk.
Rond de bomen van de bloemenweide zou Marcus vandaag al narcissen planten. Samuel had hem trouwens vast in dienst genomen.
George wees als een wijkagent in het rond. Hij toonde haar verschillende waardevolle planten die ze moest laten staan. Daar moest ze dus rekening mee houden bij de opmaak van het nieuwe ontwerp.
Emma fotografeerde alles minutieus met haar telefoon. Ze maakte ook meteen aantekeningen op de foto's. Ze zou later alles in een digitaal dossier opslaan.
'Dit is prunus laurocerasus rotundifolia. Ook wel

paplaurier genoemd. Niet heel waardevol, je kan dus beslissen om deze eruit te halen.'

Emma bedacht zich onwillekeurig dat hij zelfs de Latijnse namen kende van de onbelangrijke planten. Wat wist hij dan wel niet allemaal over de belangrijke soorten?

'Misschien is het een goed idee als we ons focussen op de oude taxushagen als basis voor deze tuin. We zouden ze kunnen herstellen en in vorm snoeien.'

Emma knikte. Ze voelde zich waardeloos. George had zo een diepe kennis over tuinieren. Hij was net een rondwandelende encyclopedie en zij moest daar maar staan doen alsof.

Ze zuchtte.

'Wat scheelt er, meissie? Niet je dag vandaag?'

Ze schudde haar hoofd.

'Ik ben bang dat hij me zal doorzien. Ik heb totaal geen ervaring op vlak van tuinieren. Straks val ik door de mand en heeft Samuel Wollington door dat ik hier enkel ben om jullie te helpen.'

Georges gezicht verzachtte. 'Maak je geen zorgen. Je bent een pientere meid. En je hebt een goede job verricht met de binnentuin. Bovendien mag je niet vergeten dat je architect bent. Je apprecieert de schoonheid van vormen. Wist je trouwens dat de mooiste tuinen in dit land niet door landschapsarchitecten werden aangelegd? Maar gewoon maar door mensen met passie. Neem nu bijvoorbeeld de ongeëvenaarde schoonheid van de tuinen van Sissinghurst. Weet je hoe die tot stand zijn gekomen?'

Emma schudde van nee. Het huilen stond haar nader dan het lachen.

'Het kasteel van Sissinghurst werd vanaf de jaren

'20 van de vorige eeuw bewoond door een berucht koppel schrijvers. De man zorgde voor de vormgeving en de strakke, architecturale belijning van de tuin. De vrouw, Vita Sackville-West, zorgde voor de romantische aanplant en het onderhoud van de vele plantensoorten.'

Ze luisterde gefascineerd naar Georges uiteenzetting. 'Dat klinkt als een ultieme combinatie.'

'Dat was het ook. De tuinen zijn nog steeds wereldberoemd.'

Georges woorden gaven Emma nieuwe moed.

'Laten we met die insteek aan de slag gaan en zien waar het ons naartoe leidt', zei hij.

'Goed dan, Vita.' Ze gaf speels een klopje op zijn schouder. 'Ik vind het een geweldig idee.'

Ze wandelden nog enkele uurtjes over het domein. Hij toonde haar ook de houtkanten die hij onderhield.

Toen ze afscheid namen, schetterde de luide stem van Beyoncé uit zijn telefoon. 'Dat is mijn dochter', zei hij gegeneerd. 'Geen idee hoe ik dat verdomde melodietje eraf krijg.'

Emma grinnikte. 'Ga je gang.'

George nam de telefoon op.

'Ja, ja. Goed. Ik stel Emma hier ook nog op de hoogte. Prima. Tot ziens.' Hij legde af. 'Ik probeer mijn telefoongesprekken altijd onder de dertig seconden te houden.'

'Dat is je aardig gelukt.' Ze kon een glimlach niet verbergen.

'Ze liet weten dat de advocaat erin geslaagd is om de urgentieprocedure op te starten tegen de opzegging van de huur. Er is een dagvaarding uitgestuurd. De procesdag ligt al vast. Die gaat deze donderdag door, aangezien de situatie hoogdringend is.'

'Oké, dat is goed nieuws.' Emma keek snel in het rond om zich ervan te verzekeren dat ze alleen waren. Op Waterstone House kon je daar immers nooit helemaal zeker van zijn. Ze zag echter niemand rondlopen, ook geen lange schaduwen, en vervolgde: 'Gaat de advocaat de informatie gebruiken die ik June heb doorgegeven over de onvindbare contracten? Volgens mij kan jullie landlord niet zomaar bewijzen dat het om huur gaat. Pacht zou veel moeilijker op te zeggen zijn.'

'Jazeker, volgens June is dat de hele basis van het proces.' Emma vouwde hoopvol haar vingers in elkaar. 'Prima. Ik duim voor donderdag.'

Toen ze met verende tred naar haar fiets wandelde, keek ze nog even om. Ze zag Samuel Wollingtons schim achter een gesloten gordijn op de tweede verdieping.

Die weet niet wat hem boven het hoofd hangt, dacht Emma tevreden. Maar dat zou binnenkort snel veranderen.

Met Georges wijze woorden indachtig, spendeerde Emma de dag nadien volledig aan het uittekenen van het design voor de voortuin. Ze verschanste zich uren met haar laptop in de zetel.

Tegen vier uur in de namiddag, kreeg ze een sms'je van June. Of ze niet een kopje thee wou komen drinken in de tearoom om haar verjaardag te vieren.

'Ja, waarom niet? Leuk idee!' stuurde Emma terug. Ze keek gauw in de spiegel van de badkamer en wreef door haar kapsel dat er rommelig uitzag van de vele uren nadenkwerk die ze er had opzitten.

Ze had er al beter uitgezien.

Ze haalde haastig een kam door haar haren en trok een groene t-shirt en jeansrokje aan. Dat zag er al beter uit.

Het was tenslotte haar verjaardag, dacht ze blij.

Toen ze naar buiten liep, zag ze een hele rits wagens geparkeerd bij de tearoom. Wat druk voor een dinsdag, dacht ze. Ze wandelde binnen in de tearoom die er rommeliger uitzag dan anders. De tafeltjes en stoelen stonden kriskras door elkaar. Toen ze ook twee billen gehuld in een stof met drukke print achter één van de tafels zag steken, begon er toch een klein belletje te rinkelen in haar hoofd. Was dat nu Mandy, vroeg ze zich af.

'VERRASSING!' Emma's oren werden gebombardeerd door een heel koor aan stemmen.

Overal doken er hoofden op. Grijze, bebaarde, jonge, sommige rood aangelopen, andere eerder bleekjes, goedgemutste, vrouwelijke, en ook de hoofden van enkele kinderen.

Emma sloeg een hand voor haar mond.

'Dit meen je niet!' riep ze enthousiast uit.

June sprong in haar gezichtsveld.

'Gelukkige verjaardag!' Ze omhelsde haar en duwde een tiara op Emma's hoofd die ze bij een verkleedwinkel had gekocht. Emma keek naar de hoop mensen die lachten en versnaperingen van bordjes gristen. Een groot deel van de leden van het actiecomité waren er, net als hun kinderen en partners.

Het leek bijna alsof Norah het hele dorp had uitgenodigd. Zelfs het terras was gevuld met mensen die vrolijk een glaasje bubbels vasthielden. Op het aanrecht stond een cake met kleurrijke letters van boterglazuur die Emma's naam vormden. Ze kreeg bijna tranen in haar ogen. Tot haar verrassing zag ze dat zelfs haar ouders waren langsgekomen. Ze begroette hen uitbundig. Haar vader gaf haar een smakkerd van een zoen.

'Proficiat, meisje.' Hij wreef over haar haren.

Na een uurtje zette Mandy wat muziek op. De taart was al volledig verorberd. Emma bevond zich in een soort roes. Het was een geweldige dag. Ze had nog nooit zo een mooie verjaardag gehad.

Even later verstomden de gesprekken in de tearoom. De gezellige drukte van zonet leek plots te verdwijnen.

Emma keek in het rond. Ze zag iedereen naar de deur staren.

Daar wandelde Samuel Wollington op zijn dooie gemakje door. Hij droeg een pikzwart designerkostuum dat zijn donkere haar en wenkbrauwen accentueerde. Hij zag er aantrekkelijk uit op een vlijmscherpe manier, dat kon niemand ontkennen.

Emma nam snel de tiara af en hield hem achter haar rug. Mijn god, hij mocht niet te weten komen wat hier aan de hand was. Ze was zijn landschapsarchitect en deel van het projectteam dat al deze mensen uit hun woningen wenste.

Zijn blauwe ogen priemden door de ruimte. Ze hielden halt op Emma. Hij stapte op haar af. In een soort reflex weken de mensen rond haar uit elkaar. Zoiets gebeurde met je als je je aartsvijand in levende lijve zag.

'Ik dacht dat je jouw buurvrouw niet kende?'

'Klopt. Nadat je dat had gezegd, dacht ik dat ik maar eens hallo moest gaan zeggen. Nu met het feestje dat ze hier blijkbaar houdt.' Ze wees in het rond. 'Het leek me een goede opportuniteit om daarin te investeren.'

'Hmm, ik zou er alleszins niet te veel tijd aan verliezen', zei hij verveeld. 'Je bent nuttiger op het landgoed. Het is een dinsdag, ben je dan niet verondersteld om voor mij te werken?'

Onwillekeurig kreeg ze kleur op haar wangen vanwege die reprimande. Wat natuurlijk onzin was, ze werkte als zelfstandige voor hem. En daarbij, ze was volwassen genoeg om haar eigen uren in te delen.

'Ja, natuurlijk. Dat heb ik al gedaan vandaag en straks doe ik daarmee verder. Dit was een korte pauze.' Ze verwenste zichzelf. Ze wou dat ze hem een krachtiger weerwoord had geboden.

Samuel Wollington liep naar de toonbank. Emma wandelde met hem mee.

Norah schoot snel op haar plek.

'Wat kom jij hier eigenlijk doen?' vroeg ze luid genoeg zodat Norah het ook kon horen. Ze hoopte dat ze op die manier begreep dat hij onder geen beding mocht weten dat hij was binnengewandeld op een feestje georganiseerd door haar nieuwe vrienden in het dorp ter ere van haar verjaardag. Norah seinde bijna onmerkbaar naar haar dat ze het begreep. Emma leek een klein beetje te ontspannen, maar ze hield de tiara nog steeds angstvallig achter haar rug. Haar hand begon te zweten.

'Ik kom voor scones', zei hij. 'Er komt vanavond nog bezoek.'

'Ah, goed idee. Die blijken heel lekker te zijn hier', brabbelde Emma zenuwachtig, al leek het haar wel veel te laat op de dag om nog scones te serveren aan gasten.

'Lord Wollington', zei Norah koeltjes voor haar doen. Ze maakte net geen reverence. Emma moest haar lachen inhouden. Ze wist hoe traditioneel Norah was ingesteld. Ze hechtte belang aan formaliteiten, hoe achterhaald dat vandaag misschien ook was.

Norah nam een handdoek en wreef nerveus cirkeltjes over de toonbank.

'Acht scones graag, daar mag ook wat jam en clotted cream bij. Die dingen hebben ik nooit in huis.'

Dat zou voor Norah bijna misdadig klinken, besefte Emma.

'Prima', zei Norah met opeengeklemde tanden. Voor ze zich omdraaide om de scones te nemen, keek ze nadrukkelijk in de ogen van de persoon die weldra haar leven zou verpesten en alles wat haar dierbaar was, zou ontnemen. Het was duidelijk dat ze niet bang voor hem was.

Emma meende Samuel Wollington te zien slikken.

'Hoe durft hij zich hier te vertonen', hoorde Emma één van de dorpelingen mompelen. Ze zag een kleine verandering in zijn gezicht dat voor het overige uit steen leek gehouwen te zijn, waardoor ze wist dat hij de opmerking ook had gehoord.

'U houdt een feestje?' vroeg Samuel om de pijnlijke stilte te doorbreken. Emma bewonderde hem bijna voor zijn moed.

'Klopt. Ik houd een feestje.' Norah benadrukte het lidwoord. 'Je zou het bijna een soort afscheidsfeestje kunnen noemen.' Ze trok een wenkbrauw op. 'Hier zijn uw scones, lord Wollington.' Norah liet ze met een plofje op de toonbank vallen. Samuel rekende haastig af.

'Ga maar naar huis, meneer', zei de blonde vrouw van het actiecomité. Ze stond bekend als iemand die geen blad voor de mond hield.

Samuel knikte. Hij richtte zich op een vertrouwelijke manier tot Emma, waardoor ze lichtjes in elkaar kromp. 'Misschien moet jij dat ook doen. Het is duidelijk dat ze onze aanwezigheid hier niet waarderen.'

'Eh, goed idee.' Ze slikte. Zou ze nu echt weggaan van haar eigen verjaardagsfeest om de schijn voor hem op te houden?

Ze besloot dat dat het beste was. Als de kust weer veilig was, kon ze terugkeren.

Ze wandelden samen naar de deur. June keek haar met grote ogen na en Emma vormde geluidloos de woorden 'ben zo terug' met haar mond.

Samuel hield galant de deur voor haar open.

'Tot ziens', zei hij bijna dramatisch naar de dorpelingen voor hij de deur toetrok.

'Dank je wel voor de eh … redding', zei Emma dan maar toen ze in de koele buitenlucht stonden. Ze kreeg het op slag een beetje koud. Binnen was het lekker warm geweest tussen al dat volk.

'Geen dank. Dan zie ik je snel weer op Waterstone House?'

'Klopt. Tot binnenkort.' Ze zwaaide hem gedag en trippelde snel naar de watermolen. Ze keek hem na toen hij in zijn wagen stapte en ze hem aan de horizon zag verdwijnen, als de schicht van een duistere geest die aan de hemel oploste.

Dat was nipt, dacht ze opgelucht. Ze besefte dat ze misselijk was geworden van de spanning en wreef over haar maag. Een stukje verjaardagscake zou haar vast ontspannen. Ze repte zich weer naar de tearoom, waar het feestje gelukkig weer aan de volle gang was.

15

Die woensdag had Emma het druk in de winkel. 's Avonds had ze nog een lang telefoongesprek met June die haar stress kwijt moest door elk detail van het nakende proces te bespreken.

Toen donderdag aanbrak, de dag van het proces, stond Emma zenuwachtig op. In de winkel kon ze er haar hoofd niet bijhouden. Ze keek om de tien minuten naar haar telefoon. 's Middags kwamen de verlossende berichten van June binnen.

'Net uit de rechtszaal gelopen. Het pleidooi zit erop.'

Emma slaakte verlicht een zucht. 'En??????'

'Samuel Wollington was woest. Je had zijn gezicht moeten zien.'

'Natuurlijk, zoiets had hij waarschijnlijk niet voorzien. Hij dacht vast dat zijn dorpelingen als brave schapen in de pas zouden lopen, al was eergisteren misschien een voorproevertje van wat hem te wachten stond.'

June stuurde een lachende emoji.

'Voorlopig valt er nog niet veel te zeggen. De rechter luisterde aandachtig naar beide pleidooien. Ze stelde ook veel vragen. Volgende week dinsdag volgt een voorlopig tussenvonnis. Dan weten we weten we of de opzegtermijn van twee maanden wordt geschorst. Ze gaf alleszins al aan dat ze meer tijd nodig had om de huur of pachtkwestie te onderzoeken.'

'God, wat spannend!!!'

'Ik sterf van de spanning. Laten we vanavond anders een drankje doen in de pub. Ben je daar al geweest?'

'Enkel in het zaaltje achterin voor de vergaderingen van het actiecomité, maar nog niet in de pub zelf. Ben benieuwd', tokkelde Emma.

'Geen te hoge verwachtingen. De cider is wel lekker.'

'Prima. Dan zie ik je vanavond!'

Emma sloot de deur van de watermolen. Winston liep mee naar buiten. Ze krolde hem over zijn kopje toen hij passeerde, wat hij tegenwoordig vaker toeliet.

Toen ze de sleutels in haar handtas liet ploffen, zag ze Mandy richting haar wagen lopen.

'Hé, Mandy. Ik ga even naar de pub. Wil je mee?'

'Nee, maar toch bedankt. Ik moet naar mijn dochtertje. En mijn moeder heeft gekookt.' Ze trok een paar spelden met kralen uit haar haren en stak ze weer goed.

'Natuurlijk. Dan zie ik je morgen!'

'Misschien een volgende keer, ik ben er nog maar zelden geweest. Tot morgen!' Ze zwaaide haar gedag.

Emma wandelde door de verweerde deur van de pub. Een aantal versieringen in het hout deden haar denken aan de stenen versieringen op de deurlijsten van Waterstone House.

Ze wandelde tussen enkele vrolijke groepjes met bier in de hand en trof June aan bij één van de donkere tafeltjes. Het rode fluwelen tapijt onder haar voeten had zijn beste tijd gekend, maar het gaf de pub een gezellige, bijna romantische sfeer. Emma's maag rommelde.

'Sorry, ik heb honger.'

'Dan moet je hier iets eten. Een stevige maaltijd van Trey zal je recht zetten, geloof me.'

Emma wandelde naar de bar en bestelde twee ciders bij de rondbuikige kerel achter de tap.

'Heb je misschien iets vegetarisch te eten? Of vegan?' vroeg ze.

'Vegan? Nee, hier krijg je pubeten. Lekker smakelijk', zei Trey. Emma's maag kromp in elkaar. Ze bestudeerde stilletjes de kaart.

'Dus jij eet enkel planten?' vroeg Trey achterdochtig.

'Nee hoor, ik probeer dat, maar soms kan ik een lekker stukje kaas niet weerstaan. Vlees eten doe ik bijna nooit, dat doe ik enkel buitenshuis. En het is gemakkelijker dan je denkt om geen melk meer te drinken en enkel nog plantaardige yoghurt te eten.'

Trey huiverde lichtjes bij dat laatste.

'Ik stel een bakkie rijstpap van m'n ma wel op prijs, hoor.'

'Je hoeft dat ook helemaal niet te laten, als je bij jou thuis mindert in vlees en zuivel, dan ben je al erg goed bezig.' Emma klopte op zijn harige arm. Plots borrelde er een idee in haar op. 'Als je wil, help ik je wel een keertje om een vegan maaltijd voor de pub te bereiden.'

Van patisseriegebak maken kende ze dan misschien wel niets, maar een eenvoudige vegan maaltijd bereiden, dat had ze wel onder de knie.

Trey keek haar weifelend aan. Hij kauwde op de binnenkant van zijn ronde wang.

'Goed dan, ik zou wel eens wat hulp kunnen gebruiken. Op zondagmiddag is het altijd druk. Jij mag de sunday roast voorzien, dan heb ik meer energie om achter de bar te staan. Zaterdagavond durven we nogal eens door te zakken, weet je. Ik kan het niet helpen.'

'Ach, dat maakt deel uit van een pub open te houden, zeker', zei Emma gemoedelijk. 'Goed dan, deze zondag?'

'Deal. Bezorg me tijdig het boodschappenlijstje en ik verwacht je hier om 7 uur in de keuken.'

'Ok!' Emma klapte enthousiast in haar handen. Ze vertelde June over haar plotse inval en uiteraard wou ze betrokken worden, tot Emma's opluchting. Koken voor een hele pub was misschien toch iets te hoog gegrepen voor haar alleen.

Die zondag stond Emma vroeg op en vertrok in de frisse ochtendlucht naar de pub. Dat moet ik vaker doen, dacht ze. Het platteland zag er betoverend uit, met fijne mistsluiers over het bedauwde gras en vogels die zongen in de heg. Het water van de rivier kabbelde over de keien.

Ze trof June met kleine oogjes aan voor de deur en wandelden samen naar binnen.

Ze maakten een knapperig vegan gebraad met een gouden bladerdeegkorst, gegrilde wortels, boontjes, gepofte kastanjes met spruitjes, zoete patatfrietjes en een veenbessensausje met wat sterke drank in. Het was tenslotte een pubmaaltijd.

June leerde haar in de goed uitgeruste keuken van de pub ook nog een nieuwe taartensoort maken, dan had ze weer een nieuw recept voor de tearoom.

Na afloop kwamen verschillende mensen tegen Trey zeggen: 'wat voor een lekkere wildpaté had je daar bereid, jongen.' En: 'Het was eens wat anders, maar het heeft gesmaakt.'

Emma glimlachte heimelijk. Hadden ze nu het hele dorp voor de gek gehouden? Op het afgedrukte menuutje stond toch duidelijk een groen blaadje. Ze stond na te genieten achter de toog, tot plots een lange verschijning zijn schaduw over haar wierp.

'Werk jij nu ook al in de pub?' vroeg Samuel Wollington. Haar haren gingen overeind staan van de toon waarop hij tegen haar sprak. Ze moest dit misverstand zo snel mogelijk uit de wereld helpen. Want welke zichzelf respecterende landschapsarchitect zou op zondag achter de bar bijklussen? Terwijl die beter met haar neus in chique tuinboeken zou moeten zitten om inspiratie op te doen.

'Nee, helemaal niet. Ik kwam Trey gewoon wat helpen', zei ze snel.

Trey bukte zich puffend onder de toog om een nieuw vat op de tap aan te sluiten.

'Ah', zei hij plots begripvol. Zijn ogen flitsten tussen Trey's rode gezicht van de inspanning, diens schonkige buik en Emma. Ze meende bijna teleurstelling op zijn gezicht te zien.

We zijn geen stel! wou Emma roepen. Maar wat maakte het ook uit. Laat die adder maar in de waan, dacht ze genoegzaam.

Trey kwam kreunend overeind. God, wat kon die man overdrijven. Zo dik was hij nu ook weer niet. Al had hij wel iets weg van een goedgezinde hommel die onvast rondvloog, dronken van de nectar.

'Maandag komen Dave en zijn personeel langs om de gronden voor het nieuwbouwproject te bezoeken. Wil je erbij zijn? Dan kan je de bodem al eens onderzoeken voor je groenontwerp.'

'Prima', antwoordde ze kortaf.

'Goed, hij zal er om halftwaalf zijn.' Zijn blik schoot nog eens naar Trey. 'Ik ga dan maar', zei Samuel smalend.

In gedachten zag ze rookpluimpjes uit zijn oren kringelen. Loop maar weg, dacht ze kribbig. De duivel moge je halen. Ze projecteerde een denkbeeldig dartsbord op zijn rug en wierp er pijltjes naar heen toen hij zelfzeker wegwandelde.

Trey was misschien wat steviger van bouw, of 'koninklijker' zoals haar vader andere mannen met een buikje noemden, maar hij was op zijn manier best aantrekkelijk. Er ging een lichtje bij haar op. Ze dacht aan Mandy en knikte.

'Heb je soms een vriendin?' vroeg Emma zonder omwegen. 'Of ben je getrouwd?'

'Nee, hoor.' Trey liep rood aan. Hij wreef door zijn donkere haren.

'Perfect.' In gedachten wreef ze in haar handen.

Voor ze naar haar afspraak met Samuels clubje zou wandelen, overliep Emma met George de plannen voor de nieuwe voortuin. Hier en daar stelde hij wat kleine wijzigingen voor. Emma sloeg ze op in haar geheugen. Ze was blij met Georges expertise.

Ze beloofde dat ze hem de gewijzigde plannen zo snel mogelijk zou bezorgen en wandelde hobbelig over het grind naar de voordeur van het landgoed.

Dit keer zou ze zich niet laten vangen. Met Amy's stunt van het vorige terreinbezoek indachtig, had ze haar koperkleurige hakken van het feest aangetrokken en ze gecombineerd met een jurkje van dunne wol. Het was tenslotte al mei.

'Ga je daarmee op pad?' vroeg Samuel Wollington toen hij de deur opende.

'Ja.' Ze zette zelfverzekerd haar handen in haar zij.

'Als je wil, heb ik hier nog wat reservelaarzen staan. Ze zullen wel te groot zijn.' Hij keek naar haar kleine voeten. 'Ze zijn van mij, maar je kan er wat sokken in stoppen.'

Emma's zelfzekere houding begon wat af te brokkelen. Ze staarde naar Samuels voeten die voor haar ogen veranderden in lange hazenpoten. Toen ze zichzelf inbeeldde met gigantische laarzen, schudde ze snel haar hoofd en wandelde als een bang konijntje naar binnen. Samuel volgde haar. In haar gedachten stuiterde hij bijna tot het plafond en deed haasje-over.

'Emma, wat leuk om je te zien. Ik wist niet dat je zou komen!' Ze keek beschuldigend naar Samuel. Amy droeg een fleurig jurkje en rode Wellingtons.

Emma's hart zakte tot in haar maag. Nu was het natuurlijk te laat om op zijn aanbod in te gaan.

'Ik had haar gisteren pas uitgenodigd.'

'Geen probleem. Ik heb een hapje voorzien na het bezoek van de weilanden, maar we kunnen nog een bordje bijplaatsen. Wat gezellig.' Amy toetste wat instructies in op haar telefoon. Naast haar stond een jonge vrouw met platinablond haar.

'Dit is Sheila, mijn stagiaire. Zij zal me full-time ondersteunen op dit project. Ik hoop binnenkort nog meer mensen aan te nemen. Het is niet gemakkelijk om goede werkkrachten te vinden.'

Sheila glimlachte. Ze was duidelijk met zichzelf ingenomen bij die laatste opmerking.

'Aangenaam', mompelde Emma.

'Misschien is het handig dat we elkaars gegevens uitwisselen. Goede communicatie is alles.' Amy haalde haar glanzende telefoon weer boven.

Emma knikte instemmend. Ze wisselden elkaars telefoonnummer uit.

Samuel nam gedecideerd Emma's telefoon over van Amy.

Emma voelde zich wat ongemakkelijk toen hij zijn

nummer in haar mobieltje toetste. Ze lachte schuchter toen hij zijn telefoon overhandigde om haar gegevens in te toetsen. Ze kon zich maar net bedwingen om een duiveltje naast zijn naam te plaatsen. Ze wist dat ze zich kinderachtig gedroeg en probeerde zich te herstellen.

Toen Dave met zijn gevolg aanbelde, begaven ze zich te voet naar de weilanden. Wat een wandeling van een kwartier zou zijn, werd al gauw twintig minuten door Emma's gestuntel. Van het koper op haar hakken was al gauw niets meer te zien. Het fijne leer was bedekt onder een laag modder en gras. De regen van de afgelopen week had er ook niet aan geholpen.

Ze stampte zo goed en kwaad ze kon door het zompige weiland.

Samuel leidde hen rond op het terrein. Hij wees de grenzen aan en gaf een woordje uitleg.

Dave keek enthousiast in het rond. Hij voelde zich duidelijk in zijn nopjes op het terrein. De wind deed zijn kostuumvest klapperen. Hij zag eruit als een arend die tevreden op een hoopje dode muizen stond.

Zijn medewerkers keken iets treuriger. Net als Emma waren ze minder goed voorbereid. Hun leren loafers waren helemaal verpest.

Onder zijn laatste stukje uitleg, wiebelde Emma ongedurig in het rond. Ze voelde haar tenen niet meer door het koude vocht dat in haar hakken was opgestegen. Samuel keek haar aan met een blik vol ironie.

Om toch maar haar nut te bewijzen, zei ze: 'het gaat duidelijk om fijne leem over dunne grindlagen op Lias-klei. Het is een gezonde bodem, prima voor allerhande plantensoorten. We kunnen veel kanten op met het groendesign.' Ze knikte overtuigd. Dat had ze natuurlijk allemaal op voorhand opgezocht.

Haar publiek kon niet ongeïnteresseerder zijn.

'Tijd voor wat eten, ik sterf van de honger.' Amy klopte op haar platte buik. 'Ik heb een kleine lunch voorbereid, volgen jullie me maar.'

Ze troonde het gevolg mee naar de orangerie aan de zijkant van het landhuis. Toen ze de glazen deuren opende, waaiden hen fantastische geuren tegemoet. Bij het naar binnengaan, gaf een verlegen meisje gekleed in het zwart hen een glas gin tonic met watermeloen en komkommer aan.

In het midden van de ruimte stond een tafel gedekt met gouden bestek en lila kaarsen. Erboven hing een enorme bloemencreatie aan touwtjes. Aan de wand hingen twee posters met visualisaties van het nieuwbouwproject.

'De promo is een cadeautje van me. Wat vind je?' Ze hing aan Samuels arm.

'Eh, ik heb er geen woorden voor.' Hij nam geïnteresseerd een paar foldertjes over zijn nieuwbouwwijk die op een zuil tentoon waren gespreid. 'Dit zijn mock-ups aangezien we nog geen architect hebben, maar zo heb je al een idee van wat ik voor je kan betekenen op vlak van marketing.'

Een privé-chef met koksmuts wandelde naar hen toe met enkele schotels hapjes. Sheila trok onmiddellijk haar telefoon om foto's te maken. Amy poseerde met een gretige Dave voor de posters en de bloemen.

Samuel hield zich wat afzijdig.

Emma trok grote ogen op bij het zien van al die weelde. Ze vond het maar exuberant voor een doodgewone maandagmiddag. Het eten smaakte wel uitstekend, waardoor ze haar natte voeten al snel vergat.

Dave richtte zich tot Samuel. 'Mijn architect kon er

vandaag niet bij zijn. Vrijdagavond had hij wel een gaatje.'

'Als ik wat schuif met mijn agenda, lukt me dat.'

'Waarom spreken we niet met z'n allen af?' opperde Amy. 'Dan leert hij meteen het voltallige team kennen.'

'Prima.' Samuel trok zijn schouders op. 'Laten we anders afspreken in de pub hier in het dorp.'

Emma's blik vloog naar Samuels gezicht bij het horen van die woorden. Hij keek haar doordringend aan.

'Leuk!' Amy keek zichtbaar uit naar de avond. Ze trok Dave mee in haar enthousiasme en hij kreeg een glinstering in zijn ogen.

Samuel boog zich naar Emma toe. Zonder dat iemand het kon opvangen, zei hij met een stem druipend van sarcasme: 'zullen er ook biertjes uit Emma's paradise geschonken worden?'

'Dat van zondag was iets eenmalig. Geen blijvende verbintenis', zei Emma met op elkaar geklemde tanden.

Samuel grijnsde duivels. Het was de eerste keer dat Emma iets in de richting van een glimlach zag verschijnen op zijn gezicht.

Het groepje brak op. Emma nam hartelijk afscheid van Amy. Dave en diens gevolg gunde ze een handdruk en ze probeerde zo koeltjes mogelijk langs Samuel te wandelen.

In het passeren zei hij: 'zie je in de pub' en trok betekenisvol een wenkbrauw op. Ze klakte met haar tong en liep zo snel als ze kon naar buiten op haar bemodderde hakken.

Emma's telefoon zoemde als een op hol geslagen bijenkorf. Ze was gaan lopen om de gebeurtenissen van gisteren op een rijtje te zetten.

'WE HEBBEN HET GEHAALD!' las ze op haar schermpje. Junes woorden konden maar één ding betekenen. Het tussenvonnis van de rechter was in hun voordeel uitgevallen.

'De opzeg van twee maanden is geschorst!!'

Ze wiste het zweet van haar hoofd en legde de laatste honderd meter naar de watermolen in een spurt af. Ze plofte neer in de zetel en belde June op. Winston schoof knorrig opzij. Zijn middagslaapje werd bruut verstoord.

'Ik adoreer die rechter!' barstte ze uit aan telefoon.

June lachte. 'Ik ook. Ik kon mijn glimlach niet verbergen toen ze het vonnis voorlas op de zitting.'

'Wat geweldig!'

'Samuel Wollingtons jurist riep wel meteen dat ze het hierbij niet zouden laten. Maar onze advocaat verzekerde ons dat er nog steeds hoop was. De tegenpartij heeft nog altijd geen huurcontracten als bewijsstuk gedeponeerd. We staan voor een moeilijke betwisting, maar het kan alle kanten opgaan.'

'Ik wou dat ik mee kon naar de volgende zitting', zei Emma op spijtige toon. 'Om jullie aan te moedigen.'

June zuchtte. 'Ik weet het. Maar dan zou je dekmantel verloren zijn. We hebben je te hard nodig op dit moment, Emma. De informatie die je ons doorgeeft, is goud waard. Enkel door jouw inspanningen hebben we dit resultaat vandaag kunnen bekomen. Je beseft niet hoe cruciaal dit was en hoe dankbaar iedereen je daarvoor is.'

'Het is al goed', wuifde Emma de lof weg. 'Ik moet hier toch aanwezig zijn om op de winkel van tante Paula te letten. En hoe nuttiger ik me kan maken, hoe beter. Anders zou het maar een saaie boel zijn, hoor.'

June grinnikte.

16

Emma begon het zo goed mogelijk regelen van de winkel en alles wat daarbij kwam kijken als een uitdaging te zien. Ze wou tante Paula alle eer aandoen en haar winkel zo goed mogelijk laten draaien. Doordat ze volledig opging in deze activiteiten en het huishouden, vlogen de dagen voorbij. Het dorp voelde steeds meer aan als een echte thuis. Al zeker nu ze vaak het gezelschap opzocht van June, Mandy en Norah.

Vooral aan Junes gezelschap en hun lange gesprekken had Emma veel. Zo had June bijvoorbeeld geopperd dat ze Winston lactosevrije melk en zalm kon voeren in plaats van kattenkorrels uit karton. Tot haar verbazing had dat gewerkt. De kater slokte zijn maaltje tevreden op. Ze was er enkele ponden aan kwijt, maar het voelde als een overwinning.

Ze klopte zachtjes op zijn dikke buik.

'Wat een rotverwend joch ben je toch.' Hij krulde zijn staart rond haar pols.

Vrijdagavond wandelde ze fluitend naar de pub. Ze had een korte inspectiesessie in de tuin gehouden met George en was tevreden over de voortgang van zaken. Marcus had goed werk geleverd met het snoeiwerk en George had hier en daar al belangrijke reparatiewerken verricht.

De zon was al onder en de ramen van de cottages

gloeiden op. Ze keek naar binnen en genoot van de huiselijke taferelen waarbij ze mensen in de keuken zag scharrelen of weggezakt in de sofa voor televisie zag liggen. Ze had deze keer geen zin gehad om zich anders voor te doen dan ze was voor Samuels chique clubje. Ze droeg een jeans, een topje en een wollen vestje met glitterdraad waarin ze zich altijd comfortabel voelde.

Het was rumoerig toen ze binnenwandelde. De ramen waren bedampt en de muziek stond luider dan anders. Ze hoopte maar dat er niemand van het actiecomité aanwezig was en haar zou aanklampen. Snel wandelde ze naar de lange tafel in de hoek waar ze Samuels gezelschap zag zitten.

Ze wuifde iedereen gedag en positioneerde zich achter een houten zuil, wat haar uit het zicht onttrok van de rest van de pub. Iedereen had al iets te drinken vast. Één van Daves medewerkers schoof haar een glas cider toe.

'Dit hadden we voor jou besteld.'

'Prima, kon niet beter zijn', zei Emma oprecht dankbaar. De kerel knikte, waardoor het licht weerkaatste in de acné littekens op zijn wangen.

Ze staarde naar Amy's vestje met gouden knopen en Sheila's korte leren jurk, die veel te glamoureus was voor de pub. Sheila lachte om een opmerking en wierp haar hoofd in haar nek. Ze zag eruit als een hippe hyena, besloot Emma.

Samuel was druk in gesprek met Dave en een magere man met een design brilletje op zijn neus. Voor hen op tafel lag er een stapel documenten. Dat was vast Daves architect. Hij toonde marketingfoto's van Daves nieuwbouwdorp op een tablet en wees op interessante details.

Emma boog geïnteresseerd dichterbij, maar kon maar

weinig opvangen door al het lawaai.

Samuel ving haar interesse echter op. 'Waarom wissel je niet met Amy? Dan kan je ons beter horen.'

Amy knipperde een paar keer verwoed met haar ogen, maar glimlachte al snel en wisselde van plaats met Emma. Ze vond het duidelijk jammer dat ze haar gezellige plekje dicht bij Samuel moest opgeven, maar herstelde zich meteen.

Immer enthousiast als ze was, veerde ze recht om Emma door te laten. Door de kracht van haar bewegingen sprong er een knoopje van haar vest los ter hoogte van haar boezem.

'Oeps!' gilde ze toen het op tafel stuiterde en eindigde op Daves schoot. De hele tafel keek als in slow motion naar het gebeuren.

'Mijn excuses! Dat was de fout van mijn borsten!' Die uitspraak trok alle aandacht naar de genoemde zone.

Zelfs Samuels ijzeren zelfbeheersing werd dit keer als een schaap naar de slachtbank geleid. Hij staarde net als de rest naar Amy's decolleté.

'En het was nochtans een nieuw vestje.' Ze schaterde het uit en Sheila giechelde als een tienermeisje.

'Dat had ik moeten filmen!' zei haar stagiaire, waarop ze opnieuw in lachen uitbarstten. Emma lachte ongemakkelijk mee.

Dave kon zijn geluk niet op en stopte nadrukkelijk het knoopje in zijn vestzak.

'Als aandenken aan dit geweldige moment', zei hij met een grijns tegen Samuel en knipoogde naar Amy.

'Als je wil, kan je ook met iets goedkopere materialen werken. Dan wed ik dat je vijf huizen meer kan bouwen met hetzelfde budget', vervolgde de architect onverstoorbaar. Hij was de enige die de toverkracht van

Amy's gouden knoop had kunnen weerstaan.

Amy vond het blijkbaar ontzettend grappig, want ze liet lachend haar hand op zijn been ploffen, waardoor ook hij finaal smolt voor haar charmes.

'Ik ga liever voor kwaliteit. Het vormt een nieuw deel van het dorp dat al honderden jaren aan het kasteel is verbonden. Het moet voor de eeuwigheid kunnen meegaan', repliceerde Samuel.

'Juist, juist. Ik ga helemaal akkoord.' De architect knikte verwoed. Wellicht had hij niet eens door waarmee hij zo nadrukkelijk instemde, want zijn aandacht lag nu duidelijk bij Amy.

'Michaël heeft geweldig werk voor me geleverd. Die vergunningsaanvraag kunnen we volgens mij op enkele dagen tijd inleveren als je kiest om met hem samen te werken. Hij kan veel werk recupereren van mijn project. Als jij de plannen goedkeurt, dan drukken wij bij 'Building Create & Connect' op de knop om de aanvraag te verzenden. Zoiets levert je niet alleen maanden tijdswinst op, maar bespaart je ook een heleboel kosten. Architecten zijn niet goedkoop.' Dave lachte een parelwitte grijns.

Dat klonk als muziek in Samuels oren.

'Ik denk dat ik je raad zal opvolgen, Dave. Dit project is erg belangrijk voor me, dat hoef ik je niet uit te leggen. Maar ik heb het ook enorm druk met mijn kantoor. Elke moeite die is uitgespaard, is een welkom geschenk.'

'Geweldig.' Dave sloeg met een vlakke hand op Samuels schouder. Aan zijn quasi onbewogen reactie kon Emma zien dat hij die gewoonte niet erg op prijs stelde. Maar zoiets zou Samuel Wollington nooit aan de buitenwereld laten merken.

'Het is altijd aangenaam om met mensen van hetzelfde

intellectueel niveau samen te werken.' Emma trok haar wenkbrauwen op bij Daves woorden. 'Met die rechtszaak in urgentie heb je nu even pech, maar dat trekken we wel recht. Ik leen je mijn beste juristen uit. Samen geraken we er wel. En of het nu gaat om huur of pacht, als puntje bij paaltje komt, dan zijn de bewoners nog steeds geen eigenaars. Dat ben jij. Op een dag zullen ze de cottages wel moeten verlaten.'

Emma kromp innerlijk in elkaar. Ze sloeg haar cider achterover. Ze wist dat er een kern van waarheid school in die woorden. Wat een pijnlijk besef was het dat hun inspanningen van de afgelopen weken in feite maar een pleistertje op een gapende wonde waren.

Daves medewerkers bestelden nog enkele rondjes die Emma gretig van verdriet aannam. De gesprekken werden lichter en de groep liet enkele gênante anekdotes over de tongen rollen, aangespoord door Amy's voorval van hiernet en de drank die rijkelijk vloeide.

Emma voelde de warmte van Samuels been dat tegen het hare drukte en week opzij. Er was echter niet veel plek op de bank, waardoor ze even later zijn been alweer tegen het hare voelde tikken. Hij leek het echter niet te merken, want hij was druk in gesprek met Michaël die klonk alsof hij door God was geraakt met inspiratie voor het nieuwbouwproject.

Emma schoof zo ver mogelijk weg, waardoor ze het moest stellen met het gezelschap van Sheila's knokige knie.

Tegen elf uur 's avonds besloot de groep dat ze voor vanavond genoeg hadden vergaderd.

'Ik heb in tijden niet zo'n productieve avond gehad', zei Dave joviaal. Emma staarde naar de rij lege ciderglazen voor haar op tafel en dacht er net hetzelfde over.

'Fantastisch, ik ben nu ook helemaal overtuigd van dit project. Ik voel dat we iets uniek gaan creëren', zei Amy jubelend.

Alsof zij nog overtuigd moest worden, dacht Emma kritisch. Het was al van bij aanvang duidelijk dat ze niet van Samuel weg te slaan was, om nog maar te zwijgen van de berg geld die ze hiermee zou gaan verdienen.

Hoeveel overtuiging had een mens immers nodig? Amy mocht dan wel een engel zijn, niemand was heiliger dan de paus.

'Goed, ik denk dat we inderdaad op het juiste spoor zitten. En de samenstelling van het team lijkt nu ook voltooid te zijn, dus binnenkort kunnen we dit met volle kracht opstarten. Dave, ik denk dat je met Michaël een bekwame architect hebt binnengebracht. Ik ben je hier erg dankbaar voor', zei Samuel.

Emma hoorde alles laatdunkend aan. Zonder het te beseffen, zuchtte ze dramatisch.

Samuel keek haar fronsend aan.

Ze schraapte haar keel en haalde haar schouders op. Ze had dat laatste cidertje misschien beter niet aangenomen, maar goed, daar was het nu te laat voor. Ze voelde zich warm en zacht vanbinnen. Ze zou vannacht hemels slapen, dacht ze tevreden.

'Dan denk ik dat we hier kunnen afronden.' Samuel stond recht. De groep volgde hem en stond op onder luid geschraap van stoelen.

'Sam', zei Amy haastig. Ze omklemde zijn arm. 'Als jij me fiat geeft, dan start ik alvast de fotosessies van de cottages op in voorbereiding van de verkooplistings. Ik heb een ton offertevragen rondgestuurd naar al mijn beste fotografen en een aantal van hen hebben mooie kortingen beloofd.'

De groep begaf zich te voet terug naar het kasteeldomein, waar de auto's geparkeerd stonden. Emma's fiets stond daar ook nog, dus ze wandelde mee om hem op te halen. Al zou ze eigenlijk sneller thuis zijn moest ze gewoon te voet naar de watermolen wandelen, maar daar dacht ze op dit moment niet aan. Haar hersens waren heerlijk mistig geworden.

'Één fotograaf zal niet volstaan', vervolgde Amy. 'Tachtig woningen die verkocht moeten worden binnen een vrij kort tijdsbestek, waaraan ik niet twijfel dat het me zal lukken, is alleszins een heleboel werk. Mijn agenda staat trouwens ook vol met sollicitatiegesprekken voor nieuwe assistenten die me hierbij zullen moeten ondersteunen. Al zal ik natuurlijk de hoofdrol blijven spelen bij elke transactie, daar kan je op rekenen.' Ze knikte met grote ogen.

'Ehm ...', zei Samuel aarzelend. 'Natuurlijk, ik laat je het zeker weten. Er zijn nu nog een aantal andere zaken die eerst moeten gebeuren. Zoals dat akkefietje in de rechtbank. En ik zit nog in de finale besprekingen met de bank die me zal financieren. Maar ik denk dat dit binnenkort wel rond zal geraken. En het is misschien zo slecht nog niet dat dit even op zich laat wachten? De lente zal binnenkort immers helemaal uitbreken.'

'Hmm? Je bedoelt ...?' Amy knipperde verleidelijk met haar ogen.

'Het betere weer zal vast mooiere foto's opleveren voor de verkoop?' opperde Samuel.

'Juist, helemaal, echt... wauw Sam. Je denkt al echt als een vastgoedprofessional.' Amy lachte charmant. Haar haren glansden in het licht van de straatlantaarns. Ze zag er stralend uit. De overige mannen in het gezelschap werden onverbiddelijk naar haar toe getrokken, als een zwerm bijen die op een lelie met een overvloed aan nectar was gestoten.

Dave knoopte een gesprek met haar aan, en tot zijn zichtbare ongenoegen haakte één van zijn medewerkers gretig aan. De jongen was misschien wel zes à zeven jaar jonger dan Amy, maar ook hij kon haar dwingende betovering niet weerstaan.

Emma zuchtte opnieuw. Samuel werd buitengesloten door het troepje mannen rond Amy en had geen andere optie dan naast haar te wandelen. Hij was weer in een zwijgzame bui.

Emma's benen begonnen aan te voelen als drilpudding. Ze voelde zich ook gewoon wat trillerig. Op de een of andere manier maakte Samuels aanwezigheid haar zo, alsof ze zou moeten trillen. Door zijn ..., tja, zijn wat?

Emma's geest was te wazig om er een vinger op te kunnen leggen. Ze pijnigde haar hersenen en kauwde op haar lippen, op zoek naar het juiste woord.

Ze zag dat Samuel een van zijn strenge blikken op haar wierp, alsof ze iets onwettigs aan het doen was.

In zijn chique wereldje vol regels was er wellicht een voorschrift dat zei dat je in die en die omstandigheden niet op je lippen mocht bijten, dacht ze smalend. Net toen het woord haar te binnenschoot, - zijn standing -, schoot er een hikje langs haar lippen naar buiten. Het klonk net als een vogel die in mei zijn nest bijeenscharrelde en een tevreden geluidje maakte bij het overschouwen van het resultaat.

Hips. De volgende hik klonk al wat overtuigender, maar bij degene daarna was het hek van de dam. Het onschuldige heggenmusje groeide uit tot een geelgors van formaat.

Amy's groepje liep een eindje voor hen uit, vrolijk keuvelend. Samuel wierp een korte blik op Emma, maar deed geen aanstalten om een gesprek aan te knopen. Hij was in gedachten verzonken, alsof hij intern met iets leek te worstelen.

Hij zag er ook heel gedisciplineerd uit, dacht Emma. Alsof hij drie keer per week ging hardlopen. De stilte tussen hen begon nu door te wegen, en werd enkel onderbroken door haar gehik, waardoor ze zich nog ongemakkelijker voelde.

'Ga je soms hardlopen?' vroeg ze dan maar. 'Hips.'

'God, Emma. Jij kan luid hikken. Kan je daar niet mee ophouden? We zijn hier voor zaken, weet je nog?' zei Samuel zonder omwegen. Ze kon niet inschatten of hij een grapje maakte of niet, maar te oordelen naar zijn ernstige gezicht, meende hij wat hij zei.

'En ja, ik ga vier keer per week hardlopen in de ochtend.' Zie je wel, dacht Emma snoevend. Het is nog erger dan ik dacht. Wellicht stond hij telkens om vijf uur dertig op om aan zijn geweldig productieve dag te beginnen. Ze behoedde zichzelf door die vraag niet te stellen. Tot haar ongenoegen liet haar innerlijke geelgors weer van zich horen.

'Heus, Emma', zei Samuel vol verbazing. 'Straks maak je het dorp nog wakker.'

'Je hoeft niet te overdrijven. Ik heb gewoon de hik. Dat is een compleet normale, lichamelijke reactie. Niets om me voor te schamen', zei ze kribbig. 'Maar aangezien jij je wel voor me schaamt, zou je me beter helpen in plaats van te wijzen op wat ik al weet.'

'Helpen?' vroeg hij.

'Ja, je weet wel. Met anti-hik-trucjes.'

Samuel keek haar bevreemd aan.

'Zoals met een lepel uit een glas drinken. Maar dat hebben we hier nu niet bij.'

'Ik denk dat jij vanavond beter van de glazen wegblijft.'

Emma keek hem lauw aan. Ze was niet onder de indruk van zijn opmerkingen.

'Iemand doen verschieten werkt soms wel', zei hij dan.

'Inderdaad! Je zou me bijvoorbeeld kunnen doen verschieten. Zoals ...' haar stem stokte toen ze in zijn ogen keek en hij haar met een ruk een halt toeriep.

'Zoals dit', zei hij. Hij keek in haar ogen en plots hadden ze beiden door wat hij van plan was. Ze voelde dat hij haar nog een seconde de tijd gaf om zich onbeschikbaar op te stellen, maar dat deed ze niet.

Toen drukte hij een kus op haar lippen. Het gebeurde in een oogwenk. Nog voor Emma besefte wat er gebeurde, was het alweer voorbij. De afdruk van zijn lippen brandde nog na op de hare.

Ze keek snel in het rond. Niemand van de groep leek iets te hebben opgemerkt. Ze keek hem vragend aan en hij keek onbeschaamd terug.

Voor ze kon reageren, draaide Michaël zich om en zei luid: 'ik denk dat onze bouwheer daar een prima antwoord op kan geven. Lord Wollington', zei hij bevallig, 'wat denk jij van gevels die bestaan uit een laagje zandsteen die snelbouwstenen bedekken?'

Samuel wandelde rustig naar hen toe.

Emma voelde met haar vingers over haar mond. Hij was niet onzacht geweest, integendeel. Het was gewoon erg verrassend.

Tegen de tijd dat ze de auto's hadden bereikt, voelde Emma zich naargeestig worden. Hij had zich geen enkele keer omgedraaid om naar haar te kijken.

Het gezelschap deelde zich op en ieder stapte in in

zijn voertuig. Samuel haalde zijn sleutels boven en zette koers richting de voordeur van het landgoed waar eindelijk de spinnenwebben van waren verwijderd.

Emma begreep dat ze geen reactie meer van hem kon verwachten. Ze stapte hoegenaamd onaangedaan naar haar fiets, maar wachtte wel tot Dave in zijn monsterlijke Range Rover was weggereden voor ze daadwerkelijk vooroverboog om het slot open te maken. Ze kon de schijn van de zichzelf ernstig nemende landschapsarchitecte op dit moment maar beter hoog ophouden.

Ze keek nog eenmaal in het rond. De voordeur van het landgoed stond open, maar Samuel was nergens te bespeuren.

Ze liet zich met een zucht op haar zadel zakken en fietste weg, richting de stenen brug die het domein met het dorp verbond.

Ze wist niet goed wat ze van de avond moest denken. Het was duidelijk dat zij meer onder de indruk was van Samuel Wollingtons actie dan hijzelf, aangezien hij nadien had gedaan alsof er eenvoudigweg niets was gebeurd. Alsof een zoen van hem niets betekende. Het was iets wat hij misschien dagelijks uitdeelde aan zijn 'onderdanen', dacht ze onwillekeurig.

Hoe dan ook, ze was blij met de informatie die ze vanavond had vergaard. Ze had misschien een tikje te veel op, maar haar geheugen zou haar niet in de steek laten. Zeker niet nadat haar geest zonet was wakkergeschud.

Het actiecomité zou tevreden zijn met wat ze hen morgen zou kunnen vertellen.

Toen ze thuiskwam, had ze het incident al quasi van zich afgeschud. Ze trok haar schoenen en kleren uit en liet zich in bed glijden.

Niets was beter dan het genot van op je eigen hoofdkussen te ploffen na een zware dag, zoals het weerzien met een oude, trouwe vriend, dacht ze vlak voordat ze in slaap viel.

17

Emma plensde wat water op haar gezicht.

Ze had June al op de hoogte gesteld van de nieuwe informatie en sms'te nog de naam van de architect door. Ze kneep haar ogen dicht voor het felle ochtendlicht dat door het badkamerraampje stroomde. Ze vulde het bad met warm water van de ketel die ze naar boven had gezeuld en liet zich met een zucht in het water zakken.

Ze zou het vandaag rustig aandoen in de winkel.

Met haar hoofd tussen de kringelende waterdamp overdacht ze de de gebeurtenissen van gisteren. Hij gaf me onder mijn voeten en zei dat het ging om een zakelijke aangelegenheid die avond, alsof ik een ongehoorzame bediende was. Maar zelf gedroeg hij zich anders ook niet professioneel met zijn ongepaste zoen.

Ongepast, maar niet ongewenst, zei een stemmetje in Emma's hoofd dat ze razendsnel het zwijgen oplegde.

Het kon die man echt niet schelen wat anderen van hem dachten. Hij was het gewend dat hij overal mee wegkwam, maar ik zou hem niet laten wegkomen met zijn plannen voor Waterbury, dacht ze vastberaden. Er hing simpelweg te veel levensgeluk voor de dorpelingen vanaf. Met zoiets mocht niemand ooit wegkomen, hoe bevoorrecht of er goed uitziend je ook was.

Emma had er een rustig weekend op zitten, maar

innerlijk kolkte ze van allerlei gedachten.

Ze had besloten het voorval te klasseren. Het was een dronken avond geweest en Samuel Wollington had er vast evenveel spijt van als zij. Als hij er niet meer op terugkwam, wat ze niet verwachtte, dan hoefden ze het zelfs nooit meer te bespreken.

Ze zou er zich niet door uit het lood laten slaan. June of het actiecomité zou trouwens niet rijker worden van de informatie, dus ze besloot het vernederende voorval voor zichzelf te houden en haar waardigheid in het dorp intact te houden.

Toen ze maandag naast een immer goedige George en Marcus op het landgoed stond, voelde ze zich al een pak frisser. Zij zouden nooit zo een fratsen uithalen met een vrouw, dacht ze bij zichzelf.

Ze werd op slag goed gehumeurd van hun werken in de tuin. Marcus toonde haar fier de wilde bloemenweide die hij onder handen had genomen. Het gras was kort gemaaid en de weide was ingezaaid met talloze bloemensoorten.

Her en der had hij ook enkele bloemen met de hand geplant om de weide een goede start te geven. Rond de statige rode beuken en eiken waarvan de bladeren nu al flink aan het uitkomen waren, had hij bloembollen in kunstige cirkels geplant.

Emma prees hem om zijn harde werk. Marcus' neus blonk van plezier.

In de voortuin overliep ze de definitieve plannen met George. Ze hadden al heel wat onkruid verwijderd en binnenkort konden ze van start gaan met de vormgeving en nieuwe aanplant.

Emma hoorde achter zich het geluid van gedecideerde voetstappen die het grind deden knerpen.

'Zijn dat de nieuwe plannen?' Samuels stemgeluid overviel haar. 'Mag ik ze ook even zien?'

'Natuurlijk. Ik ging ze nog aan je voorleggen ter goedkeuring.' Emma voelde weer de vertrouwde irritatie opkomen die hij bij haar zo gemakkelijk teweegbracht. 'Ik hoop dat ze je bevallen. Ik heb veel gehad aan Georges hulp.

'Dat waren maar kleinigheden', zei George snel.

Emma vertelde dat ze de oude hortensia's en rododendrons zouden verzorgen en er ook enkele nieuwe zouden aanplanten. De tuin zou vormgegeven worden door de hoge taxushagen die ze zouden herstellen en waar ze bogen in zouden snoeien. Hier en daar zouden ze ook enkele kleine en grote buxusbollen zetten, zodat het niet te formeel werd. De andere rommel, zoals zaailingen en exoten die zich de afgelopen jaren in de tuin hadden genesteld, zouden ze eruit halen.

George wees Samuel op enkele specifieke zaken.

'Ik had enkel nog je mening nodig over het grind. Wil je dat behouden, of wens je iets anders voor het pad?' vroeg Emma. 'Er zijn veel opties. Je kan kiezen voor een bestrating van kasseien, asfalt, …'

Samuel richtte zijn aandacht op haar. Haar stem stokte. En net nu ze goed op dreef was, ze vond van zichzelf dat ze als een echte professional klonk.

Zijn donkere wenkbrauwen stonden in een serieuze frons. 'Ik heb hier heel mijn leven gewoond en heb niet anders geweten dan dat er grind lag.'

'Dan denk ik dat we het grind zullen behouden. Grote veranderingen aan een historisch huis kunnen al snel kunstmatig aanvoelen.' Ze keek zijdelings naar zijn gezicht, maar hij gaf geen reactie prijs. 'We zullen de oude steentjes wat laten weg schrapen en er een nieuwe laag over storten.'

'Prima. Als jullie mij nu zouden willen excuseren. Ik heb een vergadering die op het punt staat te beginnen.' Hij knikte George gedag en wandelde weer naar binnen.

Zo, dat was duidelijk, dacht Emma met een leeg gevoel. Als ze eerlijk was, dan had ze diep in zichzelf toch gehoopt op een reactie van hem, al was het maar dat hij half zijn excuses zou aanbieden. Maar hij had geen moeite gedaan om haar apart te spreken.

Hij vond het kennelijk niet belangrijk genoeg. Voor Emma maakte dit duidelijk dat hij het gewend was om mensen voor de gek te houden. Op een manier maakte hem dat nog gewetenlozer in haar ogen.

Enkele dagen later stond Emma in de kruidenierszaak de ambachtelijke kazen te bekijken toen haar aandacht werd getrokken door een gesprek tussen twee dorpelingen.

'Daar kwamen ze dan binnen, met zijn drieën. Z'n drieën! Alsof het ging om de fotospecial van een of andere luxueuze residentie van een superster. Het gaat hier wel om Waterbury, hoor.' De andere vrouw knikte nadrukkelijk.

'En ze droegen allemaal hakken van minstens tien centimeter! Ik zweer het. Nog nooit eerder had ik zo'n glamoureus gezelschap ontvangen in mijn cottage. En het waren dan nog wel stagiaires van de makelaarster. Zelf liet ze d'r mooie koppie natuurlijk niet zien.'

Emma schatte de vrouw ergens eind de vijftig. Ze was zichtbaar aangedaan door de gebeurtenissen. Het tweetal liep in de richting van het wijnrek, en Emma schuifelde subtiel mee. Ze vervolgde al snel haar verhaal.

'En dan begonnen ze met hun opmerkingen. Het hele huis moest ik herarrangeren voor die fotograaf binnenkwam. Ze hadden ook allerlei dekentjes, kussens en nutteloze voorwerpen mee om uit te stallen. Zelf moest ik dan wel mijn fotokaders en de kristallen vaas wegbergen die ik van mijn grootmoeder had gekregen.'

'Oh', zei de luisteraarster geschokt. 'Zouden ze dat bij mij ook doen?'

'Ik zou me er alleszins wel op voorbereiden. Ze zijn genadeloos.' De vrouw trok haar wenkbrauwen op.

'En dan heb je het beste van al nog niet gehoord.' Ze boog zich dichter naar haar toehoorder.

Emma schuifelde nog wat dichterbij, in de hoop dat het niet te veel opviel dat ze luistervinkte, maar in feite was ze de schaamte al ver voorbij. Ze wou echt weten wat Amy's stagiaires zoal uitspookten.

'Op het einde drukten ze een kaartje in m'n handen. Dat ik naar d'r website kon surfen en hunder foto's kon liken op sociale media. Dat zou de verkoop boosten. En dat ik hen dag en nacht kon contacteren als ik ooit zelf een woning zou willen verkopen. Ze zouden me daarbij maar al te graag assisteren.' Nu barstten de twee vrouwen in lachen uit.

'God!' Bulderde de andere vrouw. 'Alsof wij ons ooit een eigen woning konden veroorloven in deze streek!'

'Inderdaad! Wat een hersenloze meiden!' Ze wandelden kakelend verder.

Emma zuchtte. Dat zag er niet goed uit. Wat haar betrof, klonk dit als olie op het vuur voor het actiecomité.

Het werd tijd dat ze van zich lieten horen, niet alleen in de pers, maar ook op sociale media. Ze nam zich voor om te gaan brainstormen met June. Maar als ze wouden opvallen met hun verhaal, dan zouden ze origineel uit de hoek moeten komen.

Misschien moesten ze een kunstenaar met veel volgers betrekken die voor hen wou opkomen. Of misschien moesten ze gewoon zelf iets doen dat hun protest tegen het project duidelijk maakte voor de rest van de wereld. Ja, dacht Emma. Dat klonk alsof ze op het goede spoor zat. Ze zou het idee snel met June bespreken.

June was er jammer genoeg op uit getrokken met haar vader. Ze zouden een weekje in Cornwall spenderen. Hun brainstormsessie zou nog even moeten wachten. Emma wenste hen veel plezier en drukte haar op het hart dat ze de hele toestand in het dorp even moest vergeten en gewoon moest genieten van het mooie weer en de stranden.

'We doen ons best', stuurde ze terug. 'En de volgende keer moet je maar eens meekomen. We huren hier altijd hetzelfde huisje af op de camping. Heel gezellig.' Ze stuurde een foto van George die een glas wijn vasthad en een gigantische marshmallow roosterde boven een vuurtje. Emma giechelde.

'Daar kan ik geen nee op zeggen. Tot snel!' Ze stuurde nog een foto terug van een norse Winston die op haar schoot lag in de sofa.

's Avonds besloot Emma wat boodschappen te doen in de supermarkt van Welton. Doordat ze zo was opgegaan in het afluisteren van het gesprek in de kruidenierszaak, was ze helemaal vergeten de spullen te kopen die ze nodig had.

Even later maakte Emma de fiets vast in de hoofdstraat van het stadje. Ze had wat zitten rommelen tussen de spullen van tante Paula en had een handige fietstas met wieltjes gevonden. Dat kwam haar goed van pas voor de boodschappen.

Ze klikte de geruite tas los van haar fiets, trok de hendel naar boven en ging op pad met het karretje op wieltjes. Ze lachte een beetje om zichzelf, want nu vond ze dat ze net een omaatje leek dat naar de markt ging. Er ontbrak enkel nog een hoedje op haar hoofd. Ach, laat de mensen maar denken, dacht ze bij zichzelf. Ze kon tenminste haar plan trekken.

Tevreden liep ze naar de supermarkt. Toen ze enkele meters verder wat buitentafels van een restaurant passeerde, dook haar maag plots enkele centimeters naar beneden.

Zag ze daar nu twee hoofden die haar bekend voorkwamen?

Ze hield haar pas in en besloot van koers te veranderen, maar nog voor ze zich kon omdraaien, zwaaide Amy haar kant op. Samuel Wollington zat recht tegenover haar. Hij leek te schrikken toen hij Emma zag.

Dat kwam vast door het accessoire dat nu nutteloos aan haar hand bungelde. Ze kon het ding moeilijk verbergen.

Waarom moest ze hen uitgerekend op dit moment tegenkomen, dacht Emma wanhopig. Amy was vast een persoon die nog liever dood op straat werd gevonden dan te worden gezien met een omakarretje. Amy wenkte haar nadrukkelijk. Emma zuchtte en overbrugde de enkele meters die hen nog scheidde.

'Emma! Wat leuk!' zei ze uitermate opgetogen. Ze zag dat ze beleefd haar best deed om niet naar het karretje te kijken, alsof het helemaal niet bestond in haar wereld.

'Ik kwam om boodschappen', zei Emma verontschuldigend.

'Ja, natuurlijk. Nu zie je eens het stadje waar ik leef! Wat snoezig, he?'

'Eh, ja. Heel snoezig. Sorry voor het storen, hoor', zei ze snel.

'Dat is niet erg. Wij zouden nooit tegen iemand zeggen dat die persoon stoort, is het niet?' Samuel reageerde niet.

'Zet je er gerust bij, dan maak ik wat plaats', vervolgde Amy. Ze begon al te schuiven met het servies van hun intiem gedekte tafeltje. 'We hebben het 'Love menu' voor twee besteld. Als ik teken doe aan de chef, dan kan je vast nog mee aanschuiven.'

Emma voelde iets in zich trekken. Ze voelde zich plots enorm gegeneerd dat ze hun date kwam verstoren.

Samuel staarde naar het wijnmenu dat op een bord tegen de muur hing.

'Oh, dat is niet nodig, dank je wel. Jullie hebben vast veel eh ... te bespreken met elkaar.'

'Klopt. Dan zien we je gauw weer, Emma.' Amy glimlachte bekoorlijk. Met haar ene hand zwaaide ze naar Emma, de andere legde ze op Samuels arm en kneep er even in.

Hij keek op en haalde diep adem. 'Dag, dan. Tot gauw.' Emma meende een lichte verhoging in zijn stem waar te nemen. Zijn baritonstem klonk bijna als een tenor, of beeldde ze zich dat in?

Ze trok het hendeltje van de fietstas weer in en wandelde zo waardig mogelijk met het ding in haar hand naar de supermarkt. Geen haar op haar hoofd dat eraan dacht om er nu mee te staan rollen.

De week nadien vloog voorbij. Nu George op vakantie was en de tuinwerken even stil lagen, besloot ze het piepkleine molenmuseum ondersteboven te keren. Ze stofte alle spullen af, boende de vloer en de zandstenen muren en maakte zelfs nieuwe infoborden voor de toeristen met foto's en uitleg. Toen één van de leden van het actiecomité haar bezig zag, kwam hij even later een doos brengen met eeuwenoude spulletjes afkomstig uit Waterbury. Hij legde uit dat zijn familie ze al jaren op zolder bewaarde. Emma bestelde online een tweedehands vitrinekast met belichting en stalde er alles in uit. Ze schreef nauwkeurig de bijbehorende uitleg van de schenker op kaartjes en legde die bij de spullen.

Het werk bezorgde haar innerlijke rust en leidde haar af van allerlei gedachten die door haar hoofd spookten als ongewenste gasten.

Met de blauwe regen die nu was uitgekomen tegen de gevel, zag het molenmuseum er weer piekfijn uit.

Tante Paula was erg tevreden toen ze haar telefonisch op de hoogte bracht van haar acties. Emma stuurde zelfs wat foto's door naar haar vaste verzorgster die ze tijdens het telefoongesprek op een tablet toonde. Ze had het jaren geleden vrijwillig opgestart als amateur geschiedkundige. Het lag haar nauw aan het hart en ze zei dat Emma haar niet gelukkiger had kunnen maken dan het zo mooi op te knappen en haar werk in ere te houden.

Er kwam zelfs een man op leeftijd langs die grote interesse vertoonde voor de antieke molenspullen. Hij maakte enkele foto's en vroeg of hij het in het gepensioneerdenblad mocht publiceren waar hij redacteur voor was. Hij vertelde haar ook fier dat ze een online website hadden.

Niet lang daarna zag ze enkele troepjes olijke

gepensioneerden aanvliegen die met belangstelling door het museumpje rondliepen. Het hielp ook dat het gratis was, en ze complimenteerden haar uitgebreid met haar mooie werk.

Emma nam al die lof dankbaar in ontvangst, want wie was er nu niet gevoelig aan vleiende woorden?

Ook haar ouders waren in het weekend langsgekomen om haar werken in het museum te bewonderen en ze hadden veel te veel taart meegenomen. Tante Paula kon er jammer genoeg niet bijzijn, zij voelde zich te zwak voor de autorit tussen Oxford en Waterbury.

De maandag erop trok ze haar loopschoenen aan. Het was hoognodig dat ze weer een eindje liep. Ze had dat al een hele week uitgesteld omdat ze zo druk bezig was met andere dingen.

Emma liep naar buiten en smeerde nog wat restjes zonnecrème open. Het was warm die dag. Ze had een topje en een shortje aan, want de zon scheen fel.

Op de oeverkant van de rivier zaten gezinnetjes in het gras te picknicken. Enkele kinderen speelden in het water. Emma keek licht weemoedig naar een vader die zijn vrouw knuffelde. Ze hoopte dat zij op een dag ook zo een geluk zou mogen kennen. Het was iets dat ze in de nabije toekomst niet meteen zag gebeuren.

Langs de rivier groeiden er wilde bloemen en lange grashalmen waartussen libellen af en aan gonsden. Het water kabbelde fris over de keien. Als ze soms dacht aan hoe de mensen honderden jaren terug leefden, dan stelde ze zich altijd een grauwe, doffe wereld voor. Maar nu ze dit zag, besefte ze dat dat niet klopte. Het moest toen even scherp en bruisend van leven geweest zijn als de natuur die ze nu voor zich zag. Wat goed was het leven toch, mijmerde ze.

Ze sloeg naar links af en besloot het aarden padje langs de rivier verder te blijven volgen, het liep dwars door de weilanden van Waterstone House.

Na enkele honderden meters kneep ze haar ogen tot spleetjes. Ze meende in de verte iets ongewoon te zien, maar de zon scheen te zeer in haar ogen om uit te maken wat het was.

Ze liep snel dichterbij en zag enkele enorme graafmachines op Samuels domein aan het werk. Wat vreemd. Zou George deze besteld hebben om een nieuwe poel uit te graven? Maar daar had ze hem niets over horen vertellen. De graafmachines leken ook veel te groot voor zo een werk.

Vol ongeloof zag ze hoe de ijzeren mastodonten de aarde openbraken, als draken van de eenentwintigste eeuw. Het leek alsof ze een weg aan het uitgraven waren. Een eindje verder zag ze een grote betonmolen komen aanrijden, wat haar vermoedens bevestigde. Dave liet zijn werkmannen een toegangsweg naar de betrokken weilanden bouwen.

Ze maakte gauw een filmpje, trok enkele foto's en stuurde alles op naar June.

Emma besloot niet langer te wachten en liep meteen door naar Waterstone House. Ze belde driemaal na elkaar aan en hoopte dat het dringend genoeg voor de eigenaar klonk om wat voor belangrijke videocall dan ook te pauzeren.

Samuel opende nors de deur. En inderdaad, er lag een headset op zijn schouders. Prima zo, dacht Emma tevreden.

'Wat scheelt er? Voel je je niet goed? Is er iets met George?'

'Nee', antwoordde Emma snel. 'Alles gaat goed.' Zijn ogen flitsten razendsnel over haar onthullende kledij. Ze wenste dat ze een hemdje aanhad om zich wat te bedekken.

'Ok', antwoordde hij. Zijn donkere wenkbrauwen stonden gefronst. Hij sloeg zijn armen over elkaar. Het was de eerste keer dat ze elkaar alleen zagen sinds het voorval in de pub, schoot het door Emma's hoofd, maar ze legde die gedachte snel het zwijgen op.

'Ik zag een aantal grote machines aan het werk op je weilanden. Het zag er al uit als een echte werf.'

'Oh, dat', zei hij, alsof het niets was. 'Klopt, ik heb deze ochtend goed nieuws ontvangen. De vergunning werd met een versnelde procedure goedgekeurd.'

Emma's gezicht betrok, maar ze besefte dat ze zich moest beheersen. In zijn ogen behoorde ze immers tot zijn clubje.

'Geweldig', zei ze geforceerd. 'Proficiat.'

'Dank je. Ik zou je nog sms'en vandaag. Morgen komt het team samen voor een spoedoverleg. Je bent natuurlijk uitgenodigd. Er zijn nogal wat zaken gebeurd. Mijn lening bij de bank voor het project werd vorige week goedgekeurd en dan is er nog Daves team dat de aanvraag razendsnel heeft rond gekregen.'

'Wat fantastisch.'

Emma hoopte maar dat ze een gepaste toon aansloeg. In zijn aanwezigheid had ze haar reacties niet altijd even goed onder controle.

'Dave heeft bij het goede nieuws de koe meteen bij de horens gevat en al een team naar de werf gezonden voor de eerste fase van de werken.'

'En die zijn?'

'Wat je aan de gang zag. Ze maken de werf

toegankelijk met de aanleg van een asfaltbaan en starten al de eerste grondwerken op. Ze bouwen ook een meterslange afsluiting waar ze promomateriaal aan kunnen ophangen. Op een maandje zouden ze daarmee rond zijn.'

'Het zag eruit alsof het sneller zou kunnen gaan.'

'Ja, he. Die Dave weet wel van aanpakken.' Zijn ogen glinsterden.

'Juist.' Emma snoof.

'We gaan morgen ter plekke en zullen het overleg daar houden.'

'Goed, dan zie ik je morgen weer.'

'Oh, oké. Heb je geen dorst met dat warme weer?'

'Nee, dank je. Ik ga mijn loopronde verderzetten.'

Hij knikte.

Emma wandelde weg. Ze vond dat hij milder dan gewoonlijk klonk. Hij probeerde haar zelfs niet de deur uit te krijgen, hoewel hij het duidelijk druk had.

Ze vond het maar verdacht. Wellicht had de ommeslag in zijn humeur te maken met het nieuws van de voortgang in zijn zaken, maar daar zou zij niet de speelbal van zijn.

Ze zette haar tocht verder en maakte er een langere lus van dan gewoonlijk. Het werd tijd dat ze toe werkte naar die vijftien kilometer. Een beetje discipline kweken bij zichzelf was nooit verkeerd.

18

Emma besloot Samuels spelletje mee te spelen. Ze zou mee surfen op zijn goede humeur. Wie weet dat het haar nog meer nuttige informatie voor het actiecomité zou opleveren.

Ze had alles wat ze gezien had op de weilanden, inclusief Samuels informatie, al doorgespeeld aan June. Ze zouden de spoedvergadering nog afwachten en dan die avond afspreken om na te denken over verdere stappen. June had het nieuws blijkbaar al verspreid naar het actiecomité, want toen Emma 's avonds nog een keertje ging kijken naar de graafwerken, zag ze verschillende dorpelingen af en aan rijden en in paniek naar de werken wijzen. Het veroorzaakte duidelijk heel wat emoties en oproer.

Het was ook allemaal zo verdomd snel gegaan, dacht Emma met een steek in haar hart. Ze had nochtans in haar studie geleerd dat zulke vergunningen lang op zich konden wachten, maar Daves team had blijkbaar een technisch handigheidje uit hun hoed getoverd waardoor het hele gebeuren al in een versnelde procedure was beklonken. Hij had dan ook al decennialang ervaring opgedaan in grote bouwprojecten en wist wellicht bij welke mensen hij moest aankloppen. Toch vond Emma het maar extreem en bleef het 's nachts aan haar knagen.

Het moment voor de werfvergadering brak aan. Ze ging 's ochtends nog even langs bij George in de tuin en wandelde dan verder naar de werf op het afgesproken uur.

Ze had netjes een paar laarzen van Norah geleend, die daartoe maar al te graag bereid was nadat ze het catastrofale nieuws vernam, en liep vol zelfvertrouwen naar het weiland waar de nieuwbouwwijk zou worden neergeplant.

Emma trof het clubje opgetogen aan naast de grootste graafmachine. Ze zag dat er zich twee nieuwe jonge vrouwen aan het gezelschap hadden toegevoegd. De meiden zagen er al net zo duur gekleed en verzorgd uit als Amy. Ze leken wel haar kloontjes.

Wellicht waren dit de nieuwe stagiaires van Amy's vastgoedkantoor waarover de twee dames in de kruidenierszaak het hadden, toen ze hun beklag deden over de fotosessies. Emma kon zich voorstellen dat de stagiaires in een vingerknip een aandoenlijke beschrijving van de cottages uit hun duim konden zuigen voor de verkooplistings op sociale media. Ze zagen eruit alsof dat allemaal geen geheimen meer voor hen had.

Dave had de werken voor de gelegenheid even laten stilleggen, alsof hij wou benadrukken wat voor een macht hij wel niet had. Hij stelde zijn werklui trots voor aan Samuel en de andere aanwezigen.

Emma schudde beleefd hun handjes, zij konden er tenslotte ook niet aan doen dat hun baas een geslepen wolf was.

Samuel nam het woord en gaf het team de info die Emma gisteren ook al te horen had gekregen.

'Wat een verrassing!' zei Amy die door het dolle heen was. 'Wat zijn jullie mannen toch echte superhelden. Dit had mijn week niet mooier kunnen maken. Ik ben zo blij voor je, Sam.'

Ze omhelsde hem alsof hij net een aanslag had overleefd. Samuel verstijfde lichtjes. Hij keek verlegen in het rond en schoof haar al gauw door naar Dave, die een dankbaarder subject was voor haar innige knuffels.

Emma besloot de vreemde stilte te gebruiken en greep haar kans.

'Dat was wel heel snel. Ik had gedacht dat het bekomen van een vergunning voor zo een enorm vastgoedproject wel een tijdje in beslag zou nemen. Ik dacht dat projecten als deze vaak meerdere aanpassingen van de ruimtelijke plannen vereisten?'

Dave wierp zich op als expert. 'Normaal is dat zo. Maar zoals Samuel al aangaf, hebben we kunnen profiteren van een speciale goedkeuring van het bestuur. Zij zagen er nu blijkbaar niet veel graten in en besloten volop voorwaarts te marcheren. Dankzij de versnelde procedure die nog maar een jaartje bestaat en tot nog toe slechts eenmaal gebruikt is geweest in ons land, staan we hier vandaag. Je zou zelfs kunnen zeggen dat we geschiedenis schrijven.'

'Ze kiezen duidelijk voor de toekomst', zei Amy opgetogen.

'Een toekomst met visie. Daar zorgt Michaël voor, onze architect. Hij heeft dit op een briljante wijze verdedigd tegenover het plaatselijke bestuur. Zij zagen natuurlijk meteen in dat dit een unieke opportuniteit betrof en hebben met het in gang zetten van de versnelde procedure duidelijk aangegeven dat ze enthousiast zijn over het project.' Dave klopte zichzelf op de borst.

'Het is nu van belang dat we zo snel mogelijk promotie over het project de wereld insturen. Het publiek moet soms wat warm gemaakt worden voor zo een grote veranderingen in de streek. Maar maak je geen zorgen, wij hebben ervaring in dat soort zaken.' Dave keek gewichtig in het rond. Hij knikte zelfverzekerd naar Samuel, als een generaal die zijn koning verzekerde dat ze de oorlog zouden winnen, al zouden er wel enkele soldatenlevens voor moeten sneuvelen. Emma dacht aan de sliert auto's van ongeruste dorpelingen die hier gisterenavond nog maar stonden.

'Je neemt me de woorden uit de mond, Dave.' Amy streek met een hand door haar haren. 'Ik stel voor dat we hier al wat foto's maken voor de pers, nu we toch allen aanwezig zijn op de site.'

'Goed idee, ik stuur ze meteen door naar mijn secretaresse met de opdracht ons marketingteam in gang te zetten. Zij kunnen al een persbericht opstellen en rondsturen naar de nationale en lokale kranten.' Dave keek gebiedend naar zijn medewerkers.

Toen hij zag dat ze niet aan het opletten waren, werd hij rood en schreeuwde hun namen. 'Bellen jullie Claire al op om dit voor te bereiden? We hebben geen tijd te verliezen!' snauwde hij hen af. De jongens trokken snel hun telefoons en begonnen te bellen.

'Niet tegelijkertijd! Dat gaat niet werken!' riep Dave. Hij schudde zijn hoofd en schonk Samuel een dramatische oogrol, van CEO tot CEO, als in: 'tja, personeel'.

'Zal ik anders de foto maken?' bood Emma aan. Het groepje keek verbaasd in haar richting.

Amy kneep haar ogen samen tegen het licht toen ze Emma aankeek.

'Prima idee', zei ze vriendelijk. 'Maar dan sta jij er niet

op! Onze landschapsarchitecte.'

'Dat zal geen groot gemis zijn', zei Emma snel.

Ze had niet veel zin om in de pers te verschijnen op een foto die haar tot in de eeuwigheid zou verbinden met een project dat haaks op haar principes stond.

'Natuurlijk wel. Arme Emma toch, die lieve, mooie muis. Maar ga je gang.' Amy wierp haar een kushandje toe.

Samuel trok zijn wenkbrauwen op. Emma rilde. Moet ze zich nu weer bemoeien met zaken die haar niet aangaan, dacht hij waarschijnlijk.

Emma haalde diep adem en zette een stap naar voor. Kom op, sprak ze zichzelf moed in.

'De mijne maakt fantastische foto's. Het is de laatste nieuwe', zei Dave snel. Hij stak hem naar Emma uit.

Aarzelend nam ze zijn dure telefoon aan, alsof ze bang was om besmet te worden met zijn opzichtige vulgariteit. In gedachten zag ze allerlei blitse microbes in merkkleertjes boosaardig over zijn hand kruipen, klaar om in haar vingers te bijten. Ze kneep haar ogen angstig toe bij de overhandiging en liet de telefoon net niet in het gras vallen.

Het groepje zette zich al klaar in positie. Ze zag dat er vetplekken op het scherm zaten. Waarschijnlijk had hij voor de start van de vergadering chips zitten eten in zijn nieuwe Jaguar die protserig aan de rand van het weiland geparkeerd stond, of nog erger, naar ranzige filmpjes zitten kijken.

Emma schudde de gedachte van zich af en hield de telefoon tussen twee vingertoppen.

'Kan iedereen wat dichter bij elkaar staan?' vroeg ze met een stem die vertrouwen fakete. De groep schuifelde dichter naar elkaar toe. Amy schoof een arm rond Samuels middel en Samuel legde in een vriendschappelijk gebaar zijn hand over de hare, zodat enkel nog de toppen van haar gemanicuurde nagels te zien waren.

'Goed, en nu lachen.' Emma nam enkele foto's en scrolde door de beelden. 'Wacht even, Samuel, iedereen lacht op de foto, behalve jij. Het moet opnieuw.'

De groep ging weer dicht bij elkaar staan.

Samuel zuchtte geïrriteerd over de hoofden van de aanwezigen, waardoor er een lok van Amy's haar rechtop kwam te staan.

Die zal ik niet voor haar gaan gladstrijken. Daar is dit muisje te klein voor, dacht Emma genoegzaam. Dave zou voor zijn persbericht ongetwijfeld een foto uitkiezen waarop iedereen glimlachte, maar naar kapsels die slecht lagen, keken de meeste mannen niet.

'Zo gepassioneerd zuchten', zei Emma gespeeld vermanend. 'Het is maar een glimlach hoor.'

Samuel rolde met zijn ogen en trok zijn mond in een grimas. Emma klikte op de camera en proestte het zachtjes uit.

'Wat doe je nu?' vroeg ze. 'Je moet lachen, Samuel.'

Ze hield de telefoon voor zijn gezicht, zodat hij naar zichzelf op de foto kon kijken. Ze zoomde in op zijn mond. Zijn lippen omkrulden zijn ontblote tanden, zonder dat hij vreugde uitstraalde.

'Je bent net een baviaan die een nieuw veld bananenbomen in het oerwoud heeft ontdekt.'

'Onzin', zei Amy engelachtig. 'Sam ziet er altijd knap uit.'

Samuel moest onwillekeurig lachen omdat hij de waarheid van Emma's opmerking inzag. Deze keer was het een oprechte lach. De zon scheen in zijn woeste haardos en de goudgele spikkels in zijn blauwe ogen reflecteerden het namiddaglicht.

'Kijk, dat is al veel beter', zei Emma tevreden. Ze voelde een steekje in haar buik. Snel maakte ze nog wat foto's en gaf de telefoon haastig terug aan zijn eigenaar. Samuel richtte zich weer tot de groep. 'Dan nodig ik jullie graag allemaal uit om dit goede nieuws op vrijdag te vieren met een etentje. Ik heb een reservatie gemaakt bij een toprestaurant in de buurt. Ik hoop jullie allemaal te zien dan.'

'Onzin. Ik trakteer dat wel!' riep Dave.

'Het is geen probleem, Dave.'

Emma meende plots een lichte spanning te zien opduiken tussen de twee mannen. Welke alfa zou het winnen, dacht ze smalend. In gedachten zag ze hen als twee hanen rond elkaar cirkelen.

'Tuurlijk, tuurlijk', zei Dave snel. 'Dan trakteer ik nadien op lekkere drankjes.'

'Geweldig!' barstte Amy weer uit. Het diamanten kettinkje om haar nek glinsterde beloftevol in de zon.

June lag met haar voeten omhoog op de bank in haar cottage. Ze staarde naar het plafond en masseerde haar slapen. Emma zat naast haar op de grond over haar laptop gebogen. Ze tuurde fronsend naar het scherm. Er hing een stilte van opperste concentratie rond hen heen. Wellicht zouden ze het niet opmerken moest er nu iemand in zijn blootje voorbij het raam wandelen, zodanig werden ze opgeslokt door het vraagstuk dat voor hen lag.

Ze zochten vruchteloos het internet af naar geslaagde protestacties die veel positieve media aandacht hadden gekregen en niet op geweld waren uitgelopen.

Toen Emma het zoveelste artikel open klikte over een

vreedzame betoging waarbij de politie uiteindelijk toch traangas had moeten gebruiken, zonk de moed haar in de schoenen. Ze zuchtte gefrustreerd en had zin om haar laptop dicht te klappen en door het raam te keilen.

'Misschien moeten we het passiever zien', opperde June.

'Maar hoe kan je nu op een passieve wijze protest gaan voeren?'

'Juist.' Ze zuchtte. 'Er moet toch een manier zijn.'

'Laten we anders even pauzeren en een kopje thee zetten.'

'Goed idee. Er is niets dat een lekker bakje thee niet kan oplossen.' June opende ook een blik dat gevuld was met zelfgemaakte koekjes.

Emma kauwde er smakelijk op los. Ze had niet veel gegeten die avond. Stiekem had ze gehoopt om wat lekkers bij June te scoren. Tot haar vreugde was haar plannetje gelukt.

'Wil je ook wat citroencake?' vroeg June die de kauwende Emma met binnenpret aankeek.

'Oh, ja. Je kan fantastisch bakken. Dat recept moet je me ook een keertje leren.'

'Komt voor de bakker.' June opende de koelkast en haalde een enorme citroencake met een laagje glazuur tevoorschijn.

'Dat jij en jouw vader niet dikker zijn, dat versta ik toch niet', zei Emma met haar mond vol. Met gesloten ogen genoot ze van het zoetzure glazuur met geraspte citroenschil dat op haar tong smolt. Ze bevond zich in de zevende taartenhemel.

'Goh, ik heb gewoon geluk met mijn figuur. En mijn vader is dik genoeg, hoor.' Ze grijnsde.

'Tja, hij heeft jouw lengte niet om die extra kilootjes te verbergen.'

Ze wandelden met een gevulde maag en een kop thee in de hand terug naar de zitruimte. Emma bleef nadenkend staan voor een commode.

Het was het object dat ertegenaan geleund stond dat haar aandacht trok. Ze legde het koekje dat ze had mee gegrist neer op de kast en nam de gitaar vast.

'Speel je soms gitaar?' Ze hield het instrument omhoog.

'Nee, mijn moeder speelde gitaar. Mijn vader houdt hem bij als aandenken.'

'Juist.' Emma knikte begrijpend. 'Wist je dat ik uren gitaarles heb gevolgd toen ik klein was?'

'Oh, wat leuk. Wil je misschien iets voor me spelen?'

'Geen idee of ik nog goed ben ...' Emma kauwde nadenkend op haar lippen. Ze installeerde zich in de zetel en begon de gitaar te stemmen. Ze sloeg enkele akkoorden aan.

'Hij kan nieuwe snaren gebruiken, maar voor het overige is het een prima instrument.' Ze tokkelde één van haar lievelingsliedjes.

'Je bent best goed.' June volgde geïnteresseerd de bewegingen van haar handen.

'Ach. Vroeger was ik beter', zei Emma gemaakt bescheiden. Ze was zelf verrast over hoe snel de technieken tot haar terugkeerden.

'Weet je ... Dit is misschien nog niet zo een gek idee. Waarom maken we geen protestlied?'

'Een protestlied?' Emma staakte de muziek.

'Ja, veel leden van het actiecomité kunnen aardig zingen. Ze zitten in het kerkkoor van St. Mary's.'

'Hmm, klinkt interessant.'

June knikte. Haar ogen begonnen te fonkelen.

'We kunnen een parodie op een bestaand lied maken en daarmee de draak steken met de megalomane nieuwbouwwijk en de evil eigenaar die erachter zit. Mensen houden van muziek.'

'Dat klopt. Je bent geniaal. Als we een populair deuntje kiezen en een tekst schrijven die in je hoofd blijft hangen, dan zullen we misschien maandenlang op sociale media en de radio worden besproken.' Emma sloeg enkele dramatische akkoorden aan.

June grijnsde duivels. 'Er beginnen al wat lyrics in me op te komen.'

'Dicteer me maar.' Emma nam haar laptop en ze gingen aan de slag.

De thee werd verruild voor enkele glazen wijn en al gauw lagen ze in een deuk met hun eigen liedjestekst. Ze zongen erop los en dansten als gekken rond de zetel.

Toen George rond tien uur de woonkamer binnenwandelde na zijn wekelijkse avondje kaarten in de pub, wist hij niet wat hij aantrof.

'Wat een heksen lopen er hier rond!' Hij dekte gemaakt angstig zijn ogen af.

'We hebben een liedje gemaakt! Voor het actiecomité, als protest.' June had blosjes op haar wangen van plezier.

'Goed dan, laat eens horen.' Emma drukte de tekst driemaal af en deelde de blaadjes rond, hoewel zij en June de regels al vanbuiten kenden. Ze drukte op play en de muziek schetterde uit haar laptop. Ze tokkelde mee op de gitaar. Al snel had George de melodie opgepikt en zong brommend mee.

'Dit is goed werk, meiden. Dat wordt een leuke vergadering zondag.'

'Inderdaad.' Junes ogen blonken. 'Ik stel voor dat we hen het liedje meteen aanleren en opnemen. Hoe sneller we van ons laten horen, hoe beter. Want die graafmachine heeft nog niet stilgestaan.'

'Goed idee', beaamde Emma.

'Ik zal morgen de tekst rond mailen naar het actiecomité om hen al warm te maken.'

Ze bespraken nog wat praktische beslommeringen. Toen de klok elf uur sloeg, vertrok Emma met een hoopvol gevoel naar huis. Ze mocht de gitaar meenemen om in de watermolen te oefenen voor zondag. Ze voelde zich een echte singer-songwriter. Met hun protestlied zouden ze een bommetje laten afgaan in de media, ze voelde het gewoon.

19

De dagen nadien greep Emma elk vrij moment in de winkel aan om haar gitaarskills af te stoffen. Het was eind mei en de zon scheen erop los.

Norah had de tekst al ontvangen van June en humde vrolijk mee.

'Wat een song, wat een song! En jullie hebben dat helemaal zelf bedacht?' Ze lachte haar lange tanden bloot. Ze had Emma weer van soep en brood voorzien.

'Helemaal zelf', zei Emma trots. Ze lepelde de tomatensoep met basilicum met smaak naar binnen.

'Zo een slimme, creatieve meiden. Jullie gaan dit dorp redden!' riep ze in het rond.

Norah wandelde neuriënd terug naar de tearoom en swingde erop los. Dat enkele toeristen haar stonden aan te gapen, kon haar niet deren.

Emma dacht dat niets haar uit deze vrolijke roes kon halen, tot een sms'je van Samuel haar met beide voeten op de grond haalde.

'Je komt vanavond toch ook?'

Ze zuchtte. Dat was nog waar ook. Ze was zijn traktatie voor het team helemaal vergeten. Ze zou het traditiegetrouwe wijntje op vrijdagavond na sluitingstijd met Norah en Mandy moeten missen.

'Ja', tikte ze op haar telefoon en drukte op verzenden.

'Dit is het adres.' Hij stuurde haar de link door van een

chique restaurant.

Dat zou een dure rekening voor hem worden, dacht Emma kritisch. Maar goed, hij had wellicht toch teveel geld op zijn bankrekening met dat financiële consultancybedrijf van hem.

'Het is op twintig minuten rijden met de auto. Zal je er geraken met jouw fiets of rijd je met me mee?'

Goh, dacht Emma. Ze zocht even op hoelang ze erover zou fietsen, want een autorit met Samuel kon ze missen als kiespijn. Maar toen de routeaanwijzing aangaf dat ze al drie kwartier geleden vertrokken zou moeten zijn met de fiets om er op tijd te geraken, moest ze zich met een spijtig gevoel gewonnen geven.

'Ik zal met je meerijden, bedankt. Tot zo.'

Ze haastte zich naar de watermolen, sproeide zich onder met koud water want voor een lang, warm bad had ze nu geen tijd en droogde zich af. Haar huid en haren blonken door het koude water.

Ze deed wat make up op en trok een lichtroos zomerjurkje aan dat haar moeder de vorige keer dat ze in Waterbury was voor haar had meegebracht. Ze vond dat haar dochter er altijd magnifiek uitzag in die kleur, het deed haar blonde haar en bruine ogen goed uitkomen.

Ze was enkele minuten te laat en trapte de laatste honderd meter hard op de pedalen van haar fiets. Ze zwaaide haar pasje voor de sensor van de toegangspoort en wandelde bezweet naar binnen.

Samuel opende de voordeur al. 'Zo, je ziet er ... anders uit.'

Emma keek naar haar losse jurkje. De lichte stof bolde zacht op in de avondbries. 'Tja, het effect van de lente misschien.'

Ze wandelden naar Samuels oude Discovery. Emma trok de autodeur toe, die met een klap in het slot viel. Toen ze ging zitten, steeg er een wolkje stof op uit de passagierszetel.

'Hij was nog van mijn vader', zei Samuel vergoelijkend.

'Juist', zei Emma.

Samuel startte de auto. Ze reden naar de snelweg. Er viel een stilte. Emma keek wat naar de landschappen die voorbijgleden. Ze meende dat ze richting Londen reden.

'Werken met dat tijdsverschil moet ook niet alles zijn', zei ze in een poging om de ongemakkelijke stilte op te vullen.

'Nee, dat is het niet.' Samuel keek geconcentreerd naar de weg.

Dat gaf Emma de kans om hem eens ongegeneerd te bestuderen. Zijn handen lagen relax op het stuur. Ze waren groot, maar niet lomp. Zijn vingers hadden iets verfijnd. Ze keek naar zijn gezicht, dat hoewel erg knap, ook eeuwig serieus stond.

'Ben je altijd zo gefocust?' vroeg ze dan maar.

Hij keek haar vragend aan en pinkte om af te slaan.

'Op je werk, in je leven. Of is er ook plaats voor plezier?'

'Momenteel ben ik daar niet actief naar op zoek. Mijn job vraagt veel van me. Maar juist dat geeft me plezier. Een groter geschenk kan het leven je denk ik niet geven.'

'Ah, zo', zei Emma slechts.

Ze voelde zich een beetje onrustig worden van die wijze woorden. Zij had nog geen professionele carrière uitgebouwd waar ze voldoening uit kon putten. Ze kon enkel bogen op een tijdelijke job als winkelbediende in de zaak van haar groottante en een bijverdienste als leugenachtige landschapsarchitecte.

Ze vroeg zich af hoelang het zou duren eer ze door

de mand zou vallen. Het werd tijd dat er schot in de zaak kwam. Ze zou vanavond doortastender moeten optreden.

Het was er druk toen ze toekwamen in het restaurant. Het was blijkbaar nog maar net geopend door een sterrenchef wiens naam haar bekend in de oren klonk. Één van de stewards gekleed in een hippe satijnen vest, begeleidde hen naar de tafel waar ze tussen Amy en Sheila werd gezet.

Dit keer had Amy geen gouden knoopjes nodig om alle aandacht op zich te richten. Ze droeg een smaragdgroene jumpsuit met een diepe uitsnijding die niet veel aan de verbeelding overliet. Ze kon er onmogelijk een beha onder dragen. Zelfs Emma had moeite om naar haar gezicht te blijven kijken onder een gesprek.

Sheila had de vreemde gewoonte om bij het toekomen van elk gerecht een filmpje te maken dat ze in selfiemodus schoot en waarbij ze een vreemd dansje deed als de ober het bord voor haar neerzette.

'Dat is mijn signature move op sociale media', zei ze toen Emma ernaar vroeg. 'Dan weten mijn volgers dat het om een echte Sheila-post gaat en niet om een van mijn copycats.'

Emma knikte met grote ogen.

Sheila at telkens maar enkele hapjes van elk bord. Bij het laatste gerechtje besloot Emma bijna de gepaneerde tijgergarnaal met chili en kokosschilfers van haar bord te plukken, maar dat ging misschien te ver. Ze staarde likkebaardend het bord na toen het terug naar de keuken werd gebracht.

De belichting in het restaurant dimde, waardoor er een gezellig sfeertje werd gecreëerd. Emma had de neiging om achterover te leunen in de zachte leren zetels, maar dan zou Samuel haar misschien weer onder haar voeten geven dat ze zich niet professioneel gedroeg, dacht ze grimmig.

Toen ze voor zich keek, zag ze de slungelige medewerker van Dave tegen hetzelfde gevoel vechten. Hij leunde afwisselend tegen de tafel en in het zeteltje. Dan wroette hij door het broodmandje, haalde de witte stukjes stokbrood eruit en stak ze gretig in zijn mond, bijna als een mager everzwijn dat in de adolescentie zat en nog tafelmanieren kreeg onderwezen van zijn moeder.

Ondanks het feit dat hij enkele jaren ouder moest zijn dan haar, leek hij nog groen achter zijn oren. Ze keek zijdelings naar Dave. Misschien was hij wel moeder zwijn.

Knor, knor?

Emma glimlachte naar de jongeman. Hij keek verrast terug, bijna dankbaar zelfs. Misschien zag ze er toch niet zo slecht uit vanavond. Ze bedacht zich dat ze nog nooit de moeite had genomen om zijn naam te vragen en boog voorover.

'Hoe heet je misschien?'

'Ik ben Daniel.' Zijn roze hemd matchte met haar jurk.

'Wat leuk, ik kende nog geen Daniel.' Hij lachte om haar flauwe mopje.

Toen het dessert eraan kwam, stond Dave recht. 'De keuken van het restaurant sluit dan wel misschien, maar de garçon verzekerde me dat de bar openblijft.'

De groep lachte. 'Dus ik stel voor dat we hier nog even blijven plakken. De barman staat blijkbaar bekend om zijn fantastische cocktails, hij heeft er al enkele prijzen mee gewonnen. Laat jullie maar gaan!' riep

Dave naar niemand in het bijzonder. Hij wankelde lichtjes en hief zijn glas wijn. 'Vanavond zijn we onder vertrouwelingen', hij keek gewichtig in het rond, 'en is het feest.' Zijn blik eindigde op de zone rond Amy's indrukwekkende decolleté.

De cocktails bleven in een gestage stroom toekomen onder het strakke ritme van Daves vinger die als een dirigent de maat zwaaide.

Emma wou echter een herhaling van de pubavond vermijden. Ze moest haar meest sluwe strategieën uit de kast halen om ervoor te zorgen dat ze niet dronken werd, maar ook niet asociaal elk drankje afsloeg. Anders zou de groep haar uitspuwen als ongezellige pretbederver. Ze vond de cocktail na enkele slokjes al te warm geworden, het ijs was gesmolten, of ze hield niet van drankjes waar stoom uitkwamen. Sheila vond dat laatste geweldig en schoot er meerdere filmpjes van. Ze vroeg de barman verschillende keren om de stolp met stoom van hetzelfde glas te halen.

'Alles voor de perfecte angle', zei ze vertrouwelijk tegen Emma.

De rij glazen die ze stiekem aan haar voet neerzette, groeide. Ze hoopte maar dat Samuel niet te veel had gedronken om terug te rijden, maar toen ze hem bekeek wanneer hij dacht dat niemand hem zag, betrapte ze hem erop zijn volle glas met het lege van Dave te wisselen. Ze giechelde.

In een flits keek hij in haar ogen en begreep hij waarom ze lachte. Zijn ogen fonkelden even voor hij zich weer tot Michaël richtte.

Daniel boog zich dichter naar haar toe. Het was duidelijk dat hij onder invloed van de drank ervoor koos om zijn avances op Emma te richten, nu Amy duidelijk te hoog gegrepen was voor hem en werd gereserveerd door de mannen van gewicht zoals Dave en Samuel.

Emma gruwelde lichtjes in zichzelf. Ze had het niet zo op zijn type, maar besloot hem zijn gang te laten gaan. Ze wou een theorie aftoetsen die al even in haar rond sluimerde.

'Jij bent duidelijk erg belangrijk voor Dave', zei ze om zijn ego te boosten. Iets wat altijd werkte voor de categorie van kerels waarbij ze Daniel rekende.

'Oh, ja. Ik ben zijn rechterhand. Dave draagt zijn belangrijkste opdrachten enkel op aan mij. Zijn gevoeligste zelfs. Hij noemde me al eens de spil van het bedrijf.' Hij grijnsde.

Emma grijnsde terug, maar om een andere reden dan die benevelde kwast dacht. Haar strategie leek aan te slaan.

'Dat klinkt interessant. Wat moet je dan zoal voor hem doen?'

'Dat hangt af van de omstandigheden. Soms is het met iemand gaan praten, soms is het iets leveren.'

'Iets leveren?'

'Ja, dat kan van alles zijn. Een nieuwe wagen, wat prullen, ...'

'Een nieuwe wagen? Voor de werf?' vroeg Emma oprecht geïnteresseerd.

'Nee, slimmerd. Voor de mensen die de werken mogelijk maken.'

'Als bedankje uit naam van het bedrijf', opperde Emma. Ze voelde zich als een mot tot een kaarsvlam aangetrokken. Ze kwam dichtbij hetgeen ze wenste te horen.

'Juist. Een bedankje', zei hij met dubbele tong. 'En soms komt dat bedankje een beetje vroeger. Een op voorhandbedankje.'

'Zoals met de vergunning voor ons project', stelde ze. Ze durfde niet uit te ademen en keek strak naar haar glas.

'Ja, had Dave je dit soms verteld?'

Emma knikte bijna onmerkbaar. Ze wist dat ze zich op glad ijs bevond. Op de een of andere manier lukte het haar om niet te knipperen met haar ogen.

Daniel leunde dichter naar haar toe.

'Dat was nog eens een leuke om te doen. Ik moest een koelkast leveren.' Hij lachte, wat zijn grote oorlelletjes deed trillen.

'Een koelkast? Voor die man van het bestuur?' vroeg Emma op naïeve toon. Het was een uitnodiging voor Daniel om zijn hoegenaamde overgewicht te showen. Kijk eens wat voor een man van de wereld ik toch ben. Ze voelde zich net een spin dat haar web rond een prooi weefde.

'Ja, je weet wel, met lekkers in. Een Cartier horloge voor het vrouwtje. Een vriesvak vol cash. En vliegtickets voor een vakantie op het jacht van Dave in de Malediven. Blijkbaar is dat echt te gek. Ik ben er nog steeds niet naartoe gemogen.' Zijn gezicht betrok.

Door het laten vallen van de Malediven en zijn naam werd Daves interesse plots gewekt. Hij keek fataal om naar het intiem fluisterende duo.

'Ik sprak daarnet over vertrouwelingen, maar dat betekent nog niet dat je je hele leven moet blootleggen', onderbrak Dave hen.

Emma keek hem giftig aan. Gelukkig merkte Dave het niet op. Hij richtte zich tot Daniel.

'Straks denkt die meid nog dat je haar als jouw therapeute ziet. Niets is onaantrekkelijker dan dat voor een vrouw, tenminste, als je vanavond nog kans wil

maken, he.' Hij grijnsde en sloeg op Daniels schouder.
Daniel lachte ongemakkelijk.

'Het geeft niet, ik denk dat we allemaal wat teveel op hebben. Ik denk dat niemand zich morgen nog iets zal herinneren van de avond. En Daniel is een charmante gesprekspartner.'

Maar die laatste woorden hoorde Dave al niet meer. Zijn ongerustheid was al vroeger gesust, waardoor zijn interesse, die quasi onbestaande was voor Emma, al meteen terug op Amy kon worden gericht.

Prima, dacht Emma bij zichzelf. Geniet maar van Amy's onaardse schoonheid zolang je nog kan, want binnenkort zal dat niet meer lukken. Met deze informatie zit je binnenkort tot boven je hoofd in de problemen.

Daar zal Emma wel voor zorgen, die mooie, lieve muis.

Dan moest je je kaas maar niet zo aantrekkelijk presenteren, Dave. Lekker groot en goud. Zoiets trekt knaagdieren aan. En Emma was niet meer weg te slaan van het holletje dat ze nu begon uit te knagen. Snif, snif.

Dat laatste had ze misschien hardop gedaan, want Samuel keek haar bevreemd aan.

'Ik denk dat het tijd is dat we huiswaarts keren. Emma, rijd je weer mee?'

Ze keek op. Natuurlijk reed ze weer mee. Wat dacht hij wel? Dat ze met een Uber naar het dorp zou terugkeren? Dat geld spaarde ze liever uit.

'Graag', zei ze gewoon. Ze wou nu niet in de spotlights komen te staan door hem op dat punt uit te dagen. Dave moest haar als het brave, onschuldige meisje blijven zien voor wie hij haar aannam.

'Goed', zei hij, 'dan vertrekken wij alvast.'

Amy keek bedroefd.

'Gaan jullie al weg?' Ze trok een pruillip. 'Het was net zo gezellig.'

'Dat is geen reden voor ons om al te vertrekken hoor, Amy. Wij bij 'Building Create & Connect' zijn echte feestbeesten', zei Dave.

'Zo mag ik het horen.' Samuel legde kort zijn hand op Daves schouder. 'Maar ik ben moe en moet morgen weer fit zijn voor enkele belangrijke vergaderingen met de personen aan wie ik het dagelijkse management van het kantoor heb toevertrouwd in de VS.'

'Dat begrijp ik maar al te goed. De big boss moet soms wat slaap inhalen om zijn batterijen weer op te laden. Adios! Ik hoor je binnenkort wel weer. Wij hebben hier alles onder controle.'

'God, ik denk dat ik geen stap meer kan verzetten', zuchtte Amy. 'Die laatste cocktail heeft het hem echt gedaan. Ik denk dat ik maar een hotel in de buurt reserveer. Sheila! Zoek je eens een kamer op?'

'Kan je voor mij hetzelfde doen?' vroeg Dave met een snelheid die je niet meer van hem verwachtte.

Samuel kon een lichte spot op zijn gezicht niet verbergen. Zou hij soms jaloers zijn op Dave? Ze zwaaiden de tafel gedag en keerden terug naar de wagen.

Emma staarde naar buiten tijdens de autorit. Het nieuws van daarnet had al haar zenuwen op scherp gezet. Ze hield gespannen haar vingertoppen tegen elkaar gedrukt en wreef dan weer met haar handen over haar bovenarmen als in een poging om zichzelf te kalmeren.

Ze telde de seconden af tot ze weer thuis was en dacht terug aan die roze bleekselder van een Daniel. En die gepokte pad van een Dave. Ze zag hem al voor zich op zijn jacht met een zonnebrilletje ten gepaste en ongepaste tijde gouden muntstukken uitkwaken.

Ze kon niet wachten om het nieuws met June te delen. Katsjing! dacht ze bij zichzelf en zag de lichte motregen die nu tegen de autoruit tikte, in gouden munten veranderen. Ze moest zich inhouden om niet zenuwachtig op en neer te wippen op de autostoel.

Wat een rare vogel, dacht Samuel bij zichzelf onder het rijden. Maar wel een mooie rare vogel. Zeldzaam mooi, zou je bijna kunnen zeggen. Hij was immers niet blind en had haar de afgelopen weken stiekem bestudeerd.

Wanneer ze met je sprak en deelnam aan de alledaagse, sociale conventies, dan was ze net als ieder ander. Niets op aan te merken, bijna normaal zou je zeggen.

Maar van zodra ze dacht dat er niemand naar haar keek, verdween ze in een soort parallelle wereld. Ergens waar er een andere taal werd gesproken en die een eigen fauna en flora herbergde. Wat moet het daar heerlijk zijn, dacht hij glimlachend in zichzelf.

Ze zat afgewend van hem in de passagierszetel. Hij keek zijdelings naar haar trekken. Zij oog viel op de zachte blonde haartjes aan haar slaap die golvend langs haar fijne aangezicht streken. Dan gleed zijn blik naar haar welgevormde, karaktervolle neusje en warme ogen met groene spikkeltjes waarmee ze je onuitgesproken in haar wereld uitnodigde.

Hij slikte en sneed gauw een nuttig onderwerp aan, meer om zichzelf af te leiden. Hij was al eens verstrikt geraakt in haar aantrekkingskracht en dat bleek toen een vergissing te zijn geweest.

Ze zat immers in het team. Het bouwproject mocht niet fout lopen, en met zijn consultancybedrijf zat hij net in het midden van een cruciale fase. Het waren allemaal belangrijke zaken die zijn volle focus vereisten. En als hij ze van naderbij begon te overdenken, dan splitsten ze zich voor zijn ogen op in honderden dingen die één voor één als rode lampjes voor zijn ogen knipperden en zijn onverdeelde aandacht vroegen. Hij moest hier met volle toewijding aan werken, dat mocht hij niet vergeten.

Enkele honderden meters voor de watermolen in zicht kwam, leek Samuel wat aan te modderen met zijn snelheid. Emma begreep niet waarom. Toen hij vlak voor de deur van de watermolen nog een nieuw gespreksonderwerp trachtte aan te knopen, wimpelde Emma hem snel af. Ze kon niet snel genoeg uit de wagen springen om June in te lichten over de ontzagwekkende zaken die ze vanavond te horen had gekregen.

Samuel draaide zijn raampje open. 'Slaapwel dan.'

'Ja!' riep Emma. Ze huppelde bijna naar binnen, zodanig opgewonden was ze over het nieuws.

20

June nam pas de volgende ochtend haar telefoon op. Ze hoorde alles vol ongeloof aan.

'Dat kon bijna niet anders, natuurlijk. Die vergunning was er veel te snel gekomen.'

'Inderdaad', beaamde Emma. 'Versnelde procedure. Wat een onzin. Dave is schuldig aan zuivere omkoping.'

June belde onmiddellijk de advocaat van het actiecomité op, die ermee instemde om meteen met Emma af te spreken, ook al was het een zaterdagochtend.

Toen ze Emma op de hoogte stelde van diens komst, stemde ze meteen in. Ze zou de winkel wel voor enkele uurtjes moeten sluiten, maar toen ze Norah op de hoogte bracht van het bezoekje van de advocaat, stelde ze voor dat zij enkele uurtjes op de winkel zou letten. Mandy kon het wel even alleen aan in de tearoom.

Emma nam haar aanbod dankbaar aan.

Met het mooie weer verwachtte ze veel toeristen en ze vroeg zich af of haar laatste nieuwe toevoeging aan het assortiment zou aanslaan. Het waren doe-het-zelf schilderwerkjes op nummers van schattige cottages met bloementuinen. Ze had ze op de toonbank naast de kassa gepresenteerd, als ultieme, niet te negeren guilty pleasure voor elke zeventigplusser.

Toen Norah binnenkwam om haar af te lossen en ze

zag liggen, barstte ze enthousiast uit. Ze klonk als een kip die een vers bakje graan kreeg toen ze door de verschillende modelletjes struinde. Emma glimlachte genoegzaam.

Toen ze een blauwe sedan voor de watermolen zag stoppen, wandelde ze naar buiten.

'Ik zie je straks, Norah. Erg bedankt voor je hulp!'

'Geen dank, geen dank. Je bent een goed kind.'

De advocaat van het actiecomité had krulletjes en droeg een brilletje met ronde glazen. Hij wandelde uit zijn auto, gaf haar een hand en goot de inhoud van een koffiebeker leeg in zijn keel.

'Hij was al koud, getver', zei de advocaat met een aandoenlijke grimas op zijn gezicht. Hij pelde een bruin geworden banaan en propte hem in sneltempo in zijn mond.

Hij zag Emma bedenkelijk naar zijn acties kijken.

'Zodat ik energie heb voor onze vergadering. Veel tijd om te eten heb ik tegenwoordig niet.' Hij haalde zijn schouders op.

'Laten we ons in de tearoom installeren. Daar kan ik je trakteren op verse koffie en scones.'

'Geweldig. Je had me al overtuigd bij 'tearoom'. Leuk je eindelijk in levende lijve te ontmoeten. Ik moest het enkel stellen met verhalen over die jonge heldin uit het dorp.' Hij grijnsde.

Emma voelde zich geflatteerd door het compliment. Het raakte haar dat de dorpelingen haar een heldin noemden. Hopelijk kon ze dat compliment ook echt realiseren. Voorlopig vond ze niet dat ze het al verdiende, want de strijd was nog lang niet gewonnen. En het gevaar voor de dorpelingen om uit hun woningen te worden gezet, was nog steeds angstaanjagend reëel.

De uren vergleden terwijl Emma haar relaas deed. Ze bespraken de hele zaak tot in de puntjes.

'Dit is absoluut reden voor een nieuwe spoedprocedure om de bouwwerken te stoppen. We zouden ermee naar de politie kunnen gaan, maar dan vrees ik dat het te lang zal duren. Zij zouden de link niet meteen leggen met het proces over de huurders die uit hun huizen worden gezet en zouden de hoogdringendheid er niet van inzien. Het zou ook een tijdje duren eer ze al hun bewijs vergaard hebben. En wie weet heeft Dave daar bij de politie wat spionnen rondlopen. Je weet maar nooit met zo een machtige mannen.'

'Dat klinkt als iets uit een film', zei Emma.

'Het echte leven is vaak erger dan de films. Je zou je erover verbazen van wat ik allemaal in mijn praktijk te horen krijg.'

Emma lachte.

'Dus ik heb een beter idee. Volgende week woensdag houden we de pleidooien over de huur- of pachtkwestie. Ik stel voor dat ik de informatie daar open en bloot voor de voeten van de rechter gooi.'

Emma hapte verbaasd naar lucht. 'Dat zal als een bom op het proces inslaan.'

'Inderdaad, maar dat is misschien net wat we willen.' De advocaat schikte zijn papieren. 'Het is een beschuldiging van formaat. Als de rechter meegaat in ons verhaal, dan stelt ze onmiddellijk de gerechtelijke politie in actie om een huiszoeking te doen bij de betrokken man van het bestuur die de snelle vergunning 'faciliteerde'. En bij Building Create & Connect. Al vermoed ik dat Dave zijn losse eindjes al lang heeft weggewerkt. Het zal nog moeilijk worden om hem aansprakelijk te stellen. Hij zal de hete brij wegschuiven en zeggen dat een andere stakeholder er schuld aan heeft. Bij zo een groot vastgoedproject zijn er altijd veel belanghebbenden, ook bij de overheid.' De advocaat trok zijn wenkbrauwen op. Hij wreef vermoeid over zijn ogen.

'Maar het kan er wel voor zorgen dat de vergunning vernietigd wordt?'

'Juist, en dat is uiteindelijk toch ons doel.'

Emma knikte. Ze voelde zich ongerust over de procesdag van woensdag. Dave zou ongetwijfeld doorvragen bij zijn medewerker en zou al snel de link leggen met Emma. Ze vond hem misschien smakeloos, maar dom was hij absoluut niet.

De advocaat verzekerde haar echter dat het geen kwaad kon dat hij vermoedde dat ze betrokken was. Hij zou het nooit zwart op wit weten. Wie weet tegen wie die jongen nog al had lopen opscheppen.

Ze kon altijd alles ontkennen als hij haar confronteerde. En Dave zou haar nooit verraden bij Samuel, want dat kwam neer op een schuldbekentenis en dan zou Samuel hem gegarandeerd aan de deur zetten. Als er zoveel geld op het spel stond, zou niemand zich inlaten met een frauduleuze projectontwikkelaar die het hele project op de fles kon laten gaan.

Die zaken moest Emma blijven herhalen tegen zichzelf, anders zou ze deze nacht nooit in slaap kunnen vallen. Ze moest fris zijn voor de opname van het protestlied morgen.

De maag van de advocaat rommelde.

'Tijd om te gaan', zei hij met een grijns.

'Wil je anders hier lunchen? Norah maakt elke dag verse

soep en het brood is lekker knapperig.'

De advocaat aarzelde. 'De verleiding is groot, maar moest mijn vrouw te weten komen dat ik de lunch heb gedeeld met zo een mooie jongedame, dan zou ze me er nog lang mee achtervolgen.' Hij lachte schamper.

Emma wist niet hoe ze moest reageren op die woorden. Ze had zichzelf nooit echt als 'mooi' beschouwd, maar de afgelopen weken had ze dat verschillende keren mogen horen.

'Goed', hij stopte zijn laptop weg en klikte zijn aktetas dicht. 'Dan zie ik je later misschien nog bij het actiecomité. Succes, Mata Hari.'

'Jij ook veel succes', drukte Emma hem op het hart. Ze wist hoeveel er afhing van de procesdag.

De dag nadien stond Emma met een hoopvol gevoel op. Ze keek uit naar de opname van het protestlied die middag. Het zou haar gedachten even verzetten. Haar hoofd zat nog vol van de tumultueuze gebeurtenissen van de afgelopen dagen.

Ze had wat vroeger afgesproken met June om haar over het gesprek met de advocaat te vertellen en haar voor te bereiden op de woelige procesdag die er zat aan te komen.

Een uurtje later, voor de aanvang van de speciale sessie van het actiecomité, liep ze even naar buiten en keek of ze Mandy zag. Ze had haar namelijk opgetrommeld om mee te zingen, want ze liep nog steeds rond met een klein plannetje in haar hoofd. En dit leek het ideale moment om dat tot uitvoering te brengen.

Tot haar genoegen zag ze Mandy op het bordes van de stoep zitten. Ze rookte een kruidnagelsigaret en droeg een paars rokje.

'Goed voor het smeren van de stembanden', zei ze toen ze Emma zag. Emma lachte.

June verwelkomde haar enthousiast in het zaaltje achter de pub.

Ze richtte zich tot Emma. 'Denk je dat je genoeg hebt kunnen oefenen?'

'Ik denk het wel.'

'Dat denk ik ook. Ze was niet van de gitaar weg te slaan', zei Mandy.

'Zo moet het.' June knikte tevreden.

Emma leidde Mandy naar een stoel en zette haar handtas op de stoel ernaast.

'Wacht even hier. Ik moet nog iets gaan halen.'

Of beter gezegd, iemand. Emma wandelde door de zware klapdeur naar het hart van de pub. Ze keek in het rond en zag maar weinig klanten zitten, wat haar goed uitkwam.

Toen ze Trey achter de toog zag, wenkte ze hem enthousiast.

'Wil je mee het protestlied tegen de nieuwbouwwijk inzingen? Het zou maar een halfuurtje duren. We komen nog wat mannenstemmen tekort.'

Trey keek weifelend in het rond. Ook hij zag dat er maar enkele klanten zaten die ouwe getrouwen vormden. Ze konden wel een halfuurtje zonder hem.

'Goed dan, het werd tijd dat ik me wat meer inspande voor de goede zaak dan enkel het zaaltje ter beschikking te stellen. En waar er muziek is, is Trey.' Hij klopte goedmoedig op zijn buik.

Emma lachte. Ze leidde hem binnen in het zaaltje en zette hem prompt op de stoel naast Mandy.

'Dit is Mandy. Ze is een goede vriendin van me, en single.' Ze grijnsde haar tanden bloot als de Cheshire kat uit Alice in Wonderland.

'Emma!' zei Mandy verontwaardigd. Maar haar blik verzachtte toen ze in Treys blauwe ogen keek.

Hij gaf haar een hand en liep rood aan. 'Hey, ik ben Trey.' Mandy lachte om zijn stuntelige openingszin. Emma schuifelde subtiel weg.

Na een vijftal minuten, toen het zaaltje was volgelopen, maakte June aanstalten om te starten. Emma keek naar de diverse karakterkoppen die in het dorp woonden. Sommige leden van het actiecomité hadden ook hun kinderen meegebracht om het lied in te zingen.

June installeerde haar telefoon op een standaard. Ze had voor de gelegenheid een opzetbare groothoeklens gekocht. Ze dirigeerde de groep in het rond, tot iedereen op de camera stond. Iedereen, behalve Emma.

Zij zat met haar gitaar achter de camera. Ze mocht niet in beeld komen, anders zou haar dekmantel verloren zijn.

'Laten we eerst een paar rondjes oefenen', stelde June voor.

Emma sloeg de eerste tonen van het lied aan en het publiek haalde hun beste zangkunsten boven. Je kon merken dat velen van hen gewend waren om in een koor te zingen. Treys baritonstem schoot er soms wat bovenuit als een schuiftrompet, maar dat kwam vast door de zenuwen. Zijn blik was niet van een stralende Mandy weg te slaan.

Het koor improviseerde er spontaan een dansje bij.

'Goed zo, dat moeten we straks ook op beeld hebben!' riep June.

Na het lied een vijftal keer te hebben ingezongen, draaide June zich naar haar telefoon en zette de camera uit.

'Ik denk dat het erop staat. Bedankt voor jullie geweldige inspanningen! Dan zie ik de meesten onder jullie volgende week zondag weer terug voor een normale vergadering.'

Het koor stroomde onder luid gezang naar buiten. Ze konden maar geen genoeg krijgen van het lied. Trey nodigde Mandy uit om naar de pub te komen.

Toen Emma en June weer alleen in het zaaltje waren, ruimden ze de rommel op. Nadat ze alle kopieën van de liedjestekst hadden verzameld en de klapstoelen weer goed hadden gezet, installeerden ze zich aan de tafel.

Ze beluisterden de opnames en selecteerden er de beste uit.

'Goed, hou je vast.' June zweefde met haar vinger boven de knop die de opname op sociale media zou lanceren.

Emma kneep haar ogen dicht. 'Doe maar.'

June klikte en ze keken verwachtingsvol naar haar telefoonschermpje, maar dat sprak natuurlijk niet terug. Na enkele minuten rolden de eerste likes en reacties binnen.

'Wat leuk!' en 'Blijft in je hoofd hangen' en 'Haha! Die ouwe met die bloem op zijn muts'.

Ze konden nu niets anders doen dan afwachten. Emma keerde terug naar huis.

Die nacht stormde het.

De wind woei over de watermolen en de regen kletterde tegen de ramen. De lentelucht werd heter door de naderende zomer en al die woelige warmte- en luchtstromen zorgden voor een knetterende ontlading aan bliksem en donderslagen.

's Ochtends werd Emma wakker met een rits aan berichten van June. Ze had ook talloze screenshots doorgestuurd. Wellicht had ze niet geslapen door de storm en de nachtelijke uurtjes gebruikt om op het internet rond te dolen.

'We hebben al bijna honderdduizend views! Kan je dit geloven??' las ze op haar schermpje.

Emma scrolde door de reacties. Ze zag ook al enkele filmpjes opduiken van mensen die het protestlied, dat bol stond van het sarcasme en de maatschappijkritiek, zongen en een betere versie van het bijhorende dansje hadden uitgevonden.

Ze sprong uit bed en holde naar beneden.

'Zie je wel, Winston! Het is een hit!' Ze danste op en neer rond de nog slaperige kater die zich loom uitrekte. Hij likte zijn staart schoon.

Emma lepelde haar ontbijt binnen en stapte naar buiten, onder een opgeklaarde hemel. De aarde voelde altijd een beetje nieuwer en schoner aan na zo een intens onweer.

Ze ademde de zuivere lucht in en wandelde opgewekt naar Waterstone House en diens eigenaar die ze nu indirect het middelpunt van spot had gemaakt op het internet. Ze voelde een steek van schuldgevoel de kop opsteken, maar dat onderdrukte ze snel.

Haar fiets stond nog netjes tegen de toegangspoort geleund. Het slot was nog intact. Zoiets zou nooit in Londen gebeuren, dacht ze verwonderd. Daar zou hij na een weekend al gestolen zijn.

George en Marcus waren voor de rest van de dag vertrokken naar één van de achterliggende weilanden. Blijkbaar had de storm ervoor gezorgd dat er een boom dwars over een beek was gevallen die naar de rivier leidde. In zijn val had de boom ook de afsluiting beschadigd, waardoor ze vreesden dat de schapen zouden ontsnappen en in het water zouden vallen.

Ook al was dat water niet heel diep, de gracht die de beek door honderden jaren stroming had gevormd, was dat wel. En een schaap had volgens Marcus niet veel nodig om in te verdrinken.

Dus Emma stond er alleen voor om tachtig potten petunia's en geraniums in de grond van de borders van de voortuin te stoppen. Ze had een gemakkelijke short aangetrokken en had van George een moesje gekregen waar ze haar knieën op kon laten rusten tijdens het plantwerk. Ze had oortjes ingedaan om wat muziek te luisteren.

Het vlotte goed. Na een uur had ze al eenentwintig bloemen een plekje gegeven. Het hielp dat de zon scheen. Ze nam een moment om haar werk te bewonderen en zakte dan weer enthousiast door haar knieën om een volgend kuiltje te graven.

Plots voelde ze een hand op haar schouder en verstijfde. Ze keek vliegensvlug om en zag Samuel gebaren dat ze haar oortjes moest uitnemen.

'Zo, dat duurde ook een tijdje. Die muziek van je moet luid staan', zei hij met een dondergezicht, alsof de storm die nacht zijn afdruk op hem had nagelaten.

'Eh, ...' stamelde Emma.

'Jij ziet er ook niet bijster goedgezind uit', flapte ze eruit. Ze wenste dat ze zichzelf de mond kon snoeren.

'Ach, er zijn wat probleempjes. Misschien heb je iets op het internet zien rondgaan.'

Emma zweeg wijselijk.

'Maar niets om je zorgen over te maken. Sommige dingen in het leven bereik je niet zonder slag of stoot. Dat heb ik al lang ondervonden. De eerste jaren dat ik mijn bedrijf in de VS opstartte, waren ook niet gemakkelijk. Ik voorzag voor dit project ook moeilijkheden.' Hij aarzelde even. 'Misschien niet in die zin, maar toch, ik heb er rekening mee gehouden. Amy is er als een haai opgesprongen. Zij zal de pers regelen, samen met de marketingafdeling van Daves bedrijf. Ze zullen via verschillende mediakanalen berichten verspreiden over de goede kanten van het verhaal. Zoals bijvoorbeeld de betaalbare woningen die dit project zullen creëren, want daar is er altijd grote vraag naar.'

Emma betwijfelde of Amy de woningen ooit als 'betaalbaar' op de markt zou zetten, maar ze knikte slechts. Ze wou niet te veel reactie prijsgeven uit angst dat hij nog langer over het onderwerp zou doorgaan.

Het leek te werken.

'Woensdag zou ik trouwens je steun kunnen gebruiken.'

Emma keek geïnteresseerd op van het plantwerk. Ze keek op naar zijn gezicht en wenste dat ze daar minder sterk op reageerde.

'Hoezo?' vroeg ze met blosjes op haar wangen.

Samuels antennes stonden zoals altijd op scherp, want hij leek iets te merken van het effect van zijn aanwezigheid op haar. De serieuze trek om zijn mond verzachtte.

'We zijn voor de rechtbank gedaagd door wat mensen uit het dorp. Woensdag worden er cruciale pleidooien gehouden. Ik zou graag hebben dat mijn 'kernkabinet' voltallig aanwezig is. Dave en Amy zullen er zijn en jij behoort daar ook toe.'

Emma wist niet wat ze moest denken van het feit dat hij haar tot zijn 'kernkabinet' rekende, maar ze aarzelde niet. Ze zou dolgraag de pleidooien volgen en dit gaf haar de kans om de actie vanop de eerste rij te volgen.

'Reken maar dat ik erbij ben', zei ze enthousiast.

Samuel keek haar doordringend aan, tevreden zelfs.

'Ik wist wel dat ik op jou kon rekenen.' Hij schonk haar een glimlach, schuchter weliswaar, maar het was onmiskenbaar een glimlach.

'Ik wou eigenlijk vragen of je hulp nodig had in de tuin? Ik heb vandaag wel even de tijd', opperde hij.

'Van jou? Geen denken aan!' Emma besloot zich niet te laten kennen. Ze herinnerde zich maar al te goed de vorige keer dat hij zijn 'hulp' had aangeboden, toen hij op een creatieve manier haar hik had verholpen.

Maar ze waren beiden te trots om het daarover te hebben.

'Geen denken aan ...' Samuel tikte zachtjes met een vinger tegen zijn kin, die heel aantrekkelijk was. 'Is er dan iets mis met me?'

Emma kon een glimlach niet verbergen. Ze veerde recht en veegde haar handen met aarde af aan haar shortje.

'Ik weet het niet, je bent zo ... netjes', besloot ze. 'Te netjes om in de aarde te werken.' Dat zal die vos leren, dacht ze genoegzaam.

'Netjes?' vroeg hij. 'Hoe bedoel je? Mijn woonst ziet er momenteel niet bepaald 'netjes' uit.'

'Daar heb ik het niet over. Ik bedoel gewoon dat ik je zo netjes vind als persoon, bijna een beetje bekakt zou ik zeggen.'

'Bekakt!' baste hij ongelovig.

Emma knikte zelfvoldaan. Iemand mocht het hem eens vertellen.

'Ik zweer het je, als je dat woord ooit nog eens in mijn bijzijn in je mond neemt ...' Hij schudde zijn hoofd hoegenaamd beledigd heen en weer.

'Wat dan?' vroeg Emma. Ze voelde zich plots een beetje ongemakkelijk worden. Misschien was ze te ver gegaan.

Ondanks de vreemde omstandigheden die haar hadden doen besluiten om voor hem als landschapsarchitect aan de slag te gaan, bleef hij wel haar werkgever.

'Dan moet ik je bij wijze van spreken onthoofden.' Samuel sloeg zijn armen grijnzend over elkaar. Emma reageerde niet onmiddellijk. 'Dat was een grapje, uiteraard', zei hij snel.

'Ik ben Anna Boleyn niet', sputterde ze tegen.

'Nee, maar je bent al net zo verleidelijk als haar.'

Emma's hart stond stil. Zei hij nu net dat hij haar verleidelijk vond?

Ze opende haar mond om iets te zeggen, maar haar keel wou niet meewerken. Het schaamrood steeg op naar haar wangen. Ze zag met lede ogen aan hoe Samuel haar met groeiend amusement stond aan te kijken.

Ze slikte moeizaam.

'Ik?' vroeg ze zachtjes. Of dat misschien ook een grapje was, kon ze niet vragen. Ze kreeg de woorden simpelweg niet uit haar mond.

Hij zette een stap dichterbij en raakte haar wang aan.

'Ja, jij', zei hij eenvoudig, terwijl hij haar zonder omwegen aankeek.

Ze vond zijn serieuze blik intimiderend. Haar hart klopte alsof ze halverwege een marathon was. Hij was wel de laatste persoon van wie ze dacht dat die haar verleidelijk zou vinden.

Samuel zette nog een stap naar voren, zonder het oogcontact te verbreken. Het werd voor hen beiden duidelijk wat er op het punt stond te gaan gebeuren.

Hoewel Emma niet preuts was, werd ze plots verlegen. Ze voelde de neiging om haar gezicht naar beneden af te wenden, maar zijn hand verhinderde dat.

Ze voelde de warmte van zijn vingers op haar huid.

Het was een vreemde, maar aangename sensatie om iemands anders lichaamswarmte te ervaren, dacht ze nog vlak voor hij fataal naar haar toe boog en zijn lippen zachtjes op de hare drukte.

Mijn god, wat proefde hij mannelijk, dacht ze. Ze legde haar hand op zijn onderarm en trok hem zonder veel nadenken dichterbij.

En toen gaven ze zich over aan elkaar.

Samuel nam haar met haastige bewegingen in zijn armen. Ze was verbaasd over zijn snelheid, maar dacht allesbehalve aan protesteren. Ze konden maar geen genoeg krijgen van elkaars lippen. Zijn geur was natuurlijk en fris. Ze besloot ter plekke dat er niets aantrekkelijker bestond dan de geur van een man die geen parfum nodig had om goed te ruiken.

Toen ze zijn handen naar beneden voelde glijden, schoten Emma's hersenen plots weer in gang en nam haar verbazing de overhand. Ze verbrak de kus en toen ze in zijn ogen keek, zag ze een al even grote verbazing als de hare.

'Was dit minder netjes?' vroeg hij, opnieuw heel serieus. Ze knikte, nog buiten adem van wat er zich zonet tussen hen had afgespeeld. Emma wist nu dat ze die serieuze blikken van hem niet altijd even serieus moest nemen. Dat maakte hem op de een of andere manier minder intimiderend. Bijna benaderbaar. Alsof ze samen een geheimpje deelden.

Oh god, dacht ze plots. Nu deelden ze ook echt een geheim.

Niemand mocht dit te weten komen. Stel je voor dat een van de dorpelingen hen zo samen had gezien! Oh god, oh gottogottogot. Emma kon zichzelf wel slaan. Wat dacht ze wel niet?

Ze mocht zich nooit meer overgeven aan die gelukzalige stormachtigheid. Hij was de persoon die van plan was om de levens van talloze gezinnen kapot te maken door hen op straat te gooien om er grof geld aan te verdienen. Wat zouden Norah en Mandy hiervan wel niet denken moesten ze haar zo zien. Of June?

Emma's maag kneep zich samen van schaamte.

'Ik moet gaan', zei ze verward. Hij keek haar teleurgesteld aan, maar mompelde slechts een kort 'goed dan'.

Emma snelde naar haar fiets. Het grind knerpte onder haar voeten.

In haar vlucht struikelde ze over de houten steel van een van Georges harken die uit een struik stak. Ze denderde naar beneden en voelde een stekende pijn toen ze op de steentjes terechtkwam.

Samuel liep naar haar toe. Ze stond haastig recht en veegde het stof van zich af, waarbij ze per ongeluk ook wat bloed open veegde dat opwelde uit haar knie.

'Het is al goed! Niets aan de hand!' riep ze nog voordat Samuel haar kon bereiken. Ze durfde hem niet aan te kijken en wandelde haastig verder naar haar fiets.

Dat laatste kon ook toegevoegd worden aan de zaken die ze voor altijd mee in haar graf zou moeten nemen, dacht ze knarsetandend. Ze ramde de sleutel in het fietsslot en morrelde het open. Waarom gebruikte ze in godsnaam een fietsslot in Waterbury, geen ziel zou hier ooit een fiets stelen.

Toen het ding eindelijk meegaf, wierp ze haar gewonde been over de staaf en peddelde naar de watermolen.

Al die tijd voelde ze Samuels blik op zich branden.

21

Emma besloot de dag nadien niet naar het landgoed terug te keren. Ze zou enkele dagen in de tuin overslaan om Samuel te mijden.

Zijn aantrekkingskracht op haar was onmiskenbaar, dat kon ze nu nog moeilijk ontkennen. Ze was ervan overtuigd dat dat weer zou wegebben als ze maar voldoende uit zijn buurt bleef.

Goed, ze had woensdag wel het proces in de rechtbank, maar daar zou hij zijn handen vol mee hebben. Zeker na de spreekwoordelijke bom die de advocaat van plan was om in de rechtbank te werpen.

Ze ging langs bij June die een dagje vrij had. Ze leerde haar de citroencake maken die ze een tijdje terug bij haar had geproefd. Het bakken gaf haar de ontspanning waar ze zo naar verlangde. Ze zou wel snel over het voorval heen komen, zeker nu ze er wat beter over had kunnen nadenken onder het genot van een plak citroencake.

Ze kauwde afwezig terwijl June de spullen afwaste. Hij kon wel heel vlot met de vrouwtjes omgaan, te oordelen naar zijn geoliede bewegingen, dacht ze nu bijna misnoegd.

Ze schrok op uit haar overpeinzingen door George die naar binnen stommelde en zijn handen waste onder de kraan, tot ongenoegen van June. Het water spetterde in het rond. Ze was nog niet klaar met de vaat en nu werd het water bruin door de aarde die aan zijn handen kleefden.

George wapperde zijn handen droog. Ze zagen nu lichtbruin in plaats van donkerbruin, zo diep zaten de grondrestjes in zijn huid gebakken door die tientallen jaren tuinieren.

'Emma!' riep hij verontwaardigd toen hij haar zag. 'Wat was dat nu gisteren?'

Emma kromp in elkaar. Mijn god, zou hij haar gezien hebben met Samuel? Ze kon wel door de grond zakken van schaamte en wenste vurig dat ze ergens anders was. Hier kon ze op dit moment niet mee omgaan.

'Je had alle spullen gewoon buiten laten staan! Je weet dat we het gerief schoonmaken op het einde van de dag, anders gaat het roesten!'

Emma zoog haar longen vol lucht. Ze haalde opgelucht adem. Ze kon wel een dansje doen van geluk.

'En als je stopt met een karweitje dat nog niet af is, dan moet je nadien de rest van de planten terug in een beschutting zetten, zoals de serre of de orangerie. Die landschapsarchitecten, ze weten hoegenaamd veel over tuinen, maar zoiets simpel als tuinmateriaal verzorgen, dat leren ze hen niet op de schoolbanken', mopperde George onverstoorbaar verder.

June wees haar vader fijntjes op het feit dat ze geen echte landschapsarchitect is, maar dat doet om waardevolle informatie te bekomen voor het actiecomité.

George wreef verstrooid over de enkele haren die zijn hoofd nog telde. 'Mijn god, juist, dat is nog waar ook. Dat was ik even helemaal vergeten! Maar je komt zo overtuigend over als landschapsarchitect ... Alsof je het ook echt bent!'

Emma lachte hardop. Het compliment van die vaardige George trof haar dieper dan ze had gedacht.

'Het spijt me voor de spullen en de planten.'

George wuifde haar excuses snel weg en trok aan de puntjes van zijn snor. 'Je bent natuurlijk een beste meid. Arme Emma, wat je allemaal wel niet moet doorstaan voor ons. Optrekken met die omhooggevallen hansworsten. Zelf heb je er helemaal geen voordeel uit te halen. En dat terwijl je al zo je best doet om Paula uit de brand te helpen. Ach, wat ben je toch een goed kind. Ik zou je zo adopteren moest je geen eigen ouders hebben gehad.' Hij gaf een kneepje in haar schouders.

Emma kreeg een brok in haar keel, ze wist niet wat ze aanmoest met zoveel vriendelijke woorden.

'Ik zou het alleszins heel leuk vinden om een zus te hebben!' riep June snel uit, waarmee ze Emma weer aan het lachen bracht.

De dag van het proces brak aan. Emma had de winkel uitzonderlijk gesloten voor de voormiddag. Tante Paula zou het vast niet erg vinden. Het was meestal toch rustig op dat moment.

Ze had geregeld dat ze kon meerijden met Amy naar de rechtbank. Daarmee stelde ze de onvermijdelijke confrontatie met Samuel wat langer uit.

Amy's rode Aston Martin stopte scheurend voor de watermolen en raakte net niet de bank voor de wandelaars, die gelukkig leeg was.

Winston liep luid blazend weg. Zijn voormiddagdutje op de deurmat in de zon was grandioos verpest.

Amy was een kwartier te laat en wenkte Emma haastig naar haar toe. Ze stapte binnen in de wagen die zwaar naar haar parfum en de typerende geur van nieuwe kleren rook. Ze zou lekker ruiken in de rechtbank, dacht ze gniffelend.

Amy taterde erop los, als een knappe kalkoen die gul de maïskorrels van haar maaltje uitdeelde. Over haar nieuwe stagiaires, over de exclusieve schoenen die ze op een haar na had gemist op een veiling, ... Emma was er niet ondankbaar om. Zo moest ze zelf niet veel gespreksstof bedenken en de lichte gespreksonderwerpen leidden haar gedachten af.

Na een uurtje kwamen ze toe bij de rechtbank. Amy parkeerde zich zonder schroom op een plaats vlakbij de ingang voor houders van een gehandicaptenkaart. Toen Emma er haar op wees, haalde ze haar schouders op.

'We zijn bijna te laat. Geen tijd te verliezen. Samuel verwacht ons!' Haar hakken tikten op de trappen.

Zelfs Emma droeg hakken voor de gelegenheid.

Hoewel het een statig gebouw in neoclassicistische stijl betrof, was de zaal waar de pleidooien zouden doorgaan minder fraai. De belichting liet te wensen over. De felle tl-lampen prikten in Emma's ogen. De vloer bestond uit een blauw tapijt met gele symbolen waarin vrouwe Justitia was verwerkt en er stonden bruin gelakte banken voor de toehoorders.

De rechter zat al klaar op een verhoog. Ze keek streng in het rond. Naast haar zat een klerk.

De pleidooien konden elk moment van start gaan. Amy en Emma baanden zich een weg tussen de aanwezigen. Emma merkte ook een enkele journalist op. Hij droeg een vestje met het logo van een lokale krant.

Samuel gebaarde dat Emma op de plek naast hem moest komen zitten. Ze slikte ongemakkelijk en liet zich naast hem op de bank zakken.

Ze keek naar rechts en zag June aan de andere zijde van de zaal zitten. Ze knikte onmerkbaar naar Emma. Het mocht niet opvallen dat ze elkaar kenden.

Samuel boog zich naar Emma toe en fluisterde in haar oor. 'Gaat het met je been? Doet het nog pijn?' Zijn warme adem streek over haar kaak.

God, is hij daar uitgerekend op dit moment mee bezig, vroeg Emma zich ongelovig af.

'Het gaat prima', antwoordde ze korzelig. Ze bedekte het wondje op haar been met haar hand. Dat ontbrak er nog aan. Zijn bezorgdheid, dacht ze knarsetandend. Die had ze helemaal niet nodig. Ze zou liever hebben dat hij niet zo verdomd aardig deed en zich gedroeg als de Satan die hij in werkelijkheid ook was.

'Ik wou je gewoon nog zeggen, over … je weet wel. Het was een compleet normale, lichamelijke reactie. Niets om me voor te schamen.' Hij grijnsde.

Emma wist dat hij haar woorden herhaalde van die fatale avond na de pub, toen ze de hik had gehad en hij … Ze staarde hem nors aan.

Ze was niet in de stemming voor grapjes. Ook niet voor hele scherpzinnige, verdoken, goed uitgedachte, verdomd intelligente … Ze draaide zich om voor ze door zijn knappe verschijning zou worden overdonderd en weer iets dom zou doen.

Ze moest haar hoofd bij de zaken houden.

Ze keek strak voor zich uit, ten teken dat ze zich op de pleidooien wou focussen.

De rechter opende de zitting. Ze gaf een formeel woordje uitleg voor ze de advocaten liet starten.

Samuels advocaat liep naar voor. Hij tikte op de microfoon van zijn stand om te zien of die werkte. Naast hem stonden nog twee andere juristen. Dat waren vast Daves toevoegingen. Het trio hield een uitvoerig pleidooi over de opzegbrieven. Het kwam erop neer dat ze dan wel geen huurcontracten konden voorleggen, maar alle elementen wezen er onmiskenbaar op dat het om huur ging. Ook het protestlied liet hen niet onberoerd. Ze wierpen dit op als 'smaad' en een poging om hen te bekladden. De advocaat van het actiecomité diende hen onmiddellijk van repliek. 'Dit kan u geen smaad noemen, mevrouw de rechter. Ook ik heb het lied van de eisende partij zien passeren. Het betreft een culturele uiting van hun wens, namelijk dat het landgoed met aangelanden niet zo grotesk mag worden ontwikkeld. Er bestaat nog altijd de vrijheid op meningsuiting.'

Hij richtte zich nu rechtstreeks tot Samuel. 'Ze willen niet dat je je kasteel verkwanselt, jongen. Dat moet je nu wel duidelijk zijn.'

Emma meende de rechter te horen mompelen: 'wie kan er dat nu zeggen.'

Samuels advocaten protesteerden luidruchtig.

Toen het eindelijk tijd was voor het pleidooi van de advocaat van het actiecomité, verstijfde Emma van de stress. Hij weerlegde de argumenten van de tegenpartij vakkundig en benadrukte dat het niet om huur, maar om pacht ging, en dat kon niet zomaar eventjes worden opgezegd.

Op het einde van zijn pleidooi schoof hij zijn brilletje dieper op zijn neus.

'En nu, mevrouw de rechter, aanwezigen, zou ik jullie aandacht willen vragen voor een onrustwekkend gegeven dat ik recent mocht vernemen. Zoals u weet, worden de getroffen eisers uit hun woning gezet omdat de eigenaar met de winsten van de verkoop een nieuwbouwproject wil financieren. En niet zomaar een nieuwbouwproject. Hij zou een hele nieuwe wijk willen neerplanten bij het dorp.'

De rechter onderbrak de advocaat. 'Waarom werpt u dit op, meester? Dit is niet van belang voor de huidige kwestie.'

'Daar kom ik nog toe', zei hij onwrikbaar.

'Maak dan haast, alstublieft. We hebben al achterstand opgelopen in het schema van de dag. Andere zaken willen ook gehoord worden.'

'Goed. Dan zal ik dit niet langer voor u sparen.' De advocaat keek minachtend in de richting van Samuels clubje. Zelfs Emma vond dat hij er intimiderend uitzag.

'Recent werd het bouwproject door het bestuur goedgekeurd met een vergunning in versnelde procedure. Op zich is er niets mis met het gebruik van zo een procedure, die nog niet zo lang geleden door de wetgever werd gelanceerd.'

De rechter maande hem met een handbeweging aan vaart te zetten.

'Nu verliep die versnelde procedure wel heel erg snel. Jammer genoeg mocht ik vernemen dat de betrokken persoon die de vergunning finaal verleende, dit gedaan heeft onder facilitering van enkele gulle geschenken. Deze zouden afkomstig zijn van de projectontwikkelaar.'

Er viel een geladen stilte in de zaal.

Daves mond viel open. Hij sprong recht. 'Dat klopt niet!'

Er barstte een onrustig geroezemoes uit onder de aanwezigen.

'Orde! Orde!' riep de rechter.

Toen de zaal min of meer stil was, vervolgde ze. 'U beschuldigt deze heer van omkoperij en de betrokken persoon bij het bestuur van het aanvaarden van deze omkoping.'

'Klopt. Hélemaal correct', zei de advocaat. Hij keek sluw glimlachend naar Samuel, die in shock was. Emma voelde hem naast zich verstijven.

'Hier was ik niet van op de hoogte?' Hij wendde zich woedend tot Dave.

'Maar het is gewoon niet waar wat dat mispunt zegt! Wat een charlatan!' riep Dave naar de advocaat. 'Hij liegt! Doe iets!' schreeuwde hij nu naar zijn juristen die bleek zagen en slechts konden toekijken.

De rechter fluisterde iets in het oor van de klerk. Deze liep naar buiten en kwam terug binnen met enkele politiemannen in zijn kielzog.

'Dit gaat over strafbare feiten. Als voorzorgsmaatregel moet ik u in voorlopige hechtenis plaatsen. Tot dit punt uitgeklaard is, meneer! Uw acties mogen het onderzoek niet uithollen of verstoren. Ik beveel hetzelfde voor de bestuursman. Er wordt onmiddellijk een interventieteam naar zijn woning gestuurd.'

Dave liep donkerpaars aan.

Daar had zelfs Emma zich niet aan verwacht. De advocaat had hen hier niet voor gewaarschuwd. Daves inrekening viel compleet uit de lucht.

'Hierbij beveel ik onmiddellijk huiszoekingen in uw kantoren en in uw woonst. Alsook in de woonst van het betrokken bestuurslid.' Ze sloeg hard met haar hamer. Het geluid knalde fataal door de rechtszaal.

Emma keek voorzichtig naar June, die keek alsof ze de jackpot had gewonnen. Haar ogen fonkelden.

Samuel daarentegen zag witheet van woede.

De politiemannen liepen op Dave af, die zich al uit de bank had gewurmd. Ze namen hem hardhandig vast.

De journalist die aanwezig was, filmde alles gretig met zijn telefoon. Met dit omkoopschandaal had hij een primeur van jewelste te pakken dat hem op nationaal niveau zou lanceren. De omkoping hoefde zelfs niet bewezen te worden. Daves openlijke protest was ronduit clickbait.

Toen één van de politieagenten er eindelijk in sloeg om hem te boeien, leek Daves gemoedstoestand te wijzigen. Langzaam draaide hij zijn hoofd richting Emma. Hij kon onmogelijk met zekerheid weten dat zij hier achter zat, maar toch keek hij haar aan met ogen die gitzwart van woede waren.

Emma kromp in elkaar onder die dodelijke blik. Hij staarde haar aan alsof ze een mol was die zijn strakke gazon verpestte en verdelgd moest worden.

De dag nadien stonden de kranten bol met close-ups van Daves paarse gezicht die uithaalde in de rechtbank. 'BERUCHTE PROJECTONTWIKKELAAR IN HECHTENIS GENOMEN NA BESCHULDIGING VAN OMKOPING' en 'WOEDENDE BOUWGIGANT NAAR CEL WEGENS VERMEENDE OMKOPERIJ'. De krantenkoppen logen er niet om.

Samuel was na de zitting meteen naar huis gescheurd, tenminste, nadat hij zijn advocaten openlijk had uitgefoeterd en ze meteen tot actie aanmaande. Dave had recht op verdediging. Ze moesten er alles aan doen om hem uit de cel te halen, had hij door de hal geroepen. Samuels stemgeluid waarde als een boze geest door Emma's gedachten. Ze wist dat hij van streek zou zijn, maar toch was ze verschoten van de impact die de gebeurtenissen op hem leken te hebben.

June had nog steeds geen update van de advocaat

ontvangen over de situatie. De vraag of de omkoping ook echt bewezen zou worden, hing nog in het midden. Het proces werd ook uitgebreid besproken op een woelig actiecomité. Enkele aanwezigen joelden luid toen June de krantenartikels bovenhaalde en op een bord spelde, naast een afdruk van het aantal views dat hun protestlied al had. Het was al meer dan een miljoen keer bekeken. Emma kon het nog steeds niet geloven.

Enkele dagen later kregen ze goed en minder goed nieuws. Toevallig lag Emma op de sofa bij June thuis toen de advocaat van het actiecomité opbelde. Ze nam gauw op en zette de speaker op luid, zodat Emma kon meeluisteren.

Hij vertelde hen dat de omkoping was bewezen.

'Wat??' June veerde recht. Haar telefoon schoot bijna uit haar handen. 'Is dat echt? Is dat echt?' vroeg ze tweemaal uit ongeloof.

'Ja, het is echt.'

'Schandalig!' June floot. Emma luisterde aandachtig naar de uitleg van de advocaat.

'Er werd bewijs gevonden bij die man van het bestuur. Morgen zal je er wellicht iets over lezen in de media.'

'Geweldig. En wat betekent dit nu voor ons?'

'Ik vorder zo snel mogelijk de vernietiging van de vergunning in een nieuwe spoedprocedure. We moeten ook nog steeds het vonnis van de rechter afwachten over de huur- of pachtkwestie, maar dat zal nog weken duren. Zoiets vraagt tijd. Jullie zullen nog even geduld moeten hebben. In de dagvaarding voor de vergunning zal ik ook meteen de rechter vragen om de staking van de werken op het weiland te bevelen. Daar zie ik geen al te grote problemen. Ze zal dit wellicht moeiteloos toelaten, aangezien ze zelf getuige was van onze beschuldiging en de impact daarvan op Samuels clubje.'

'Oké, dit klinkt fantastisch!' jubelde June.

Emma klapte in haar handen. Ze had nooit durven hopen dat haar onschuldige acties tot dit zouden kunnen leiden.

'Het slechte nieuws is ...'

'Oh, nee. Kunnen we het niet op het goede nieuws houden?'

'Nee, het spijt me. Zoals te verwachten viel, hebben ze Daves aanhouding moeten stopzetten. Hij werd vanmiddag vrijgelaten. Ze hebben niets kunnen vinden dat op zijn betrokkenheid wees.'

Emma kreeg het ijskoud.

'Uiteraard was hij ook in het wildeweg de schuld in allerlei andere mensen hun schoenen aan het schuiven. Behalve in die van Samuel natuurlijk, zijn opdrachtgever. Samuel blijft ook buiten schot, het was duidelijk dat hij niet betrokken was bij de omkoping. Hoewel die natuurlijk in zijn voordeel was, maar het project komt vele mensen in verschillende echelons ten goede, dat had ik al uitgelegd aan Emma', zei hij.

'God, dat is pas echt slecht nieuws. Dus die twee kunnen gewoon hun gang blijven gaan?'

'Inderdaad. Ik vermoed dat ze zich niet zo snel gewonnen zullen geven. Dave is een doorwinterde projectontwikkelaar en Samuel Wollington moet wel een harde zakenman zijn om het al zo lang in het toxische financiële wereldje van New York te kunnen uithouden.'

June zuchtte lang. Ze leek alle hoop met haar adem uit te blazen.

'Maar we hebben hen nu wel een stevige terugslag

gegeven, toch?'

'Absoluut. Dit vertraagt het hele plan maanden, tot misschien zelfs een jaar. En we kunnen altijd nieuwe processen aanspannen.'

'Als we dat tenminste kunnen betalen', zei June mismoedig.

'Komt wel goed', zei Emma bemoedigend.

'Goed, dames. Ik moet jullie laten. Mijn volgende consultatie staat hier te wachten. Ik hoor jullie snel.'

June verbrak de verbinding met gemengde gevoelens. Ze keek naar Emma en zag die gevoelens weerspiegeld in haar ogen.

'Dit was goed, toch?' vroeg ze nogmaals.

'Dit was heel goed. Nu is het enkel wachten op de nieuwe spoedprocedure voor de vernietiging van de vergunning. Nadien zal je je al een pak beter voelen, geloof me.'

'Ik hoop het', zei June weifelachtig.

Emma wandelde naar huis. Ze voelde zich werkelijk afschuwelijk, maar dat kon ze niet tonen aan June. Ze had gehoopt dat Dave in de cel zou moeten blijven. Dat ze bewijs voor de omkoping bij hem zouden aantreffen en ze hem nooit meer tegen het lijf zou moeten lopen.

Maar nu liep hij als een vrij man rond. Ze wreef neerslachtig over haar slapen.

Die nacht had ze een vreselijke nachtmerrie. Ze werd drijfnat van het zweet wakker en viel pas na twee uur weer in een onrustige slaap.

De ochtend nadien was het duidelijk. Ze had koorts.

Ze opende haar telefoon en las een artikel over de omkoping. Er waren foto's van het politieonderzoek gelekt in de media waarop het vriesvak vol cash te zien was. Het moest zeker om vijftigduizend pond gaan. Het dure Cartier horloge was ook op een van de foto's te zien. De rillingen trokken krachtig door haar lijf. Ze maakte het maar net tot haar toilettas om een pijnstiller te nemen en viel bijna flauw voor ze het bed weer bereikte. De dagen nadien was ze compleet out door de griep die door haar lichaam raasde. Ze had het stevig te pakken. Door de koorts had ze intense dromen waarin Samuels gezicht zich vervormde tot dat van Dave terwijl hij haar een kus des doods gaf.

Winston liep op en neer langs haar bed. Hij sliep uren aan haar voeten.

'En dat midden in juni', hoorde ze Norah tegen June mompelen. De vrouwen waren erg ongerust toen Emma niet in de winkel verscheen en niet op de tientallen berichten op haar telefoon reageerde.

Ze gaven haar bouillonsoep en zorgden ervoor dat ze af en toe een beschuitje met marmelade at. June probeerde haar te verleiden met een stuk citroencake, maar Emma trok bleek weg toen ze het onder haar neus hield en viel weer in slaap.

Een drietal dagen later voelde ze zich eindelijk terug een beetje mens worden. Met de hulp van Norah en June sterkte ze aan. Winston bleef al die tijd als een trouwe wachter op post.

'Wie geeft hem te eten?' vroeg Emma zwakjes.

'Maak je geen zorgen, kind. Daar zorgen wij allemaal voor', zei Norah op besliste toon. 'Drink nu wat van je soep. Je bent sterk vermagerd. Je moet op krachten komen, hoor.'

Emma gehoorzaamde. Twee dagen later voelde ze zich eindelijk een pak beter. Ze was bijna terug haar oude zelf. Samuel had haar de afgelopen dagen verschillende keren gesms't, maar ze had de kracht niet gehad om hem een zinnig antwoord te zenden.

Ze besloot dat ze hem een uitleg verschuldigd was en belde hem op.

'Eindelijk', blies hij uit aan de telefoon. 'Ik was zelfs tot aan de watermolen gereden, maar die vrouw van de tearoom joeg me weg alsof ik de duivel zelf was! Ze mag me niet met die opzegging natuurlijk.'

'Echt? Was je tot hier gereden?' vroeg Emma zwakjes.

'Natuurlijk', zei hij. 'Je bent belangrijk ... Je weet wel, voor het team en zo.'

'Juist. Het team. Hoe gaat het met Dave?'

'Hij voelt zich al een pak beter. Kom je straks naar hier? We houden een vergadering om afspraken te maken over de voortgang van zaken en ik zou graag hebben dat je aanwezig bent. Het project mag niet nog meer nodeloze vertraging oplopen. De werken op de werf worden dan misschien op rechterlijk bevel stopgezet, maar dat betekent niet dat we achter de schermen niet kunnen doorwerken.'

Zijn woorden vielen als een baksteen op haar maag.

'Correct. Dat is verstandig van je. Ik kom er aan.'

'Goed, ik verwacht je hier om zes uur. Tot zo.'

Emma legde de telefoon met een onheilspellend gevoel af. Ze keek er niet naar uit om zich naar Waterstone House te begeven, maar ze moest erdoor. Ze kon nu niet opgeven, zeker niet na wat Samuel net zei aan de telefoon.

Ze rustte nog enkele uren uit op de sofa en maakte zich klaar. Tijdens het aankleden bekroop haar een gespannen gevoel dat zich als ijzig onheil in haar hart nestelde en haar bloed gejaagd door haar aderen deed ruisen. Ze voelde ze zich net een soldaat die zich opmaakte voor de strijd.

22

De deur van het landhuis stond op een kier. Emma stommelde binnen. Ze trof Samuel alleen aan.

'De anderen zullen een kwartiertje later zijn.'

Ze vroeg zich af of hij dat misschien gepland had, maar met Samuel was dat onmogelijk te zeggen. Hij was altijd zo ondoorgrondelijk.

'Je ziet er nog niet helemaal hersteld uit. Het is niet goed dat je zo bent afgevallen.'

'Het gaat wel.'

Hij dirigeerde haar naar een zachte stoel en liep naar de keuken. Enkele minuten later kwam hij terug met een zelfgemaakte boterham met kaas en een potje chocomousse.

'Eet. Je moet weer je oude zelf worden. Ik zie niet graag knoken.'

Emma bloosde.

Ze nam het eten aan. Het smaakte verrukkelijk.

Hij bracht haar ook nog een glas limonade. Emma had het niet zo op frisdrank, maar ze dronk het beleefd op. Ze moest toegeven dat de suiker haar eigenlijk wel deugd deed.

'Beter zo?' vroeg hij bezorgd. Hij drentelde om haar heen als een puppy. Zo had ze hem nog nooit gezien.

Ze knikte om hem gerust te stellen.

Even later ging de bel. Samuel zuchtte en liep naar de

voordeur.

'Daar is ze!' riep Amy.

'Je bent vermagerd', zei Sheila beteuterd.

Dave zag er extra glad uit. Je zou nooit kunnen raden dat hij net een kleine week in de cel had moeten doorbrengen. Zijn haren waren netjes geknipt. Hij droeg een zalmroze hemd met krijtstreeppak en een Philippe Patek horloge.

Ze vergaderden in de bibliotheek. Emma was nog nooit in deze ruimte geweest. De muren werden volledig ingenomen door eeuwenoude boekenkasten en schilderijen van Samuels voorouders. In het midden stond er een mahoniehouten tafel met statige stoelen.

Blijkbaar had de rechter die middag uit voorzorg de werken al laten stilleggen, tot de betwisting helemaal was uitgevochten.

Emma hoorde het relaas onbewogen aan.

'Maar niet getreurd', zei Dave optimistisch. 'Van zodra ze ook de vernietiging van de vergunning beveelt, dienen wij onmiddellijk een nieuwe in. Wij kunnen er immers niet aan doen dat we op malafide personen in het bestuur waren gestoten. Met de inhoud van de vergunning zelf is er niets mis. De nieuwe wijk zal er wel komen. In het slechtste geval betekende dit een vertraging van hooguit twee à drie maanden.'

Blijf jij jouw verkooppraatjes maar lekker verder aansmeren, dacht Emma grimmig. Die enkele dagen dat hij in hechtenis had gezeten, hadden hem niet plots tot een beter mens gemaakt. Geldwolven als Dave zouden nooit veranderen. Ze wist immers van haar studies dat zo een vergunningsprocedure gemakkelijk het dubbele van zijn vooropgestelde tijd kon duren.

'Ze kunnen maar proberen, die kleine zieltjes uit jouw

dorp, maar ons zullen ze niet verslaan', zei Dave.

'Kleine zieltjes', flapte Emma er misnoegd uit. Ze trok grote ogen toen ze besefte wat ze net had gedaan. Te laat. Ze sloeg haar hand voor haar mond en keek in het rond.

Amy en Sheila staarden haar aan. Dave zag eruit als een tomaat.

'Eh, ja, laten we het inderdaad beleefd houden. Het blijven maar mensen', zei Samuel gauw. 'Heb jij nog veel andere projecten lopen, Dave? Hoe snel kunnen de werken weer worden opgestart nadat de nieuwe vergunning aanvaard is?

Dave trok aan zijn das. Hij schraapte zijn keel. 'Ik heb nog wat andere dingetjes lopen, ja, maar zoals ik je al zei, heeft jouw project de absolute prioriteit. Mijn team zal er staan van zodra we een 'go' hebben ontvangen van het bestuur.'

'Goed, dat is fantastisch. En Amy, wat heb je al kunnen doen op vlak van promotie?'

Amy was blij dat ze het woord mocht nemen.

Nadien vertelde Emma over de voortgang van de restauratie van de tuinen. Eens dat werk gefinaliseerd was, zou ze aan het groendesign voor de nieuwe wijk beginnen.

Toen de vergadering erop zat, wandelde Emma snel naar buiten. Ze was blij dat ze er zonder kleerscheuren vanaf was gekomen, maar ze voelde zich toch nog wat pips en had behoefte aan frisse lucht.

Ze liep naar haar fiets, tot ze plots werd weerhouden door een hand die zich in een ijzersterke greep rond haar arm klemde.

Ze schrok op en keek wild achterom.

'Ho, ho. Slecht geweten misschien? Waar wandelen we

zo snel naartoe?'

Het was Dave. Emma trok bleek weg. Hij sleurde haar achter zijn witte Jaguar, zodat ze uit het zicht van het landhuis stond.

'Jouw belediging van daarnet, dat was voor mij de druppel', sneerde hij.

'Je bedoelt jouw belediging die ik gewoon herhaalde?' vuurde Emma terug. Dave mocht dan wel een rijk en machtig man zijn, ze zou zich niet door de modder laten slepen. Door niemand.

'Ik weet wat je hebt gedaan', zei hij geslepen.

Emma verstijfde.

'Ik heb je nooit gemogen. Ik laat me zelden misleiden door mooie knippertjes. Maar dat van hier net bevestigde mijn vermoedens. Je hebt me erin geluisd. Je staat hier gewoon te spioneren voor die vriendjes van jou uit het dorp.'

'Onzin', zei Emma. Haar keel kneep zich toe door de spanning. Hij duwde haar tegen de wagen.

'Laat me los!' Ze probeerde haar arm los te wrikken, maar dat was tevergeefs.

'Ik hou niet van ratten. Als ik jou was, zou ik maar vertrekken uit ons team. Ik vind zo weer een nieuwe landschapsarchitect. En het zal vast een veel betere zijn. Je mag je dan misschien architect noemen, maar die eerste helft van jouw titel, die ben ik niet tegengekomen op jouw diploma.'

Emma hield op met zich los te wrikken.

'Zo zie je maar. Kleine slang. Met mij valt er niet te sollen.'

'Wat ga je doen? Alles aan Samuel vertellen? Dan nagel je je eigen doodskist dicht, Dave. Dat weet je zelf ook wel.'

'Oh, gaan we het zo spelen?'

Emma keek staalhard in zijn ogen. Haar borstkas zwoegde op en neer.

In de verte hoorde ze Amy tegen Sheila praten.

Dave kneep zijn hand zo mogelijk nog strakker rond haar bovenarm. 'Ik vind wel een manier. Houd jij je maar koest. Slangen als jij houden het nooit vol. Die schakelen zichzelf wel uit.' Hij liet haar eindelijk los en duwde haar opzij.

Ze struikelde en was bang dat ze zou flauwvallen.

Dave stapte in zijn wagen en trok stevig op, zodat ze een hoop stof over zich kreeg.

Emma liep bibberig naar haar fiets. Ze keek naar haar arm, waar zich al bloeduitstortingen begonnen te vormen.

'Alles oké, Emma?' riep Amy uit de verte.

'Ja, hoor!' Ze zwaaide ten teken dat er niets aan de hand was en maakte dat ze zo snel mogelijk weg was.

Weg van die vervloekte plek met alle zieke mensen die het aantrok.

'Je moet aangifte doen!' riep June door de telefoon.

'En wat dan? Dan komen ze te weten dat ik een beëdigd beroep uitoefen zonder het diploma? Dat ik daarvoor tienduizenden ponden factureer aan mijn onwetende werkgever? De schadevergoeding die ik aan Samuel zou moeten betalen zou immens zijn. Het zou me jaren kosten om die af te betalen. Dan kom ik als de fraudeur uit het verhaal en geraak ik later nooit nog aan een stageplek.' Emma klonk wanhopig.

'Mijn god. Emma, ik had nooit de volle omvang van jouw inzet beseft. Je hebt veel te veel op het spel gezet voor ons.' June barstte in tranen uit.

'Kom nu, June. Huil alsjeblieft niet. Ik zou het opnieuw en opnieuw en opnieuw doen. Dat weet je.'

June snoot haar neus. 'Je bent echt geweldig, weet je dat?'

'Ik weet het', zei Emma ondeugend. Ze barstten beiden in lachen uit.

'We moeten iets doen', zei June beslist.

'Ik weet het, maar wat kunnen we doen?'

'Die medewerker van hem.'

'Daniel?'

'Ja, zou je die niet weer aan de praat kunnen krijgen? Misschien kunnen we hem overtuigen om aangifte te doen bij de politie.'

'Die zal nooit meer iets tegen me lossen. Daar zal Dave wel voor gezorgd hebben. Ik vraag me zelfs af of hij nog voor zijn bedrijf werkt. Hij was niet aanwezig op de vergadering. En als hij aangifte doet bij de politie, dan hangt hij zelf ook als medeplichtige. Ik heb nog nooit gehoord van iemand die graag naar de gevangenis gaat.'

'Hmm', bromde June. 'Maar het is misschien zo slecht nog niet als hij ontslagen zou zijn. Je zei dat hij van vrouwen houdt?'

'Na enkele drankjes was hij toch heel gevoelig voor vrouwelijke charme. Maar daar zijn we niets mee, June. Hij zal nooit meer met me praten, daar ben ik zeker van.'

'Nee, je hebt vast gelijk. Maar er moet toch een manier zijn.' Ze hoorde Junes brein bijna kraken door de telefoonlijn.

Emma zag geen enkele wijze waarop ze hem weer aan de praat kon krijgen, maar ze vond het aardig van June dat ze zocht naar een manier om haar te helpen.

De rest van het telefoongesprek hadden ze het over lichtere dingen, maar innerlijk bleven beiden zich bezwaard voelen.

De dagen nadien had Emma het heerlijk druk in de winkel. De zomer deed zijn aantocht, wat veel wandelaars en toeristen naar Waterbury bracht. Haar kassa rinkelde van het geld.

Ze besloot de vergadering van het actiecomité die zondag over te slaan. Veel kon ze nu toch niet betekenen.

In de plaats daarvan bracht ze tante Paula een bezoekje. Haar moeder haalde haar op aan de watermolen en ze reden samen op en af naar Oxford. Het deed Emma enorm veel deugd.

Niets was meer helend voor het hart dan gewoon zorgeloos onder familie te zijn.

Nadien ging ze naar de supermarkt. Tante Paula had haar nog enkele tips gegeven over Winstons voedsel, want als ze aan dit tempo verse zalm bleef kopen, dan zou ze op het einde van de maand blut zijn.

Ze zou wat experimenteren. Sardientjes uit blik, kippenboutjes, paté, ... Ze wierp haar mandje vol.

Thuis bereidde ze een koninklijk maaltje voor de dikke kater. Toen ze het blik sardientjes opentrok, hief hij geïnteresseerd zijn kopje. Zo, dacht Emma tevreden. Dat geluid ken je blijkbaar al.

Hij trippelde naar de keuken en sprong op tafel. Ze zette zijn schotel op een matje, - hij hield blijkbaar niet van koude voeten tijdens het eten had tante Paula haar toevertrouwd -, en sprong erop af.

Voorzichtig rook hij aan het voedsel. Emma wachtte in spanning af, ze durfde bijna niet te bewegen uit angst zijn zichtbare gewik en geweeg te onderbreken. Uiteindelijk ging hij overstag. Hij at het hele schaaltje leeg en likte het schoon. Nadien ging hij luid spinnend op haar laptop in de zitruimte liggen. Emma grijnsde om haar overwinning.

De volgende dag hielp ze George en Marcus bij de laatste klusjes in de voortuin. Marcus stond voorovergebogen over een perkje en trok wat onkruid uit dat weer de kop was opgestoken. Zijn rozige gezicht vertoonde witte vegen. Hij had zich vast ingesmeerd met zonnecrème, dacht Emma geamuseerd.

Er was ook een firma langs geweest die nieuw grind had gestort. Ze harkten enkele verdwaalde steentjes terug op hun plek. Op het einde van de dag waren ze klaar. Ze keken tevreden in het rond.

'Ik denk dat de tuin er nog nooit zo mooi heeft uitgezien', zei George bijna geëmotioneerd. Emma glimlachte.

De indrukwekkende rododendrons stonden in bloei. De paarse en witte bloemen fonkelden als edelstenen op het donkergroene gebladerte. De nieuwe buxusbollen hadden goed gepakt en de petunia's liepen al mooi uit. Hun bloemen staken als miniatuurtrompetten naar boven, klaar om een avondserenade af te steken. Ze wandelden door de statige bogen die Marcus uit de taxus had gesnoeid.

'Hier zou een beeld niet misstaan', mijmerde Emma.

'Goed idee. Dat kan lord Wollington later nog toevoegen. Elke nieuwe eigenaar moet immers traditioneel zijn eigen stempel op het landgoed drukken.'

Jammer dat Samuel niet aanwezig was vandaag, dacht Emma met een steek in haar hart, dan had hij ook kunnen genieten van dit moment.

Bij terugkeer van de werken in de kasteeltuin stootte ze op Mandy.

'Emma! Het is al een tijdje geleden dat ik je nog heb gezien. Kom je even binnen in de tearoom?'

'Waarom niet', zei Emma opgewekt. Ze genoot nog steeds na van het moment in de tuin.

Het was vredig stil in de tearoom zonder klanten.

Norah stond de vloer te boenen. 'Emma, wat een verrassing.' Ze legde de zwabber neer. 'Tijd voor een pauze. Heb je honger? Mandy en ik hebben gekookt. We hadden wat dingen te bespreken over de tearoom.'

'We proberen een nieuw menu uit voor de klanten. Wil je proeven?'

'Dat moet je me geen twee keer vragen.'

Norah en Mandy hadden hun best gedaan. Er stond een glimmende vegan vleespastei en een salade van bruine rijst met koriander en paprika op tafel.

'Het vegan element is iets dat we onder jouw invloed hebben uitgeprobeerd', zei Mandy met glanzende ogen.

Emma vond dat ze er goed uitzag vandaag.

'Ben je soms naar de kapper geweest?' vroeg ze haar.

'Dat? Oh, ja.' Ze streek met blosjes op haar wangen door haar haren. Ze had highlights laten zetten en haar haren in laagjes laten knippen.

'Het was hoog tijd dat je dat kraaiennest eens onder handen nam, hoor, zei Norah.

Mandy wierp een boze blik op Norah.

Norah at met overtuiging. Haar lange tanden glansden van geluk.

Mandy wierp opnieuw een giftige blik op Norah. 'Kan je niet zo smakken? Je kauwt als een koe die net bevallen is.'

'Jee, Mandy. Je moet echt wat doen aan die ziekte van je. Ik ben ook maar een mens hoor. En het eten smaakt verrukkelijk', zei Norah zonder dat ze uit het lood was geslagen door Mandy's humeur.

'Het is geen ziekte! Het is misofonie, dat is een aandoening waarbij je niet tegen irritante geluiden kan. Je zou er bij momenten zelfs bijna agressief van worden, terwijl dat normaal helemaal niet in mijn aard ligt.'

'Zie je wel', zei Norah luid kauwend. Ze draaide zich naar Emma en zei samenzweerderig: 'een ziekte dus.' Er landde een klein spettertje vegan pastei uit Norah's mond op Emma's versgewassen T-shirt.

God, dacht Emma, ze weet toch hoeveel moeite het kost om die kleren te wassen.

'Geen wonder dat haar man haar verlaten heeft', zei Mandy tegen Emma.

'Mandy! Niet zo een scherpe tong', zei Norah nukkig.

Emma ruimde snel de borden en het bestek af, voor er ongelukken konden gebeuren. Ze schonk een paar glazen water in.

Plots begon Mandy te lachen. Het was alsof ze opsteeg tot hoog boven de wereld en als een vrolijke mus neerkeek op dat wat ze komiek vond.

'Fwihihiieehihiee', kwam er herhaaldelijk uit haar mond, zodat ze ook Emma tot lachen aanstak.

'Wat is er nu?' vroeg Norah ongemakkelijk. 'Heb ik wat op mijn voorhoofd?'

'Nee, niets!' Ze kon maar niet stoppen met giechelen.

'Vertel op, je lacht als een heks die een toverdrankje heeft opgedronken.'

Mandy fronste om Norahs opmerking, maar ze bleef glimlachen. 'Ik heb een geheim. Een heel erg leuk geheim.' Ze lachte ondeugend.

'Je bent verliefd', zei Norah beschuldigend.

Mandy hield haar lippen op elkaar geperst, tot ze zich niet meer kon inhouden en weer in giechelen uitbarstte. 'Zie je wel! Ik wist het!' riep ze uit. 'Ik vond het al verdacht dat je je plots zo mooi maakte.' Norah snoof. 'Natuurlijk ben ik blij voor je, maar wie is de gelukkige?'

'Ik denk dat ik een donkerbruin vermoeden heb', kwam Emma tussenbeide.

'Ja, ja.' Mandy knikte verwoed.

'En Emma weet meer dan ik? Wat is me dit hier! Vertel op! En denk maar niet dat ik je ongestraft zal laten voor deze zonde. Je mag de hele week afwassen', zei Norah gemaakt streng.

'Het is Trey', zei Emma snel.

Mandy lachte stralend. 'Hij is geweldig.'

'Trey, Trey? Van de pub?'

'Ja', zei ze trots.

'Maar dat is geweldig! Ik ken Trey al mijn hele leven! Jullie passen uitstekend bij elkaar.' Norah sloeg met een hand op haar hoofd. 'Dat ik daar zelf niet aan gedacht had!'

'Geen zorgen, Norah. Ik voel me pas sinds kort weer klaar voor een relatie. Emma's duwtje in de goede richting kwam als een geschenk uit de hemel vallen. Hij is echt goddelijk. Ik was eerst bang dat hij zou afknappen op mijn verleden met de AA, je weet wel, als uitbater van een pub, maar hij begreep me volledig. Hij vindt dat het me nog mooier maakt. Hij is een grote steun en vertelde dat zijn zus al jaren naar de AA gaat en hij haar elke dag belt om te vragen hoe het met haar gaat. En hij kan het goed vinden met mijn dochter en mijn moeder.'

'Wat leuk, Mandy. Ik ben zo blij voor je.' Emma legde

haar hand op Mandy's arm.

'Hoog tijd dat hij zich eens hier in de tearoom komt vertonen! Hij mag dan wel een aardige jongen zijn, maar hij moet ook nog slagen voor de Norah-test, hoor!'

'Dat zal wel eens gebeuren', zei Mandy dromerig. Ze werd weer door een wolkje opgeschept en steeg op tot zalige hoogten, zoals enkel een verliefd persoon kon doen die het geluk kende van haar liefde beantwoord te zien.

'Neem maar jullie tijd.' Emma knipoogde, maar ergens, diep, diep weggestoken, voelde ze een eenzame vlinder droevig in haar buik fladderen.

23

Vrijdag wandelde Emma met Mandy door het schemerdonker naar de pub. Ze zouden hun wekelijkse wijntje opdrinken in het etablissement van haar nieuwe vriend. Voor Norah klonk het doorbrengen van haar vrijdagavond in de pub te wild, maar June zou zich later op de avond bij het gezelschap voegen.

Mandy wandelde achter de bar en gaf Trey een smakkerd van een zoen. Hij werd zo rood als een pioen en keek trots in het rond om te zien of andere mensen ook hadden gezien wat voor een mooie vrouw hem zonet had gezoend.

Het werd een gezellige avond. Emma lag lekker weggedoken in een zetel achter één van de houten pilaren met een cidertje in de hand. Tot ze plots een stemgeluid herkende dat haar kippenvel bezorgde.

'Is dit plekje goed voor jou?' vroeg Dave op kruiperige toon.

Emma bevroor en durfde niet te bewegen. Ze wist dat hij haar niet kon zien, maar ze griezelde van de wetenschap dat hij in de pub was. Wat een lef om zich hier te vertonen, dacht ze boos.

'Ja, heel goed', hoorde ze een opgewekte Amy zeggen.

'Ben je wel zeker dat dit een goed idee is? We kunnen ook ergens anders naartoe hoor.'

'Dit is toch prima, Dave? Ik heb geen zin om ver te

rijden vanavond. Ik kom van bij Sam en heb een hele dag voor een andere klant moeten rondrijden. Dit leek me praktisch.'

Emma kromp in elkaar bij die woorden. Ze kwam van Samuel. Zouden ze dan toch een koppel vormen, vroeg ze zich meewarig af. Ze schudde de gedachte snel van zich af. Het maakte niet uit of ze een koppel waren of niet. Het zou haar helemaal niets moeten schelen, maar dat deed het een beetje wel, al zou ze dat nooit helemaal aan zichzelf toegeven.

'Goed, dan', zei Dave toegeeflijk.

June had nu ook door wie er zich zonet vlakbij hen had geïnstalleerd. Ze keek met grote ogen naar Emma. Zij seinde op haar beurt woordeloos dat ze zich onopvallend moesten gedragen, dan zouden ze hen misschien niet opmerken.

Hun aanpak leek te werken, want Dave kwam terug met enkele glazen wijn van de bar en had June in het voorbijgaan niet herkend. Hij had waarschijnlijk geen oog voor de 'kleine zieltjes', noch in de rechtbank, noch in de pub, dacht Emma wrokkig.

'Wat een piswijntje', hoorden ze Dave misnoegd klagen. 'Volgende keer gaan we toch naar iets van mijn keuze hoor, Amy.'

Emma schudde van het lachen in de zetel. Ze hield haar hand voor haar mond. June moest zich omdraaien om niet naar Emma te kijken, want anders was ze verloren en zou ze de slappe lach krijgen.

'Niet zo verwend, Dave. Doet zo een goedkoop wijntje je niet denken aan je jongere jaren?'

'Ik kan zo nog wel andere dingen bedenken die me aan mijn wilde jeugd doen herinneren', zei hij opgewonden.

Amy lachte. 'Ter zake, Dave. Je zei dat je een oplossing

had bedacht voor de bouw van de toegangsweg.'

'Inderdaad. Je zal me geniaal vinden.'

'Dat vind ik sowieso al', zei Amy op haar immer charmante toon.

Dave stak van wal. 'We laten de overheid dat stuk grond van Samuel onteigenen. Zowel het weiland waar de toegangsweg komt, als het stuk waarop de hoofdbaan voor de nieuwe wijk zou komen. Ik heb mijn contacten in het bestuur al aangesproken. De politiek is enorme voorstander van dit project. Ze verzekerden me dat die onteigening geen probleem zou moeten vormen. Dan hoeven we niet te wachten op de nieuwe vergunning en kunnen deze werken al uitgevoerd worden. Het zou ons maanden besparen.'

'Maar dat is ook echt geniaal!' riep Amy uit.

'Ik zei het je toch?' Dave klonk als een pad die net zijn stembanden met olie had gesmeerd. Extra glad en klaar om een nachtje door te kwaken.

'En het beste van al is, dat het ons flink wat geld zal besparen. Want de overheid zou zelf betalen voor de aanleg van die wegen. Dan hoeft dat niet meer uit onze zak te komen.'

'Wat geweldig. Geen wonder dat je het zo ver hebt geschopt in je leven.'

Emma kon zich Daves gezichtsuitdrukking bij al die lofuitingen al inbeelden. Ze gruwelde in zichzelf. Het overige halfuur bestond uit over en weer geslijm over elkaars professionele verwezenlijkingen.

Dat Amy het zo lang in Daves gezelschap kon uithouden, verbaasde Emma eerlijk gezegd een beetje. Ze schatte haar hoger in dan dat.

Wellicht deed ze dit uit zakelijke overwegingen. Dave kon haar als projectontwikkelaar enorm van nut zijn.

Hij zou altijd woningen hebben die verkocht moesten worden en daar zou Amy als makelaar natuurlijk gretig kandidaat voor zijn.

Toen ze eindelijk opstonden en vertrokken, blies Emma luidruchtig haar adem uit.

'Ik dacht dat ze nooit zouden vertrekken!' riep June. 'Wat een gezwets. Ik snap niet hoe jij het bij dat volkje uithoudt, Emma.' Ze maakte braakbewegingen.

Emma lachte.

Na een tijdje veranderde Junes gezichtsuitdrukking. 'Dit is natuurlijk weer een tegenslag. Denk je dat hij dit meent? Zou de overheid die gronden effectief onteigenen? Kan zoiets wel?'

Emma haalde hulpeloos haar schouders op. 'Ik heb werkelijk geen idee. Dave kennende, zou het ook een hoop hoogpraterij kunnen zijn. Hij is erg goed in het opdissen van onzin om iets verkocht te krijgen. Maar Amy is natuurlijk geen klant van hem.' Ze tikte nadenkend tegen haar kin.

'Hoe dan ook, het is handenvol informatie die we aan onze advocaat moeten bezorgen.'

Emma knikte.

June bracht de advocaat en het actiecomité op de hoogte tijdens de wekelijkse vergadering op zondag. Het nieuws zorgde weer voor een hoop tumult, maar ze verzekerde dat er nog geen concrete plannen waren. Het was hoe dan ook niet slecht dat ze hiervan al op de hoogte waren. Dat gaf hen voorsprong.

June zou ook haar eigen politieke contacten aanspreken. Die waren misschien dan bijlange niet zo invloedrijk als die van Dave, maar soms kon de stem van de underdog luid weerklinken en iets losmaken.

Na de rumoerige vergadering besloot Emma wat te werken aan de plannen voor de ommuurde rozentuin. Haar ouders waren er een weekendje op uit getrokken, dus ze had toch tijd om op te vullen.

Na een aantal uren zat ze vast met haar denkwerk. Ze kon maar niet beslissen welke richting ze moest uitgaan met een bepaald perceel.

Ze besloot even ter plekke te gaan om de tuin te inspecteren. Dan kon ze de lichtinval bestuderen en op basis daarvan beslissen hoe ze de lijnen van haar ontwerp zou trekken. Het was een trucje dat ze van George had geleerd.

De tuin zou vast vol prikkend onkruid zitten. Ze trok een legging en gesloten schoenen aan en ging op pad. Toen ze bij de bakstenen muur van de tuin aankwam, moest ze zoeken naar de plek waar het toegangspoortje zich bevond.

Toen ze het eindelijk vond, keek ze teleurgesteld naar het zware hangslot. Ze zou de sleutel moeten zoeken in het bakstenen werkhuisje. Ze liep ernaartoe en opende de deur. Hij sleepte luid over de vloer, waardoor enkele kraaien die in de boom ernaast waren neergestreken, onder luid gekras opvlogen.

Emma huiverde onwillekeurig. Ze hield niet van zo momenten waarop er haar plots een eng gevoel bekroop, enkel maar omdat het donker was en ze onbekende geluiden hoorde.

Ze wist dat het irrationeel was, maar ook zij was maar een mens.

Haar ogen moesten even aan de duisternis in het huisje wennen. Toen ze weer vormen kon onderscheiden, tastte ze in het rond. Ze zag net de verroeste sleutel van het hangslot twinkelen aan een haakje waarboven

'Rozentuin' in sierlijke letters was geschreven, toen ze werd opgeschrikt door een geluid.

Er klonken zware voetstappen achter haar. Ze kreeg het plots benauwd en bevroor.

Ze ademde paniekerig in en uit.

Zou het Dave zijn? Ze begon te zweten.

'Emma?' vroeg Samuel. Hij legde een hand op haar arm, waardoor ze stukje bij beetje weer tot de realiteit toetrad en kalmeerde.

'Rustig maar, ik ben het', zei hij toen hij haar vreemde reactie zag.

'Sorry, ik ... Ik wist niet dat je thuis was. Ik moest iets in de rozentuin controleren voor de nieuwe plannen en ...' ratelde ze erop los.

'Het is al goed. Je levert mooi werk af en je werkt hard. Je moet je niet verontschuldigen. Ik zag beweging buiten en besloot even te gaan kijken. Ik dacht dat het misschien om een vos ging die weer had ingebroken, maar het gaat blijkbaar om een zeldzamer dier.' Hij grijnsde.

Ondanks haar angst van zonet, glimlachte Emma opgelucht.

'De voortuin ziet er trouwens magnifiek uit, dank je wel.'

Ze bloosde. Hij verschoof zijn hand naar haar elleboog en trok haar enkele millimeters dichterbij.

Emma keek op naar zijn gezicht, waarop ondanks het donker te zien was waar hij aan dacht. Waar zij ook aan dacht. De lucht om hen heen was geladen van de spanning.

Ze wandelde snel naar buiten, weer het zachte avondlicht in. Ze was ongerust wat het effect van die donkere plek op hen beiden zou kunnen hebben en kon niet voor zichzelf instaan als hij weer avances maakte, want ze vreesde dat ze deze keer de kracht niet zou hebben om zijn kussen te verbreken. En wie weet waar dat toe zou leiden.

'Sorry, ik kan het niet', stamelde ze toen hij achter haar naar buiten stapte. Ze mocht het zichzelf nooit nog toestaan dat ze zich verloor in zijn bijzijn. Ze wist dat ze wilskrachtig genoeg was om verleidingen te weerstaan, anders was ze nooit door haar studies geraakt.

'Geeft niet', zei hij zacht. 'Je bent hier om te werken. Ik zou beter moeten weten.'

'Juist.' Ze knikte en haalde diep adem. Plots vroeg ze zich iets af. Ze besloot het meteen uit te zoeken.

'Trouwens, nu je hier toch bent. Zie je dat onteigeningsplan wel zitten? Ik overhoorde per ongeluk een gesprek tussen Dave en Amy afgelopen vrijdag.'

'Onteigening?' vroeg hij verbaasd.

'Ja, heeft Dave je daarover nog niet aangesproken? Hij heeft een oplossing gevonden om de bouw van de toegangsweg en de hoofdweg van de nieuwe wijk al sneller te laten doorgaan. Je zou niet hoeven wachten op een nieuwe vergunning. Hij zou de overheid deze stukken pro forma van je laten onteigenen zodat zij dan de wegen kunnen aanleggen.'

Samuel luisterde met stijgende ontzetting.

Emma vervolgde nietsvermoedend haar verhaal. 'Het zou je blijkbaar ook een flinke duit besparen, want dan valt de constructiekost van de wegen niet op jou, maar op de overheid zelf.'

'Dit is de eerste keer dat ik daarover hoor', zei hij verbaasd. 'Onteigening!' riep hij nog eens ontstemd. 'Dat gaat mooi niet door. Ik bel Dave meteen!'

'Oh, ik wou me nergens mee bemoeien!'

Maar Samuel had zich al omgedraaid en trok zijn telefoon. Hij wandelde aan een sneltempo het landhuis binnen.

Emma's maag kneep samen. Ze hoopte maar dat ze niets dom had gedaan. Dave en Amy zouden dat plan heus toch wel met Samuel gedeeld hebben? Zij had het nieuws enkel sneller aangebracht. Uiteindelijk was ze ook deel van het team. Het maakte dan toch niet uit van wie hij het hoorde.

Ze werkte snel af waarvoor ze gekomen was en spoedde zich naar huis.

Nadien ruimde ze nog de toonbank van de winkel op en deed wat boekhouding. Ze voelde toch nog te veel energie door haar lichaam trekken om te gaan slapen en nu het drukker was in de winkel, had ze daarvoor geen tijd meer tijdens de openingsuren. Het was een karweitje dat ze altijd uitstelde.

Haar oog viel op een stuk papier waarop tante Paula de tekst had gekrabbeld met de vacatureomschrijving voor een winkelbediende die ze maanden geleden in het lokale krantje had geplaatst. En waarvoor er nog steeds geen sollicitaties waren binnengekomen.

Emma wist dat ze hier maar tijdelijk was tot er een nieuwe winkelbediende werd aangenomen. Eigenlijk zou ze tante Paula moeten helpen en de vacature online plaatsen, dan kwam er vast wel reactie. Maar iets in haar weerhield haar daarvan.

Haar werk in het dorp zat er nog niet op. Ze was nog steeds van nut voor het actiecomité. En als ze heel eerlijk was, dan moest ze toegeven dat ze het hier naar haar zin had. Waterbury en zijn inwoners hadden zich onverwacht in haar hart genesteld.

Ze wist echter dat ze ooit wel aan haar stage in de architectuur zou moeten beginnen. Waarom had ze anders al die jaren zo hard gestudeerd? Ze borg snel het papier op met de gedachte dat ze de vacature later wel online zou plaatsen.

Midden in de nacht werd ze gewekt door Winston die zacht met zijn poten over haar gezicht krabbelde. Ze duwde hem weg en draaide zich kreunend om. Even later sprong hij op het bed en draaide hij heen en weer voor haar gezicht. Hij zette zich prompt op haar hoofd. 'Winston! Dat kan niet hoor! Zo kan ik niet slapen.' Ze nam hem nors vast en duwde zich recht in bed.
Plots drong het tot haar door dat ze felle rooklucht inademde. Ze stond gealarmeerd recht en wandelde naar de slaapkamerdeur.
Beneden hoorde ze iets knetteren.
Ze wandelde twee treden lager en zag onmiskenbaar de vage, oranje gloed van vuur. Ze schoot in paniek.
'Wat is me dit toch!' riep ze in doodsangst tegen zichzelf.
Winston draaide onrustig rond haar benen en miauwde luid.
Haastig liep ze terug naar de slaapkamer, trok een peignoir aan en nam Winston op. Ze keek door het raam, maar ze zag het niet zitten om de afstand naar beneden te springen. Ze besloot eerst de trap nog eens wat verder af te dalen om te gaan kijken en zou dan beslissen of ze de sprong zou wagen met het risico dat ze haar benen brak met de val.
Toen ze bijna onder aan de trap was, zag ze dat er brand in de keuken was uitgeslagen.
De keukenkastjes en houten tafel stonden in lichterlaaie. De gordijnen waren al verdwenen.

Winston spartelde en ze klemde hem dicht tegen zich aan. De vlammen likten al aan het plafond. Ze besloot het erop te wagen. De afstand met de voordeur was maar enkele meters. Ze hoestte en haar ogen traanden.

De hitte sloeg in haar gezicht terwijl ze naar buiten rende alsof haar leven ervan afhing.

Buiten hoestte ze de longen uit haar lijf en klopte de roetdeeltjes van Winstons vacht. Ze hadden het gehaald.

Op haar blote voeten liep ze naar de oever van de rivier, daar voelde ze zich veiliger. Ze nam haar telefoon uit de zak van haar peignoir om de brandweer te bellen, maar tot haar opluchting hoorde ze al sirenes naderen. Wat verderop in de straat zag ze een overbuurvrouw naar buiten kijken door een raam.

Toen ze Emma's blik ving, wenkte ze haar. Ze besloot op het aanbod in te gaan, maar daar kwam de brandweer al aan. Winston blies en sprong haastig weg door het toeterende lawaai dat de wagen maakte.

Enkele mannen sprongen uit de brandweerwagen en trokken onmiddellijk een enorme slang tot in het water van de rivier.

'Bent u de inwoonster, mevrouw?' vroeg een van de brandweermannen.

Ze knikte met grote ogen. Ze staarde in shock naar tante Paula's prachtige watermolen waar de vlammen krachtig tekeergingen.

'Zijn er nog andere personen aanwezig in het gebouw?'

'Nee, ik was alleen. Met een kat, maar hij is veilig.'

De man knikte opgelucht en nam haar elleboog. Hij leidde haar voorzichtig naar de brandweerwagen, waar hij een deken rond haar sloeg.

'Gaat het? Bent u gewond?'

'Nee, het gaat. Maar, maar ...' Ze wees naar de watermolen en barstte uit in tranen. Ze hoorde een pomp aanslaan en even later gutste er een krachtige waterstraal op het gebouw.

'Het komt goed, juffrouw. U hebt geluk dat de brand zich nog niet verder heeft kunnen ontwikkelen. De schade zal zich wellicht enkel tot de benedenverdieping beperken. Blijft u maar even hier zitten.'

Verschillende dorpelingen waren gewekt door het lawaai en kwamen nu de straat op gedruppeld. De brandweerlui hield hen op afstand.

Emma klappertandde. Het deken was warm, maar ze kon de rillingen die door haar lichaam trokken, niet tegenhouden.

Even later scheurde er aan hoge snelheid een auto met laadbak door de straat, hij kwam haar bekend voor. De brandweer liet de wagen door. Een ongeruste George sprong uit de wagen en liep op zijn korte benen naar Emma toe.

Hij droeg een helm en een fluorescerende vest en leek net een molletje op een bouwwerf.

'George!' bracht Emma klappertandend uit. De tranen rolden over haar wangen bij het zien van zijn vertrouwde gezicht. 'Het spijt me zo! Ik werd wakker door Winston en plots zag ik dat de keuken in brand stond.'

'Kom hier, arme meid. Je bent in shock.' Hij sloeg een harige arm over haar schouders. Ze voelde zich op slag een beetje beter.

'Mijn god, je staat op blote voeten. Wacht even, dan geef ik je mijn sokken.' Voor Emma kon protesteren, trok hij zijn instappers uit en gaf hij haar zijn warme sokken.

'Dank je.' Ze moest onwillekeurig een beetje lachen met

Georges veel te grote sokken aan haar voeten.

'Dat is beter. En kijk, ze hebben de brand al bijna onder controle. Als de vlammen tekeergaan, ziet het er altijd erger uit dan het is.'

Emma hoopte maar dat hij gelijk had.

'Wat doe jij hier eigenlijk? Ik wist niet dat je ook bij de brandweer werkte?'

'Ik ben vrijwilliger voor de zone van Waterbury. Eerlijk gezegd was het een eeuwigheid geleden dat ze me opgeroepen hebben. De laatste keer was geloof ik toen June nog een kleine koter was. Dat was voor een kleine brand in the Black Hound.' Hij wees richting de pub wat verder in de hoofdstraat.

Emma zag daar plots een zwarte Discovery over de hobbelige kasseien rijden. Haar maag maakte een sprongetje toen ze Samuel Wollington zag uitstappen. Na een korte discussie met één van de brandweermannen mocht hij ook in de rampenzone stappen.

'Emma!' Hij schoot op haar af. 'Ben je ongedeerd?' Hij nam haar armen vast en keek haar paniekerig aan. Zijn blik schoot over haar lichaam en eindigde op haar voeten, waar de gele stippen op Georges veel te grote sokken oplichten in het schijnsel van het vuur.

George schoof ongemakkelijk opzij. Hij respecteerde zijn baas, maar vond dat die zich af en toe ook vreemd gedroeg, zoals de manier waarop hij Emma soms familiair kon bejegenen, terwijl hij toch al zo lang op het landgoed werkte. Maar hij zou lord Wollington nooit openlijk beledigen door daar iets over te zeggen, daarvoor bezat hij te veel integriteit.

'Het gaat', zei ze lichtjes gegeneerd door Samuels acties. Ze trok verontschuldigend haar wenkbrauwen op naar

George.

George werd tot zijn opluchting gewenkt door een van de brandweermannen. 'Ik ben zo terug.' Hij liep haastig weg.

'Wat een geluk dat je ongedeerd bent!' Samuel trok haar even tegen zich aan. Ze huiverde door de korte aanraking van zijn krachtige lichaam tegen het hare.

'Ik moest op een afspraak in Londen zijn vanavond en besloot ondanks het vallen van de nacht nog terug naar huis te rijden.'

Hij ijsbeerde zenuwachtig rond, zonder haar blik los te laten. 'Nu ik toch nog een tijdje in het land ben met het project dat on hold staat, denk ik erover om hier in Londen een tweede vestiging van mijn bedrijf te openen. Gelukkig ben ik niet in de stad gebleven, anders had ik jou hier nooit aangetroffen.'

Hij sloeg zijn arm rond haar schouders. Door de gebeurtenissen van die nacht, had Emma de emotionele kracht niet om hem van zich af te werpen. Samen keken ze naar het vuur dat langzaamaan gedoofd werd.

Intussen was er ook al politie gearriveerd. Enkele inspecteurs stelden haar vragen en liepen zenuwachtig heen en weer om nieuwsgierige dorpelingen op een afstand te houden.

Een halfuur later konden de brandweermannen het bluswerk staken. Ze betraden voorzichtig de watermolen.

'Blijft u op veilige afstand, juffrouw. Het werk zit er voorlopig op. We raden u aan om een ander onderkomen voor de nacht te zoeken. Dat zal minstens voor een tijdje nodig zijn. U kan eventueel terecht bij onze vrijwilliger.' De man wees op George. Hij knikte verwoed, waardoor zijn witte snor op en neer deinde.

'Geen sprake van!' Samuel kwam haastig tussenbeide. 'Ze verblijft bij mij. Ik ben de eigenaar van Waterstone House, daar is er genoeg ruimte om haar op te vangen tot deze situatie uitgeklaard is.'

George keek Emma onzeker aan. Hij verzekerde zijn baas dat hij een extra bed in huis had, maar Samuel was onwrikbaar. Hij stond erop dat Emma in het landgoed verbleef.

Emma keek terneergeslagen naar de discussie tussen de mannen. George gaf uiteindelijk op en knikte haar bemoedigend toe.

'Ik zal morgen weer op post staan in de tuin. Ik zie je dan.'

'Goed dan', zei Emma verslagen.

'Maak je geen zorgen, ze is in goede handen', zei Samuel verdedigend.

'Dat weet ik, mijn heer. Daar twijfel ik niet aan', zei George zalvend.

'Maar dan moet Winston wel mee!' zei Emma plots.

'Winston?' Samuel keek haar verwonderd aan. 'Ik wist niet dat je een vriend had?'

'Oh, jawel.' Emma's ogen glinsterden. Laat hem maar even spartelen, dacht ze tevreden. Ze holde naar de zitbank voor de wandelaars, nam de roodharige kater vast en draaide zich trots om. Samuels ongeruste gezichtsuitdrukking veranderde op slag.

Hij grijnsde bij het zien van de dikke kater. 'Goed, hij mag mee.'

'Hij moet mee!'

'Als je maar niet denkt dat ik hem te eten geef. Hij ziet er trouwens moddervet uit.'

'Ach, je moet nu ook weer niet overdrijven. Dat is babyvet.' Ze wreef over zijn vacht en hij spinde luidruchtig.

De brandweer verzekerde hen nogmaals dat alles onder controle was en ook de politie zei dat ze niets meer voor hen konden doen. Ze zouden haar later nog contacteren. Emma stapte doodop in Samuels wagen. Hij legde het dekentje over haar knieën, zodat ze warm bleef. Winston installeerde zich op haar schoot voor de hobbelige rit naar het landgoed. Onderweg knikkebolde ze.

Samuel hielp haar uit de wagen, bracht haar naar een gastenkamer en wees een leunstoel aan. Hij knipte een lampje aan, waardoor ze een antieken hemelbed uit fijn bewerkt hout, bloemetjesbehang en een witte schouw kon ontwaren in de duisternis.

Even later kwam hij terug met verse lakens en verschoonde het bed. Hij schudde zelfs de kussens op.

Emma was zo moe, dat ze bijna in slaap viel in de stoel. De zwaarte van de gebeurtenissen overvielen haar en trokken haar oogleden naar beneden. Haar geest had slaap nodig om de shock te overwinnen.

Samuel veegde Winston van haar schoot. Hij sprong kwaad weg.

Hij nam haar arm vast en leidde haar zachtjes naar het bed. Ze liet zich in het dons ploffen en al gauw viel ze in een diepe slaap, gerustgesteld door Winstons warmte aan haar voeten.

24

Emma werd wakker door een licht geritsel boven haar hoofd. Het klonk als trippelende pootjes op hout. De slaapkamer waar ze zich in bevond, baadde in gouden zonlicht dat in stroken door de ramen naar binnenviel. Ze knipperde de slaap uit haar ogen. Met een schok herinnerde ze zich de gebeurtenissen van gisteren. Ze zuchtte en liet zich weer in de kussens zakken.

Het bed was zacht en comfortabel.

Winston rok zich loom uit aan haar voeten. Hij krabde aan zijn oor en begon zich druk schoon te likken. Emma hoopte maar dat hij niet te veel schadelijke roetdeeltjes inslikte.

Ze besefte dat ze Samuel niet langer kon mijden. Ze moest hem op zijn minst bedanken voor de hulp.

Ze stond recht uit bed en trok haar peignoir aan. Ze schrok. Hij stonk afschuwelijk naar de rook, evenals haar haren. Ze hoopte maar dat het oude landhuis een werkende badkamer had. Voorzichtig liep ze naar beneden. Haar spieren voelden een beetje stijf aan.

In de keuken trof ze Samuel aan.

'Ah, Emma. Ik ben blij dat je wat langer geslapen hebt. Hoe voel je je?' Hij droeg een kostuum en zag er frisgewassen uit. Zijn haren waren nog vochtig. Hij nam een tas koffie van een gloednieuw, ingewikkeld uitziend koffiezetapparaat. Het zou niet misstaan hebben in een

Italiaanse espressobar.

'Het gaat. Ik ben wel verschoten natuurlijk.' Ze keek naar een klok tegen de wand. Het was al voorbij elf uur.

'Mijn god, ik wist niet dat ik zo lang geslapen heb! Het spijt me.'

'Dat geeft toch niet? Je moest bekomen van de shock.'

Ze beet op haar lip. Hij toonde haar waar de ontbijtspullen stonden en gaf wat uitleg, maar ze was afgeleid door de schoonheid van de landelijke keuken. De keukenkastjes waren zachtgroen geverfd. Op het aanrecht van blauwe steen stonden er enkele porseleinen bewaarpotten netjes op een rij. Aan een haakje hingen verse kruiden en lavendel. In het midden van de ruimte stond een antieke tafel op hoge poten die dienst deed als werkblok. Er stonden ook enkele moderne barstoelen tegenaan geschoven, die had Samuel waarschijnlijk toegevoegd. Het geheel werd gedomineerd door een enorme haard uit graniet en baksteen waartegen een schilderij van wild en fruit hing.

Toen hij haar de koelkast wees, boog hij zich langs haar heen.

'Je ruikt anders dan normaal.'

'Sorry, dat is de rook die nog in mijn kleren en haar zit. Ik vrees dat ik ook je lakens verpest heb. Ik zal ze straks wassen en nieuwe opleggen.' Ze keek bedeesd naar de vloer.

'Dat hoef je niet te doen. Straks komt er een schoonmaakster. Ze poetst de delen waar ik leef. Ik zal haar vragen dat ze ook de gastenkamer doet.'

'Dank je.'

'Jammer genoeg moet ik nu een videocall bijwonen. Het is een vergadering die ik niet kan uitstellen, maar ik kom straks weer bij je. De badkamer is boven. Als je hulp nodig hebt met de kranen, geef je maar een gil.'

'Het zal wel lukken', zei ze snel. En zelfs als het haar niet zou lukken, dan zou ze hem nog niet naar de badkamer roepen, van haar leven niet.

'Goed.' Hij wandelde met lange passen naar boven.

Ze opende de koelkast die er properder en voller uitzag dan de hare. Ze begon op slag te watertanden. Hij stond tjokvol heerlijke, verse producten en witte wijn. Ze zag ook enkele flessen Bollinger champagne koud staan.

Tot haar genoegen zag ze ook verse zalm liggen. Die schikte ze op een bordje voor Winston. Voor zichzelf nam ze wat aardbeien en vanilleyoghurt.

Na een stevig ontbijt voelde ze zich eindelijk klaar om haar ouders en tante Paula in te lichten. De taak woog zwaar op haar schouders, maar ze kon er niet langer onderuit.

Het was verschrikkelijk wat er met de watermolen was gebeurd, een ramp gewoonweg. Tijdens het blussen van het vuur had ze zich al afgevraagd af of ze soms een kaars had laten aanstaan, maar ze dacht dat ze die avond geen theelichtjes had aangestoken. Ze had namelijk tot in de late uurtjes doorgewerkt aan de boekhouding in de winkel.

Of was het een oplaadkabel van haar telefoon of laptop die plots was doorgebrand doordat de wasmachine tegelijkertijd opstond? Misschien kon de oude elektriciteit van het huisje zo een moderne apparaten niet meer aan. Ze werd verteerd door schuldgevoelens.

Toen ze boven haar telefoon ging halen en Winston zijn ontbijt bezorgde, zag ze zes gemiste oproepen. Drie ervan waren van een onbekend nummer, één was van tante Paula en twee waren van haar ouders. God, waarom bekeek ze haar telefoon nu pas? Ze belde eerste naar het onbekende nummer, misschien was het wel de politie.

Ze had gelijk.

'Eindelijk, mevrouw, we proberen u al een tijdje te pakken te krijgen.'

Emma slikte. Was het dan toch haar fout geweest?

'Onderzoek heeft uitgewezen dat de brand hoogstwaarschijnlijk is aangestoken.'

Ze hapte naar adem. 'Aangestoken? Meent u dat?' Ze liet zich verbouwereerd op het bed zakken.

'We hebben een vermoeden, mevrouw. Maar we moeten nog de laatste tests uitvoeren in het labo om kwaad opzet te bewijzen en de resultaten kunnen enkele weken op zich laten wachten. In tussentijd is het van het grootste belang dat u ergens veilig kan verblijven. Vorige week hebben we nog een brandstichter niet ver van hier gevat. Het was iemand met psychologische problemen, maar deze persoon zit in hechtenis. Misschien heeft iemand hierdoor inspiratie gekregen en is die 'aangestoken' om ook brand te gaan stichten. Zoiets gebeurt wel vaker. Hoe dan ook, zulke criminele activiteiten zijn we niet gewoon in de streek. Er zal later op de dag nog een inspecteur langskomen om wat vragen te stellen. Kan u ons uw verblijfadres meedelen?'

Emma dicteerde snel het adres.

'We hebben de eigenaresse van de watermolen al op de hoogte gebracht. Ik denk dat u haar best een belletje geeft. Ze wou van ons maar niet geloven dat u in orde bent.'

'Dat ga ik zo dadelijk doen, dank u inspecteur.' Emma sloot het telefoongesprek af. Ze belde onmiddellijk naar tante Paula, die een beetje over haar toeren was en pas gerustgesteld was toen Emma zeker vijf keer had herhaald dat ze in orde was.

'Het spijt me zo', zei Emma verdrietig.

'Spijt? Waarvan moet jij nou spijt hebben. Het belangrijkste is dat jou niets overkomen is. Laten we hopen dat ze die gek snel inrekenen. De inspecteur vertelde me trouwens dat enkel de keuken getroffen is.'

Dat stelde Emma toch al wat gerust. Het bleef weliswaar erg, maar gelukkig was de schade niet groter.

'En laten we eerlijk zijn, die keuken was wel toe aan vernieuwing', zei tante Paula. 'Het is bijna jammer dat de badkamer gespaard is, die zou ook wel een make-over kunnen gebruiken.'

Emma lachte. Ondanks de situatie, bleef tante Paula's droge humor intact.

'Ik kijk er gewoon wat tegenop om de renovatiewerken te regelen vanuit mijn ziekenbed in Oxford. Ze hebben vorige week nieuwe medicatie opgestart en de neveneffecten zijn niet altijd even aangenaam te noemen.'

'Daar hoeft u zich geen zorgen over te maken. Ik zal de werken overzien.'

'Is dat echt? Ik neem natuurlijk alle kosten op mij.'

'Maakt u zich geen zorgen. Het is het minste wat ik voor u kan doen.'

Ze hadden het verder over koetjes en kalfjes.

Nadien belde Emma haar ouders op. Na een telefoongesprek van bijna een uur, - ze had meer moeite moeten doen om haar moeder gerust te stellen -, kon ze eindelijk het gesprek afronden. Ze had haar moeder op het hart gedrukt dat ze een veilig onderkomen had en dat ze weigerde om naar huis te komen vanwege zo een onzinnige tegenslag. Ze had tante Paula trouwens ook beloofd om te zorgen voor de renovatie van haar keuken.

Dat laatste argument was wat haar moeder eindelijk had doen toegeven. Als Emma honderd procent veilig was en ze daar bleef omwille van haar tantes welzijn, dan kon ze ermee leven, had Lauren gezegd.

Eindelijk kon Emma zich wassen in de badkamer van het landhuis. De douche, het bad en het wasmeubel zagen er nieuw uit. Wellicht had Samuel de leidingen al laten vervangen tijdens zijn verblijf.

Met een zucht liet ze zich zakken in het enorme bad. Dit was toch beter dan het gesukkel met het koude water in de watermolen, dacht ze onwillekeurig bij zichzelf.

Ondanks het warme bad, kon ze maar moeilijk ontspannen. Ze vroeg zich af wie er zo ziek van geest was om een bewoond gebouw in brand te steken.

Ze dacht terug aan Daves dreigementen, maar sloot dat al snel uit. Aan zo een praktijken zou hij zich nooit wagen. Ze wist dat hij zo dom niet was, al zeker nu hij nog maar net de cel had verlaten. En bovendien, ze had zijn geheim over de omkoping netjes bewaard. Hij had geen reden om haar kwaad te doen.

Er zat niets anders op dan de politie hun werk te laten doen en af te wachten.

Na het bad trof ze George beneden in de leefruimte aan. Ze voelde zich een beetje gegeneerd, want ze had niets anders dan haar slaaptenue en peignoir om in rond te lopen.

'Wacht even!' zei ze.

Ze liep snel de trappen op om iets te halen. Hij lachte toen hij zag waarmee ze naar beneden kwam.

'Alleen jij zou aan zoiets onzinnigs als het terugbezorgen van oude sokken denken.' Hij nam ze grinnikend aan. Emma had ze netjes in twee geplooid.

'Natuurlijk! Hoe ouder, hoe beter, dan zijn ze lekker zacht. Daarbij, het konden wel eens je lievelingssokken zijn.' Ze glimlachte.

George beaamde wat tante Paula haar al had verteld. De schade had zich enkel beperkt tot de keuken.

'De ordediensten hebben instortingsgevaar uitgesloten. Als je wil, kan je er weer naartoe. Je wil misschien wat spulletjes ophalen.'

'Dat zou ik erg graag doen', bekende ze.

George bracht haar naar de watermolen. Emma keek in shock naar de zwartgeblakerde restanten van wat ooit een lieflijk keukentje was geweest.

De geur van as was niet te harden. Ze holde naar boven, schoot eindelijk in een schone outfit en pakte haar spullen bij elkaar.

Toen ze weer bij het landgoed aankwamen, stond Samuel hen op te wachten.

'En, wat voor nieuws hebben jullie?'

George bracht hem op de hoogte van de laatste ontwikkelingen. Samuel luisterde met zichtbaar stijgende weerzin.

Even later kwam de inspecteur aan. Hij stelde hen wat vragen en vertelde ook over een overbuurvrouw die die avond een zwarte BMW in het dorp had gezien die haar niet bekend voorkwam. In afwachting van de resultaten over het onderzoek, zouden ze dat spoor verder onderzoeken.

De inspecteur vertrok toen hij de nodige antwoorden had bekomen.

George liet hen ook achter. Hij had nog wat tuinwerk met Marcus te doen en drukte Emma op het hart dat ze de komende week moest rusten. Ze konden het wel even met hun tweeën af. Hij kuierde fluitend naar de tuin.

Toen waren ze weer alleen. Emma schuifelde onrustig heen en weer.

'Dank je wel dat ik hier mocht verblijven deze nacht. Binnen enkele dagen is die afschuwelijke geur van het vuur wel uit het huisje getrokken, dus dan ben ik je niet langer tot last.

'Geen sprake van! Jij gaat nergens heen', zei Samuel weer op die standvastige toon van hem, waarmee het onmiddellijk duidelijk was dat hij over dit onderwerp geen tegenspraak duldde.

Ze begreep waarom hij zo goed was in het leiden van een bedrijf en zuchtte.

'Emma, besef je wel aan welk gevaar je bent ontkomen? Je blijft hier tot zolang er duidelijkheid is over de vraag of de brand aangestoken is.'

'Maar ...', probeerde Emma nog.

Het was echter tevergeefs. 'Geen discussie. Ik wil niet dat jouw veiligheid op het spel staat. Waterstone House is goed beveiligd, mijn vader en ik hebben daar fors in geïnvesteerd. Wie weet heeft er een gek uit het dorp het op jou gemunt nu die weet dat ik je in dienst heb voor het vastgoedproject. Grote veranderingen kunnen een vreemde impact hebben op mensen. Misschien dacht die persoon mij op die manier te raken. Dit valt onder mijn verantwoordelijkheid. Je blijft hier.'

Emma keek beteuterd weg. Ze kon maar weinig bedenken om daar tegen in te brengen, anders dan de waarheid natuurlijk. Hij moest eens weten hoe omgekeerd de situatie in werkelijkheid was.

Samuel had de rest van de dag vergaderingen met zijn personeel en klanten. Hij verschanste zich tot laat in zijn bureau.

Emma at dan maar in het gezelschap van Winston, ergens vond ze dat ook niet erg. Ze was het nu toch al gewoon om in haar eentje haar plan te trekken en zo kon ze ongestoord genieten van het eten dat ze in de keuken vond.

Ze ontdekte ook dat de diepe ligbank in de leefruimte erg zacht en aangenaam was. Ze voelde zich uitgeput. Liggend op een hoop kussens keek ze naar een feuilleton op televisie. Ze dacht terug aan de gezellige avonden met haar vader op de sofa, wat voor haar een eeuwigheid geleden leek.

Ze werd zachtjes gewekt en staarde in de duisternis naar Samuels gezicht, dat enkel oplichtte onder het licht van de televisie die nog aanstond.

'Het is al nacht. Je moet in slaap gevallen zijn. Sorry dat ik zoveel werk heb.'

'Geeft niet', zei ze slaperig.

'Kom, ik breng je naar boven.'

Ze liet zich meevoeren door zijn sterke hand. Hij stopte haar net als de vorige avond in het grote bed en al gauw viel ze in een droomloze slaap.

De volgende dag werd er een enorme flatscreen televisie geleverd. De koerier bleek ook een technicus te zijn. Winston keek geïnteresseerd naar de talloze kabeltjes die hij in en uit de toestellen trok. Hij nam ook de oude televisie mee.

Samuel dook achter haar op. Winston stond snel recht en liep naar haar slaapkamer boven. 'Wat vind je? Nu de televisie weer gebruikt wordt, leek het me tijd om een nieuwe aan te schaffen.'

Emma staarde naar het gigantische zwarte scherm. Van

overkill gesproken. Je kon het amper nog een televisie noemen.

Hij zette het ding aan en testte de kwaliteit van het geluid. Het leek eerder een complete home cinema, zo diep voelde ze de bassen van de muziek die afspeelde op de televisie in zich vibreren. Samuel grijnsde.

'Je hebt dit toch niet voor mij gedaan, hoop ik.'

'Natuurlijk niet. Het leek me gewoon leuk. Ik heb niet veel tijd om televisie te kijken, maar ik heb altijd al zo een ding gewild.'

Emma schudde haar hoofd. Hij leek net een jongetje van vijf jaar dat zijn nieuwe speeltje showde.

Die avond aten ze samen op de bank terwijl 'The Godfather' bijna levensgroot op het scherm allerlei maffiose dingen uitspookte. Emma had wat noedels in elkaar geflanst met groenten die ze in de koelkast had gevonden.

Vreemd genoeg voelde ze zich op haar gemak. Samuel was geen opdringerig persoon, hij had niet de grote behoefte om meteen haar hele levensverhaal uit te vissen, zoals sommige mensen dat wel deden. En hij vond het prima als er soms een stilte viel.

Winston daarentegen was niet onder de indruk van zijn gezelschap. Hij verkoos de bovenverdieping wanneer Samuel in Emma's buurt was.

Na een uurtje stond Samuel op uit de zetel.

'Kijk gerust verder. Ik moet nog wat dingen doen voor het werk. Zie je morgen.'

'Tot morgen. Ik zal in de winkel zijn.'

'Prima.' Hij wandelde op zijn lange benen naar boven.

De komende dagen ontwikkelde er zich een soort natuurlijke routine tussen hen. Emma was blij dat hij zich gedroeg en haar niet meer benaderde op die ... tja, wat was het? Romantische wijze? Echt romantisch kon je dat wat er tussen hen gebeurd was, nu ook weer niet noemen, dacht ze verbeten. Het was eerder een soort momentane reactie geweest op aantrekkingskracht die ze voor elkaar dachten te voelen. Gezien de professionele relatie die ze met elkaar hadden voor het vastgoedproject, waren die dingetjes een beetje leeghoofdig van hen geweest, besloot ze nu ze er nuchter aan terugdacht. Ze waren immers geen tieners meer.

Ze was blij dat ze haar grenzen had aangegeven die avond toen hij haar in het bakstenen huisje had aangetroffen.

Het was duidelijk dat hij een man van zijn woord was. Hij liet haar in haar waardigheid, waardoor ze zich op haar gemak begon te voelen in Waterstone House.

Ze begon ook enkele dingen beter te begrijpen. Zoals zijn humeur, bijvoorbeeld. Geen wonder dat hij altijd zo serieus en zwijgzaam rondliep. Hij werkte hard en door het tijdsverschil met zijn bedrijf in New York, werkte hij vaak door tot in de late uurtjes. Emma zou bijna medelijden met hem krijgen, maar ze vermoedde dat hij daarvoor net te veel centen verdiende.

Ze zorgde er wel voor dat hij goed te eten kreeg. 's Middags smeerde ze boterhammen met rijkelijk beleg voor hem, zodat hij die tijd al uitspaarde. En 's avonds kookte ze vaak voor twee en bracht een bordje naar boven voor hem.

Meestal zat hij midden in een videocall, maar hij maakte toch telkens een minuut de tijd om zijn vergadering te pauzeren en haar uitdrukkelijk te bedanken voor het eten. Ze voelde zich telkens geflatteerd, want soms zag ze wel vijf hoofden op zijn computerscherm zitten die hij allemaal voor haar deed wachten.

Toen ze zondagochtend wat bloemen in een vaas schikte op het werkblok van de keuken, voelde ze zijn aanwezigheid achter haar opduiken. Ze was vroeg opgestaan en had een rondje in de tuin gemaakt om Georges en Marcus' voortgang te bekijken. Onderweg had ze ook wat bloemen geplukt die er onweerstaanbaar uitzagen.

'Wat mooi.' Hij keek haar aan.

De bloemen voelden zich plots een beetje genegeerd. Ze zagen er nochtans erg weelderig uit en roken ook zo, zoals enkel zelf geplukte bloemen dat deden.

Ze sloeg snel haar blik neer. 'Ik dacht dat het de ruimte een beetje zou opfleuren.'

Hij knikte goedkeurend.

'Ik moet gaan. George komt straks naar de watermolen. Hij had beloofd dat hij me wat zou helpen bij de renovatie van de keuken.'

'Oké, wat jammer.' Hij keek zichtbaar teleurgesteld. 'Ik ging net een toertje lopen. Anders had je mee gekund.'

'Een andere keer misschien.' Ze was blij dat ze geen excuus hoefde te bedenken. Te zien aan zijn afgetrainde lichaam, kon ze zijn tempo waarschijnlijk toch niet aan.

25

De week nadien kabbelde in een welkome rust voorbij. Ze had haar ouders in Oxford gezien, ze hadden samen tante Paula bezocht.

Boven in het landhuis had ze een paleisje van kussens en zachte dekentjes gemaakt voor Winston, nu het duidelijk was dat hij de benedenverdieping liever niet meer verwaardigde met zijn koninklijke gezelschap. Hij had het ook veel te druk met het vangen van muizen op de zoldering.

De eerste keer dat ze in haar pantoffels iets verdacht grijsharig had aangetroffen, had ze een luide gil geslaakt. Samuel was ongerust komen binnenstormen in haar kamer.

'Het is al goed! Winston heeft een cadeautje voor me achtergelaten.' Ze wees gruwelend naar de dode muis. Winston streek fier rond haar benen. Ze kroelde over zijn kopje.

'Ah, dan heeft hij toch nog zijn nut.'

Emma voelde zich lichtjes op haar tenen getrapt door die opmerking. Samuel sjokte naar binnen en verwijderde snel het diertje voor haar. Dat kan ik ook over jou zeggen, dacht ze ondeugend in zichzelf toen ze hem naar buiten zag lopen met de staart van de muis tussen zijn twee vingers geklemd.

Zondag vond ze een moeilijke dag. Het was de enige dag waarop zij, noch Samuel werkte. Maar ze wist dat ze een smoesje zou moeten bedenken om haar afwezigheid van straks te verklaren.

Niet dat ze zich moest verantwoorden voor haar doen en laten, maar ze had vrijdag goed nieuws van June ontvangen. De rechter had de vergunning voor de nieuwbouwwijk vernietigd en ze zouden een grote infosessie voor het hele dorp houden om hen in te lichten.

Samuel had als een donderwolk rondgelopen. Toen hij haar het nieuws meedeelde, had ze met toegeknepen maag moeten doen alsof ze nog niet op de hoogte was. Ze haatte het om toneel te spelen. Ze was het stilletjes aan beu, maar er zat niets anders op. Ze moest haar tijd in het landgoed uitzitten tot de politie hen belde met verlossend nieuws over het onderzoek naar de brand.

'Wil je nu misschien mee een toertje lopen?', vroeg hij verwachtingsvol bij het ontbijt. Ze had weer verse bloemen in de keuken gezet en hij had een verrassend lekker ontbijt op tafel getoverd van roerei, croissants en vers fruit.

Voor een buitenstaander zouden ze bijna een normaal stel lijken, maar ze duwde die gedachte snel weg. Zoiets was onmogelijk voor hen.

'Het spijt me. Straks komen George en Marcus om de keuken uit te breken.' Het was niet helemaal onwaar. Na de infosessie voor het dorp, zouden ze effectief langskomen voor dit werk.

June zou ook komen, want vele handen maakten licht werk. Emma was blij met hun hulp. Ze wist niet waar ze het aan verdiende, maar George stond erop. Ook June wuifde haar protesten weg. Ze vonden dat ze haar dit verschuldigd waren na alles wat ze voor hen deed.

's Avonds keerde ze onder het roet, maar voldaan van het werk weer terug naar het landgoed.

Het was hen gelukt om de hele keuken uit te breken. Marcus had alles in zijn camionette naar het recyclagepark gebracht. Nadien waren ze fish and chips gaan eten. Emma had getrakteerd. Norah sloot aan bij het opgewekte gezelschap.

Zelfs Marcus kon deze lekkernij niet weerstaan en belde zijn moeder op om te zeggen dat hij eenmalig niet zou mee eten.

Het leek alsof hij hemel en aarde had bewogen toen hij eindelijk opdook na het telefoongesprek. Maar de glans van overwinning in zijn ogen was onmiskenbaar en hij had zichtbaar genoten van de vettige patat met knapperig gebakken vis.

'Dit moeten we vaker doen', had George gezegd, wat op instemmend gemompel kon rekenen. Iedereen had het druk met kauwen en slurpen van koud bier.

Emma nam een lange douche. De straal heet water deed deugd en hielp haar spieren ontspannen. Toen ze in de leefruimte kwam, trof ze Samuel languit aan in de ligbank. Hij keek wat televisie op zijn monsterlijke scherm en zag er ongewoon ontspannen uit.

Toen hij haar zag, schoot hij recht.

'Oh, nee. Blijf gerust liggen. Zoiets zie ik je nu eens nooit doen. Ik was de bank al bijna als mijn persoonlijke bezit gaan beschouwen, wat natuurlijk onzin is.'

Ze glimlachte en installeerde zich met een dekentje op de grond. Hij gaf haar een kussen aan en zette het geluid wat zachter.

Met lichte verbazing zag ze dat hij naar 101 Dalmatiërs keek, dat was één van Emma's favoriete films. Ze vond het een komiek zicht om die anders zo ernstige Samuel naar een kinderfilm te zien kijken.

'Wat is er misschien?' vroeg hij toen hij haar bestuderende blik opmerkte.

'Niets', zei ze grijnzend. 'Ik vind het wel leuk. Je lijkt bijna een normaal persoon.'

'101 Dalmatiërs is een geniale film. En hij speelde toevallig op televisie', zei hij vergoelijkend. Emma lachte en hij lachte onwillekeurig mee.

Hij gaf haar speels een duwtje om haar plagerij.

'Ik vind jou anders ook wel leuk.' Hij keek haar behoedzaam aan en peilde haar reactie.

Emma klapte dicht. Bijna had ze gezegd dat ze hem ook wel aardig vond nu ze hem de laatste tijd beter had leren kennen, maar het was natuurlijk onverstandig om zoiets luidop te zeggen.

'Mag ik dat soms niet zeggen?' vroeg hij bezorgd.

'Ik weet niet.' Haar stem stokte. Hoe geraakte ze in godsnaam uit deze knoop, dacht ze wanhopig. Ze zuchtte.

'Vind je me dan zo onuitstaanbaar?'

'Natuurlijk niet', bracht ze snel uit. Te snel.

'Wel dan? Wat scheelt er dan met me, buiten dat je me soms 'bekakt' vindt.' Hij rolde lachend met zijn ogen en schoof een stukje dichter naar haar toe.

'Oh, maar dat ben je nog steeds.' Ze kreeg als antwoord een kussen naar haar toe gegooid. Ze lachte.

'Ik weet het niet, Samuel. Ik denk we het best professioneel houden. Je weet wel, met de tuinen en het vastgoedproject en zo.'

'Dit kan je nauwelijks professioneel noemen.' Hij wees

in het rond en Emma wist dat hij gelijk had.

'Ik weet het, maar dit is een uitzonderlijke, tijdelijke tussensituatie.'

'Een tussensituatie? Heb je dat woord soms net uitgevonden?'

'Misschien.' Ze haalde haar schouders op.

'Maar denk je niet dat we ons op zijn minst vrienden kunnen noemen?'

'Misschien.'

'Misschien, misschien', zei hij korzelig en richtte zijn aandacht weer op de film. Hij was het duidelijk niet gewend om op afstand te worden gehouden door een vrouw. 'Weet je wat?' Hij sprong rechtop in de zetel. 'Je kan een soort huisdier van me worden.' Hij grijnsde alsof hij zonet een geniaal idee had verkondigd.

'Een huisdier?' vroeg ze ongelovig.

'Ja, als je vrienden zijn te complex vindt, dan bestaat er ook altijd de huisdier-oplossing.' Hij wees naar een van de dalmatiërpups op het scherm die aandoenlijk over het gras trippelde. De film liep bijna ten einde.

'Met een huisdier kan je allerlei leuke dingen doen. Ze wonen bij je op de bank, net als jij', vervolgde hij. 'Je kan ze uitlaten op wandelingen, knuffelen en gewoon gezellig doen. Maar kussen en van die dingen doe je uiteraard niet.'

Emma bloosde onwillekeurig. Hij schuwde duidelijk bepaalde woorden niet. Woorden die haar een beetje zenuwachtig maakten, omdat ze ze al eens hadden uitgevoerd. Ze had nochtans gedacht dat ze die fase achter hen lag, zodat het niet meer besproken hoefde te worden.

'Is dat weer zo een dwaze trend die uit de Verenigde Staten is overgevlogen? Voor mensen die iemand anders dan hun partner zien zitten en hen op die manier op het randje van platonisch toch net niet bedriegen?' Emma sloeg haar armen achterdochtig over elkaar.

'Nee, ik heb het zonet helemaal uit mijn duim gezogen. Of liever gezegd, deze nacht. Ik heb toch enkele uren moeten broeden op het concept. Maar misschien moet ik er wel een 'ding' van maken. Het klinkt wel goed, niet?' Hij grijnsde opnieuw.

'Proficiat, er is een nieuw genie uit de kast gekomen', zei Emma gemaakt neerbuigend.

'En trouwens, jij hebt toch geen partner? Van platonisch bedrog kan er dus onmogelijk sprake zijn.'

Op slag schoot er van de plagerige sfeer in hun conversatie weinig over.

Emma keek stilzwijgend uit het raam, waar ze uiteraard niets door kon zien want het was al donker buiten.

'Nee', zei ze na een tijdje. Maar haar geweten was haar partner. En dit mocht nooit iets worden. Tijd om die tijger te laten afkoelen. Morgen zou hij weer zijn serieuze zelf zijn.

Emma stond op. 'Ik ga naar bed. Slaapwel.'

'Slaapwel.' Ze kon de lichte teleurstelling in zijn stem niet negeren.

'Gelukkig maar dat het dekentje op je bed geruit is. Past wel bij een huisdier', zei hij dan.

Emma draaide zich snel om en liep de trappen op, voor hij de glimlach op haar gezicht kon zien.

De dag nadien besloot ze dat ze genoeg had gerust. Ze was tenslotte niet gewond geraakt tijdens de brand. Ze zou George en Marcus weer helpen met de werkzaamheden in de tuin.

Na het ontbijt wandelde ze opgewekt naar de

ommuurde tuin, waar ze Marcus aantrof die mopperend enkele distels uit de grond stond te trekken.

'Haal je de ene stekelige plant eruit om er gewoon weer een andere stekelige voor in de plaats te zetten', zei hij mismoedig.

'Marcus, rozen kan je nu toch niet vergelijken met distels?' zei George ontstemd.

'Pff, ze krijgen ook bloemen. Van die paarse bolletjes, toch?'

Emma lachte om zijn opmerkingen.

George schudde zijn hoofd. 'Die jongen zal het nooit leren. Zo een dingen zaaien razendsnel uit eenmaal je ze in de bloei laat komen.'

Emma besprak met George de plannen voor de tuin. Ze besloten blauwe regen en klimrozen tegen de bakstenen muren te laten groeien, zoals indertijd ook het geval was geweest. Hij kon met Marcus stalen kabels over de muur trekken die als houvast voor de blauwe regen zouden dienen. Voor de klimrozen zouden ze houten rekken plaatsen.

Tegen de zuidelijke muur zouden ze een druivelaar planten. En daar vlakbij wat perzikbomen. Dat was de ideale plek volgens George, want de baksteen slorpte de warmte overdag op en zou die dan geleidelijk weer afgeven, wat ten goede kwam voor deze warmteminnende planten.

In de borders zouden ze rozen en bessenstruiken planten, hier en daar afgekant door laag leifruit.

En om haar eigen toets aan het geheel te geven, zou ze een Japanse esdoorn planten. Die had George al aangeschaft. Het vuurrode gebladerte zou de schoonheid van de tuin tot een hoger niveau tillen, daar was ze zeker van. Ze moest alleen nog beslissen waar hij terecht zou komen.

George wendde zich weer tot Marcus, die nu blijkbaar het verkeerde gereedschap vasthad voor het werkje dat hij stond te doen.

Emma wandelde ontspannen rond. Ze dacht terug aan het gesprek dat ze gisteren met Samuel had. Ze wist dat ze er niet op die manier aan mocht terug denken, maar … Hij vond haar leuk.

Het was de eerste keer dat ze zich op de een of andere manier geraakt voelde door die woorden, dacht ze dromerig. Ze zou het moment kort koesteren en straks voorgoed uit haar hoofd zetten.

De vervallen rozentuin was betoverend, zelfs zonder hun restauratiewerken kon je niet ontkennen dat deze plek iets had. Het was de tuin die het best bewaard was gebleven van het domein.

Maar het was er naar haar gevoel onnatuurlijk stil. Ze beeldde zich in dat er vogels floten. Van die grote, exotische vogels. In gedachten voegde ze ook nog wat kleurrijke insecten toe, en een heleboel glimmend fruit aan de bomen. Ze glimlachte. Zo, dat was beter. Ze zou aan George vragen om fruitbomen uit te kiezen die vogels en insecten aantrokken.

'Emma! Emma!' riep George. Eindelijk keek Emma op.

'Sorry, ik was even …' Verdwaald in mijn eigen tuin van Eden, zoiets kon je toch moeilijk luidop zeggen?

George keek naar Marcus en trok zijn wenkbrauwen op.

'Wat denk je van deze plek voor de Japanse esdoorn?' vroeg hij, blijkbaar al voor de derde keer.

Emma twijfelde. Ze tuurde in het rond. Een vijftal meter verder ontwaarde ze een bundel zonnestralen die door een raam met tralies in de muur scheen. Dat zou een mooi effect geven, als dat licht plots de rode blaadjes zou raken en de tuin zou doen opgloeien.

'Laten we hem daar zetten.' Ze wees de plek aan en George knikte. Marcus en hij rolden de enorme pot met het boompje op een kar naar daar. Toen ze het beoogde effect zagen, keek George haar verwonderd aan.

'Jij hebt er oog voor, zeg', zei hij.

Emma wist niet goed wat ze met dit compliment moest aanvangen. Ze was alles gewoon maar uit haar duim aan het zuigen.

Marcus rolde de kar enkele meters achteruit en haalde twee spades tevoorschijn. Terwijl de mannen het gat groeven, inspecteerde Emma verder de tuin. Ergens kreeg ze een vaag gevoel van herkenning, alsof de tuin zijn vroegere bestaan herinnerde. Ze ontwaarde bepaalde vormen van het oude plan dat Samuel haar had gegeven. Het bracht haar op enkele ideeën voor het ontwerp van de borders. Ze besloot ze onmiddellijk op papier te zetten en wandelde naar binnen.

Enkele uren later hoorde Emma een luide klop op de voordeur. Ze stond recht van haar werktafel om hem te openen, maar tot haar verbazing kwam Sheila al de leefruimte binnen op haar hoge hakken.

'Wat doe jij hier?' vroeg ze stomverbaasd.

'Ik verblijf hier op Samuels uitnodiging nadat er brand was uitgeslagen in de watermolen. Ik kan hetzelfde trouwens aan jou vragen', zei Emma gepikeerd.

'De voordeur stond open.' Sheila trok haar magere schoudertjes op.

Ze wierp een stapel documenten op de tafel. De plastieken map die ze bij elkaar hield, viel met een plof neer op het hout.

'Dit is promomateriaal bestemd voor Sam. Alléén voor

Sam.' Ze perste haar bleke lippen op elkaar, waardoor Emma klontjes lipfiller meende te zien verschijnen. Mag zij hem nu ook al Sam noemen, dacht Emma meewarig. 'Hij moet dit zo snel mogelijk doornemen en zijn opmerkingen aan Amy bezorgen. We zouden al willen starten met de bezoeken voor de verkoop van de cottages. Veel van onze klanten gaven al aan geïnteresseerd te zijn. De huisjes hoeven immers niet leeg te zijn. Als de huurders een wandelingetje maken tijdens de bezoekuren, dan is dat prima.'

'Ik geef het hem door. Al betwijfel ik of hij de bezoeken al zal willen opstarten nu de rechtszaak over de opzeg nog lopende is.' Emma keek Sheila strak na toen ze op hoge poten naar buiten wandelde.

26

De ochtend nadien zat Emma van een kopje thee in de keuken te genieten toen ze werd opgeschrikt door Amy die luid tegen het raam tikte met haar geringde vingers. Ze maaide met haar armen in het rond en wees richting de voordeur.

'Had je de bel niet gehoord?' vroeg ze bij het binnenkomen. Winston flitste langs haar benen naar buiten.

'Nee, sorry.' Emma wees verontschuldigend naar de muziekoortjes die ze aanhad.

Amy sjorde een zware tas en een koffertje naar binnen.

'Het lijkt me goed als ik hier tijdelijk een bureau inricht. Dan kan ik belangrijke zaken onmiddellijk met Sam bespreken. Dat zal ons heel wat tijd besparen.' Ze stoomde richting de trap.

'Eh, Samuel is er even niet.'

'Sam vindt dit vast prima. Je weet hoe hij op efficiëntie en tijdsbesparing staat.'

Emma kon Amy's acties enkel maar gade slaan. Ze voelde zich een beetje over het hoofd gelopen.

Maar goed, uiteindelijk was dit Emma's woonst niet. Hopelijk was de watermolen binnenkort weer bewoonbaar. Dan kon ze dit gekkenhuis achter zich laten, hoe charmant ze het ook begon te vinden.

Ze vermoedde dat Sheila haar beklag over Emma had

gedaan bij haar bazin, waarop Amy zich misschien in het nauw voelde gedreven. Ze had haar hoop op Samuel blijkbaar nog steeds niet opgegeven.

Amy wandelde op haar hoge hakken naar boven. Ze wankelde vervaarlijk toen ze haar koffer meesleurde.

'Zal ik je even helpen?' vroeg Emma.

'Dat mag.' Amy liet de koffer los, zodat die met een klap op de vloer terechtkwam. Ze maakte geen excuses en liep als een koningin de trappen op. Ze was duidelijk niet in haar gewone doen vandaag. Emma nam de koffer en sjokte achter haar aan.

'Waar is Sams bureau?' Ze kon een lichte bazigheid in haar stem niet weren.

Emma wees naar de deur van zijn heiligdom.

'Goed, dan installeer ik me daar.' Ze opende de deur, keek even in het rond en richtte zich tot Emma.

'Ik ga je hulp nog even nodig hebben, vrees ik.' Amy wandelde naar een van de ongebruikte slaapkamers en trok verwoed wat lakens weg van meubels. Toen ze een fijne tafel in notenhout en bladgoud zag, - ongetwijfeld een onvervalste Louis XVI -, knikte ze.

'Deze zal volstaan', zei ze beslist.

Dat zal vast wel, dacht Emma geniepig.

Na heel wat heen en weer geschuif met zware meubels, was Amy eindelijk tevreden. Ze hadden Samuels bureau wat moeten verzetten om het meubelstuk van Amy's keuze in de kamer te kunnen plaatsen.

Amy zette zich op een zachte stoel aan haar nieuwe werkplek en opende haar laptop. Ze tokkelde nadrukkelijk op het toetsenbord.

'Dat was het. Dank je wel voor al je hulp, lieve Emma.' Ze vouwde haar handen en glimlachte engelachtig. Ze leek wel de volwassen versie van een cherubijn. Emma zag bijna een aureool boven haar hoofd verschijnen waarmee ze de wereld rond haar van een gouden gloed voorzag, klaar om alle levende schepsels op aarde in aanbidding aan haar voeten te ontvangen.

Emma sloot nors de deur en wiste het zweet van haar voorhoofd. Ze was al moe nog voor ze in de tuin had kunnen werken. Ze dronk een glas water en vertrok naar buiten.

Toen ze 's avonds na een dag hard werken in de zon weer binnenkwam, hoorde ze rumoer. Het was afkomstig van boven, besefte ze. Nieuwsgierig als ze was, bleef ze even staan in de hal en spitste haar oren.

'Mooi niet. Dit is nuttig, Sam', hoorde ze Amy's stem. Ze had blijkbaar de deur van Samuels bureau opengetrokken en klonk lichtjes van streek.

'Je moet het begrijpen, Amy. Ik heb talloze videoconferenties met vergaderingen die ik moet bijwonen. Dat kan ik toch niet doen wanneer jij aanwezig bent? Dat is voor ons beiden niet productief.'

Amy wandelde op dramatische wijze van de trappen. Samuel liep haar achterna. Emma wou zich snel uit de voeten maken toen ze het anders zo harmonieuze duo zag aanstormen.

'Ah, Emma. Blijf je even? Ik moet nog iets met je bespreken.' Samuel keek haar nadrukkelijk aan, bijna alsof hij probeerde te seinen om hem niet alleen te laten. Emma knipperde, ten teken dat ze het begreep. 'Prima, hoor.'

Samuel richtte zich weer tot een zichtbaar aangedane Amy. 'Dank je, Amy, om dit zo galant op te nemen. En daarbij, je weet dat ik werk en privé liever niet met elkaar meng. We zijn tenslotte goede vrienden, is het niet?'

Amy trok een pruillip. 'Dat geldt dan blijkbaar niet voor haar.' Ze wees naar Emma.

'Voor Emma ligt dit anders. Zij is ternauwernood aan een brand ontsnapt waarvan ik vermoed dat de oorzaak bij mijn acties in het dorp ligt. Ik ben verplicht om mijn verantwoordelijkheid op te nemen, Amy. Je weet dat ik daar nooit voor wegloop. Haar veiligheid staat op het spel.'

Amy zuchtte. Ze leek wat te bedaren en verzamelde al haar zelfbeheersing. 'Goed, dan. We zijn inderdaad vrienden, dat je dat maar weet.' Ze stapte op hem af en gaf hem een zoen op zijn wang die iets langer duurde dan gepast.

Samuel keek verontschuldigend naar Emma, die het allemaal amusant stond op te nemen.

'Alles is weer goed dan, tussen ons?' Ze prikte met een vinger op zijn borstkas. Samuel nam haastig enkele passen achteruit.

'Ja, hoor. Ik zie je snel weer voor de volgende vergadering.'

'Ik kijk ernaar uit.' Amy draaide zich bevallig om en wandelde met haar spullen naar buiten.

Toen ze de deur toetrok, blies Samuel al zijn adem uit.

'Eindelijk. Ik dacht dat ze nooit zou vertrekken.' Hij wreef door zijn haar dat nu warrig rechtop stond en zag er zichtbaar opgelucht uit.

'Het spijt me dat je dit hebt moeten meemaken, al was ik niet ondankbaar voor je aanwezigheid deze laatste minuten. Wie weet waartoe ze in staat was.' Hij lachte ongemakkelijk. Emma grijnsde.

'Ik kan me gewoon niet concentreren met haar drukdoenerij. En de bezoeken die ze al was beginnen organiseren voor de verkoop van de cottages, heb ik ook even on hold gezet. We hebben nog niet eens een vonnis van de rechter ontvangen. Wat moet ik dan tegen de kopers zeggen als ze geïnteresseerd zijn en een bod uitbrengen? Kan je nog even wachten, want ik weet niet wanneer het huis beschikbaar zal zijn? Dat komt niet goed. Dat zou al mijn kansen op een vruchtbare verkoop verpesten.'

'Dat moeten geen gemakkelijke boodschappen geweest zijn.'

'Ach, ik ben het wel gewend om de kastanjes uit het vuur te halen voor mijn werk.' Hij haalde zijn schouders op. 'Heb je honger?'

Emma knikte. Ze bestelden pizza en aten die op onder het genot van een glas rode wijn uit de uitstekende wijncollectie van het landgoed.

'Eén van de weinige dingen die hier in orde waren', had Samuel gemompeld. Nadien trok Samuel weer naar boven. Na al die commotie van de dag, had hij werk in te halen.

Die zaterdag steeg het kwik tot boven de dertig graden. De zon scheen brandend over het dorp.

Ze had maar weinig toeristen die langskwamen in de voormiddag. Iedereen verkoos om in de schaduw te blijven, waarschijnlijk met een glas Pimm's en een hele hoop ijsblokjes om zich koel te houden. Dat was toch waar Emma op dit moment naar verlangde.

Ze had de afgelopen week elke avond na sluitingstijd hard doorgewerkt in de watermolen. In de keuken had ze gedaan wat ze zelf kon doen. De andere ruimtes had ze zo hard geboend tot ze blonken.

Van de brand kon je amper nog iets merken. Trey

en zijn vader die ook bij het actiecomité zat, konden blijkbaar goed muren pleisteren. Ze hadden hun hulp aangeboden, die Emma dankbaar had aangenomen. De muren zagen er weer gloednieuw uit. Helemaal glad en wit, alsof er nooit iets was gebeurd. Ze was van plan geweest om ze terug zachtgeel en olijfgroen te verven, maar ze vond het witte pleisterwerk zo verfrissend en leuk staan bij de planken vloer, dat ze besloot de muren in het wit te verven.

Omdat de geur van de rook te diep in de oude spullen van de zitruimte was getrokken, had ze tot haar spijt het oude vloerkleed en de sofa moeten wegdoen. Nancy van het actiecomité had haar in de plaats een mooi Perzisch tapijt gegeven voor de zitruimte. Dat had ze geërfd van haar grootmoeder, maar het paste niet in haar huis.

Gisterenmiddag was er een nieuwe sofa met bont kleurenmotief toegekomen die ze online had besteld. Met de diepe bank van Waterstone House in gedachten, had ze er eentje uitgezocht waar je heerlijk diep in kon wegzakken, hij zou vast en zeker Winstons goedkeuring wegdragen.

Emma had tijdens de rustige uren in de winkel een nieuw keukentje uitgetekend. Ze vroeg zich af of George iemand kende die haar kon helpen met het schrijnwerk. Ze besloot om de winkel in de namiddag te sluiten. Ze belde June en ze zouden nieuwe stoelen en een tafel gaan uitkiezen voor de keuken. June kende een leuke tweedehandswinkel, waar Emma tot haar vreugde een leuk houten bankje, twee stoelen en een antieke Franse dennenhouten keukentafel vond.

Ze laadden alles in de auto van George met de handige laadbak en brachten de spullen naar de watermolen. Nadien reden ze naar een plaatselijke houthandel waar

Emma wat inspiratie wou opdoen voor de nieuwe kastjes van de keuken die ze had uitgetekend.

Ze voelde met haar hand over de planken en bestudeerde de verschillende houtsoorten. Uiteindelijk besloot ze dat ze eik zou gebruiken. Het was misschien een klassieke keuze die niet goedkoop was, maar het zou duurzaam zijn en erg lang meegaan. Het paste precies bij de watermolen. Die had de tand des tijds al zo lang doorstaan en zou dat nog eeuwen moeten doen. Zelfs een brand had het oude besje niet kleingekregen.

June was het helemaal eens met haar keuze. Ze stapten weer in de wagen, die helemaal opgewarmd was in de zon.

'Jammer genoeg is er geen airco in deze oude roestbak', pufte June. 'Je zal de ramen moeten opendraaien.'

Emma draaide het autoraam manueel open met een hendeltje. Het was geleden van haar kindertijd dat ze zoiets nog had moeten doen. Toen haar ouders nog met een oude volkswagen rondreden en ze nog luidop durfde verkondigen dat chips eten gezond was.

'Waar verblijf je nu eigenlijk? Overnacht je terug in de watermolen?'

'Eh, nog niet', zei Emma aarzelend. 'Ik leef voorlopig nog in Waterstone House.'

Ze voelde zich een beetje gegeneerd om dit toe te geven. Ze wist niet goed waarom, want June was een goede vriendin en er was niets onbetamelijk gebeurd in het landgoed. Of toch niet echt. Als je die twee kleine dingetjes niet meetelde die gebeurd waren voor ze gedwongen was om in Samuels familiehuis te gaan leven. Maar die waren amper de moeite waard om te vermelden, toch? Ze had de herinneringen daaraan al lang verdrongen.

'Voel je je daar wel op jouw gemak?' Ze voelde Junes priemende blik op zich gericht.

'Ja, hoor. Hij laat me met rust.' Emma kruiste haar benen. 'Ik bedoel, hij heeft het altijd erg druk met zijn bedrijf in de Verenigde Staten. Ik zie hem amper en eet meestal alleen.'

'Hmm', zei June bedenkelijk.

'Ik heb het trouwens ook erg druk. Je weet wel, met de tuinen en de winkel en zo.' Emma hoopte dat dat overtuigend klonk. Ze begon snel over iets anders.

Toen ze de statige kantelen en puntige daken van het indrukwekkende landgoed in de verte tussen het heuvelachtige groen zag verschijnen, voelde ze een steek in haar borst. Wat was het toch mooi, Waterstone House.

Ze voelde zich een beetje zenuwachtig worden naarmate ze het huis naderden.

'Weet je wat, zet me hier op de hoek maar af. Die laatste honderd meters loop ik wel te voet.'

'In die warmte? Ben je soms gek geworden?'

'Nee, ik heb gewoon wat nood aan beweging. Te veel achter de toonbank gezeten.' Emma hief haar handen verontschuldigend op.

'Goed dan. Ik hoop dat je zonnecrème ophebt. Ik zie je snel weer?'

'Ja, tot snel!' Ze zwaaide June uit.

Emma slenterde over de weg. Ze had helemaal geen zin gehad om te lopen. Ze wou gewoon ontsnappen aan Junes intelligente opmerkzaamheid. Als ze nog langer had doorgevraagd over Waterstone House en zijn eigenaar die veel te aantrekkelijk was om gezond te zijn, dan wist Emma niet of ze haar vragen kon blijven beantwoorden met een uitgestreken gezicht.

Want hij deed wel iets met haar. Samuel. Ze zuchtte en keek naar boven. Naar enkele eenzame wolken die aan de azuurblauwe hemel waren verschenen en elkaar net niet raakten.

'Emma!' hoorde ze plots achter zich.

Haar hart sprong op bij dat bekende stemgeluid. Samuel liep haar hijgend voorbij. Hij was druipnat van het zweet. Zijn looptenue kleefde op zijn lichaam dat nu scherp was afgetekend. Niet kijken, beval Emma zichzelf. Maar het was al te laat.

Ze zag de goddelijke lijnen van zijn lichaam dat zo vaak door een kostuum was bedekt, en keek bedeesd weg.

'Sorry voor dit, ik moest mijn loopje vandaag nog doen.' Hij wreef door zijn vochtige haren.

Wat een geluk dat ze aan June had gevraagd om haar wat vroeger af te zetten. Stel je voor dat hij hen samen had gezien, schoot er door haar hoofd. Ze mocht het zichzelf niet toestaan om af te glijden in zinloze fantasieën, dacht ze streng. De realiteit was bikkelhard. Ze moest op koers blijven varen.

'Uitslover', zei ze gemaakt streng. 'Kon je nu niet voor een keertje van je strakke weekschema afwijken?'

'Nooit.' Hij hief een vinger op. 'Als ik dat aan mezelf zou toestaan, dan is het hek van de dam. Dan zou ik nooit meer uit de sofa geraken en vast hele dagen wijn en brandy drinken, zoals mijn vader.'

Emma keek op bij die woorden. Hij leek zelf ook wat aangedaan te zijn door zijn eigen uitspraken.

'Niet dat ik een probleem heb met alcohol, dat zit gewoon niet in me. Maar je weet wat ik bedoel.'

Ze knikte. Het was de eerste keer dat hij over zijn vader sprak, besefte Emma.

Haar nieuwsgierigheid was geprikkeld, maar ze wist

niet goed hoe ze hem naar zijn familie en zijn verleden kon vragen. Ze beet op haar onderlip.

Voor de tweede maal die dag voelde ze een intelligente, priemende blik op zich gericht. Hij voelde aan waar ze mee zat.

'Wat is er? Wil je me soms iets vragen?'

Ze knikte.

'Brand er maar op los.'

'Had je vader soms een alcoholprobleem?' vroeg ze voorzichtig.

Samuel zuchtte. Ze wandelden langzaam door de toegangspoort.

'Eerst niet. In feite was hij een geweldige vader. Mijn ouders waren erg gelukkig toen ik jong was. We leefden in ons eigen droomwereldje, hier op Waterstone House.' Hij maakte een weids gebaar met zijn armen.

'Dat kan ik geloven.'

'Mijn zusje en ik hebben hier uren buiten gespeeld.'

Emma staarde hem aan. Ze wist niet dat hij een zus had.

'Spelletjes met water en heel veel modder, je weet wel. We hadden ook paarden, en zelfs pony's. Ze hield van die dieren.' Hij staarde weemoedig in de verte. 'We maakten elke dag na school een ritje met ze. Zij koos er eentje uit en ik hielp haar. Ik was acht jaar ouder dan haar, dus ik kon mijn plan wel trekken. Ze vond het geweldig, het was ons moment. Tot ze ziek werd.' Hij zuchtte. 'Vicky had leukemie. Ze was zes jaar oud. Geen enkele behandeling sloeg aan.' Hij legde zijn hand enkele tellen over zijn ogen.

'God, wat erg. Dat wist ik helemaal niet.'

'Dat kon je ook niet weten. Bijna niemand weet dat.' Hij haalde zijn schouders op, maar Emma zag dat hij nog steeds pijn leed.

Ze wandelden door de voordeur. Samuel liep door naar de keuken en sloeg enkele glazen water achterover, als om zijn verdriet weg te spoelen. Emma leunde met haar ellebogen op het werkblok.

'Mijn ouders hebben haar heengaan nooit samen kunnen verwerken. Misschien lag het ook aan hun leeftijdsverschil. Mijn vader was bijna twintig jaar ouder dan mijn moeder. Hij had een volledig andere manier om met verdriet om te gaan. Hoe dan ook, het duurde niet lang eer ze uit elkaar gingen. Het was een rotte tijd, dat kan ik je wel zeggen.'

'Dat kan ik geloven.' Emma wist niet goed wat ze moest zeggen. Het klonk alsof Samuel een heel deel van zijn jeugd met pijn en verlies te maken heeft gehad. Ze vond het ronduit verschrikkelijk voor hem.

'Na de echtscheiding verhuisde mijn moeder naar de Verenigde Staten. Ze had een Amerikaan leren kennen en besloot hem te volgen. Ze zijn tot vandaag nog steeds gelukkig getrouwd.'

'Vandaar je link met de Verenigde Staten.'

'Klopt', zei hij. 'Maar ik heb me pas vier jaar later bij haar gevoegd. Onze familiedokter, een stokoude imbeciel aan wiens oordeel mijn vader enorm veel waarde hechtte, stond erop dat ik in Engeland op Waterstone House bleef wonen. Bij mijn vader dus.' Hij zette zich op het aanrecht en slaakte opnieuw een zucht. 'Te veel veranderingen zouden me niet goed gedaan hebben, volgens de dokter. Ik moest in mijn vertrouwde omgeving blijven en naar dezelfde school blijven gaan. Wat ik complete onzin vond. Ik had gewoon nood aan de warmte en liefde van mijn moeder, maar mijn vader stond erop. Ik heb eigenlijk nooit goed begrepen waarom, maar eenmaal die koppige ezel zich iets in zijn hoofd had gehaald, was hij er niet vanaf te halen.'

'Dus je woonde hier alleen met je vader?'

Samuel schonk zichzelf nog een glas water uit en zette ook een glaasje water voor Emma neer bij haar handen. 'Klopt. Het was verschrikkelijk. Na een jaar smeekte ik om op kostschool te gaan. Hij begon te drinken. Ik was vaak alleen in het huis. Soms bleef hij dagenlang weg, om nadien ladderzat thuis te komen en me de huid vol te schelden. Dat het allemaal mijn fout was wat deze familie was overkomen. Onzin natuurlijk. Het waren de illusies van een eenzame dronkenlap en ik deinsde er niet voor terug om hem daarop te wijzen. Ik ben meer dan eens met een blauw oog van huis weggerend na een van zijn tirades.'

Emma sloeg een hand over haar mond. 'Waar ging je dan naartoe?'

'Ik had meer dan genoeg vrienden, maak je daar maar geen zorgen over. Nog een halfjaar later kreeg ik mijn zin. Ik mocht eindelijk op kostschool. Hij wou toch enkel maar alleen zijn. De laatste schooldag kon niet snel genoeg voorbijgaan. Meteen erna ben ik op een vliegtuig naar de VS gestapt. Ik heb hem nooit meer gezien sinds dan.'

Emma zuchtte. Ze keek hem bezorgd aan.

'Dus nu zie je misschien in waarom ik zo snel mogelijk af wil van deze afschuwelijke erfenis.' Hij liet zijn vlakke hand op het werkblok vallen. 'Het ziet er misschien allemaal fantastisch en glamoureus uit aan de buitenkant, maar de waarheid is dat mijn vader op het einde van zijn leven geen rooie cent meer had. Hij had geen dag meer gewerkt sinds de echtscheiding en joeg zijn geld erdoor. Werken vond hij maar iets voor de arbeidersklasse.' Samuel klakte ontevreden met zijn tong.

'Maar geld opdoen, dat was geen probleem. Aan drank en andere onzinnige deals zoals zijn befaamde aanschaf van Arabische volbloedpaarden die dat achteraf niet bleken te zijn. De verkoper was natuurlijk met de noorderzon verdwenen en de autoriteiten hadden maar weinig medelijden met hem. En zo heeft hij nog enkele fatale vergissingen begaan. Het is niet zo moeilijk om een dronkaard te misleiden, dat weten ongure types maar al te goed. Dus zo zie je maar, veel trots hangt er niet meer aan de Wollington-naam. Hij heeft deze plek compleet vergiftigd.'

Eindelijk begreep ze waarom hij dit allemaal deed. Ze voelde medelijden opkomen. Haar hart ging zelfs een beetje naar hem uit, maar ze moest helder blijven nadenken. Zijn traumatische verleden kon nog niet goedpraten dat hij nu de levens van tachtig gezinnen zou verpesten.

'Ik ben blij dat je me dit verteld hebt.'

Ze legde voorzichtig een hand op de zijne.

'Ik ook. Het voelt goed om het eindelijk luidop aan iemand gezegd te hebben. Je maakt iets bij me los Emma. Alsof je iets in me doet smelten met jouw warmte.' Hij keek haar indringend aan.

Verlegen trok ze haar hand terug.

'Maar aan de andere kant doet het me ook wat aan de woorden van mijn vader denken', zei Emma voorzichtig. 'Weet je, het huis waar mijn ouders nu in wonen, in Kensington, dat hebben ze geërfd van mijn grootvader. Ze zouden dat nooit zelf hebben kunnen aankopen. Als ze het nu zouden verkopen, dan zouden ze op slag miljonair zijn en misschien wel een heel protserige villa met zwembad een eind buiten de stad kunnen kopen om in te gaan wonen. Maar dat interesseert mijn ouders niet. Het is gewoon hun thuis, daar zijn ze gelukkig. Op een manier doet het me een heel klein beetje aan jouw situatie denken. Ook al is de gevel van ons huis altijd netjes wit geschilderd, binnen zijn er wel degelijk mankementen. Maar ze zouden het nooit van de hand doen. Geen haar op hun hoofd dat daar aan denkt. Telkens wanneer er een makelaar aanbelt met een glanzend aanbod om hen te overtuigen, dan zegt mijn vader steevast en met volle overtuiging dezelfde woorden voor hij de deur sluit: 'ik verkoop niet.' Zelfs die keer toen er een sjeik met zijn gevolg aanbelde en een koffer cash tevoorschijn toverde.' Emma grijnsde.

Samuel barstte in lachen uit. 'Dat is bewonderenswaardig. Jouw ouders moeten een ijzersterke wil hebben.'

'Nee, het is niet altijd gemakkelijk, maar ze zorgen er gewoon zelf voor dat ze gelukkig zijn en dankbaar zijn voor hun leven. Dat is voldoende om elke storm te overwinnen.'

Hij keek haar lang aan. Het was een wijze les voor hem, dat wist Emma. Ze hoopte dat het hem veel stof tot nadenken gaf.

Ze wou het zaadje dat ze nu in zijn hoofd had geplant, de kans geven om uit te groeien. Ze stond voorzichtig recht en wreef over haar pijnlijke ellebogen waarmee ze te lang op het werkblok had gesteund.

'Ik denk dat ik er vroeg in ga vandaag.' Ze geeuwde. 'Zie je morgen?'

Samuel zuchtte. 'Tot morgen, welterusten.'

Emma wandelde naar de deur. 'En Emma', riep hij haar na. Ze draaide haar hoofd om. 'Ik ben ook dankbaar. Dat je hier veilig en wel bij mij bent.'

Ze glimlachte naar hem en sloot de deur. Bij het naar boven wandelen, stak dat schuldgevoel weer de kop op. Het begon bijna vertrouwd te worden.

Wat deed ze hier toch? Wat voor leugenachtig web had ze toch gecreëerd? En hoe zou ze hier ooit uit geraken? Maar zoals altijd kalmeerde ze haar innerlijke storm met dezelfde, zalvende redenen die ze als een mantra herhaalde.

Na enkele uren woelen, viel ze uiteindelijk in slaap met Winston aan haar voeten.

27

Emma had het rijk voor zich alleen die week. Samuel moest naar zijn flat in New York. Er waren wat praktische zaken die hij moest regelen voor zijn bedrijf en dat kon hij niet vanop afstand doen.

Ze was er niet rouwig om, want nu kon ze 's avonds ongestoord in pyjama rondhangen op de ligbank en genieten van Winstons gezelschap.

Tien dagen later keek ze verwonderd naar het nieuwe keukentje van de watermolen. Ze had dan nog steeds geen uitsluitsel gekregen van de politie over de vraag of de brand nu aangestoken was of niet, maar de tijd had duidelijk niet stilgestaan.

George had een oude vriend opgetrommeld die erg goed was in schrijnwerk. Toen Emma hem vroeg of hij het werk zag zitten en hem het plannetje van de keuken opstuurde, verzekerde hij haar aan telefoon: 'Oh, dat lijkt me niet al te veel werk. Het is maar een kleine ruimte. Heb ik zo gepiept.'

En hij had zijn belofte waargemaakt. Het bleke eikenhout was een uitstekende keuze geweest. De schrijnwerker had er een mat laagje vernis over gedaan om het hout te beschermen.

Ze voelde met haar hand over de wit met blauwe tegeltjes die ze in een antiekzaak op de kop had kunnen tikken. Trey had ze op enkele uurtjes tijd aangebracht.

Ze stonden geweldig boven het kookfornuis met oven waarop ze had geboden bij een website voor tweedehands spullen. Het was een prachtig, crèmekleurig Aga-fornuis met gouden knoppen. Hij was al zeven jaar oud, maar de eigenaar verzekerde haar dat hij nog prima werkte: 'Die prinses heeft nog vele mooie jaren voor de boeg. Mijn vrouw vindt ze gewoon te klein voor de keuken van ons nieuwe huis. Ook een hele prinses, als je het mij vraagt', had hij er stilletjes achteraan gemompeld.

Voor het werkblad had ze gekozen voor blauwe steen, net als in Waterstone House. Ze had het op maat laten zagen door een lokale steenhandelaar. Het zag er ronduit fantastisch uit. Ze had nooit kunnen dromen dat dit zo goed zou komen. Ze prees de schrijnwerker voor zijn goede werk en maakte ter plekke de betaling over met haar telefoon, waar hij niet ondankbaar voor was.

Nadien trok Emma wat foto's van de getransformeerde benedenruimte die ze later aan tante Paula kon tonen. Ze doopte het de watermolen 2.0. Het huisje had nog steeds dezelfde gezellige charme, maar zag er fris en vrolijk uit. Het kon er weer tientallen decennia tegenaan. Tante Paula zou dit geweldig vinden. Ze belde haar wekelijks op om te vragen hoe het met de werken ging. Maar dat het zo snel zou gaan, had zelfs zij niet verwacht.

Emma wandelde opgewekt naar Waterstone House. George had een dagje vrijaf genomen, net als Marcus, dus ze had die dag weinig om handen.

Ze ging langs bij de kruidenier en kocht wat ingrediënten voor een Italiaanse pasta. Ze wierp rijpe tomaten in haar mandje, veel te dure olijfolie, ansjovis in blik, Kalamata olijven, kappertjes en heel veel Parmezaanse kaas.

Toen ze in het landhuis aankwam, was het muisstil. Ze was het inmiddels wel gewend om Samuel boven te horen scharrelen tijdens zijn urenlange werksessies. Ze hoopte maar dat hij nog geen plannen had voor het eten die avond. Toen ze hem sms'te wat ze ging maken, antwoordde hij snel.

'Spaghetti alla puttanesca? Oké, daarvoor kom ik af.' Hij eindigde zijn berichtje met een knipoog. Emma glimlachte.

Ze maakte snel een vlecht in haar blonde haren en dook in de akelige kelder om een bijpassende rode wijn uit te kiezen. Toen ze gevonden had wat ze zocht, repte ze zich weg. Het rook er altijd naar schimmel en huisde talloze spinnen.

Winston volgde haar op de voet. Nu de heer des huizes weg was, kon hij ongestoord rondwandelen en nam hij die rol naadloos over. Onder het voorbereiden van de ingrediënten, lag hij languit in de sofa en hield een drukke wassessie.

Toen Emma het blikje ansjovis opentrok, staakte hij zijn werk. Hij sprong op het werkblad, wat Emma telkens een hele prestatie van hem vond. Hij was immers nog geen grammetje afgevallen. Ze kroelde hem over zijn kopje en hij spinde luidruchtig, als de onbeschaamde, fiere kater die hij was. Hij keek vol verwachting naar het opengetrokken blikje. Emma legde een paar van de minuscule visjes op een bordje en zette dat op de grond. Hij liet zich als een baksteen naar beneden vallen en landde net niet in zijn lekkernij.

Na een uur stond ze tevreden boven de kookpan te roeren. Ze had zelfs al de hele keuken opgeruimd.

Samuel kwam binnen. 'Dat ruikt beloftevol.'

Het eten smaakte heerlijk, daar waren ze het beiden over eens.

'Heb je soms zin in een avondwandelingetje?'

'Waarom niet', zei Emma plots.

Samuel keek op. Hij dacht bijna dat ze in een vlaag van verstandsverbijstering verkeerde. Hij was het namelijk niet gewend dat ze inging op zijn voorstellen. Winston kroop op haar schoot en stal vliegensvlug een stukje ansjovis van tafel. Maar Samuel zag het niet, zozeer was hij in beslag genomen door die enigmatische Emma. Hij nam haar geamuseerd op.

Ze wist dat hij zich niet aan een 'ja' had verwacht en haalde glimlachend haar schouders op.

Samuel ruimde aan een recordtempo de tafel af.

'Wat ziet je haar er mooi uit vandaag', zei hij op serieuze toon.

'Ach, ik weet niet.' Emma streek achteloos over de vlecht.

'Moet je vaker doen. Het staat je.'

Ze wandelden in een vredige stilte over de weilanden. Het was eind juli en de natuur was op zijn hoogtepunt. Het leek alsof de struiken en bomen hun mooiste mantel hadden aangetrokken. Ze bewogen zacht mee met de avondwind, zwaar van het overdadige gebladerte dat ze tentoon spreidden. De fruitbomen die ze passeerden, droegen verwachtingsvol de eerste tekenen van de vruchten die pas binnen enkele weken rijp zouden zijn.

'Doordat ik ben opgegroeid in de stad, begin ik nu pas de natuur te ontdekken', zei Emma ernstig voor haar doen.

Samuel lachte.

'Het is niet alsof ik voordien nog nooit een boom had

gezien.' Ze rolde met haar ogen. 'Ik bedoel gewoon dat ik het hier pas echt heb leren waarderen. Waterbury heeft me veel bijgeleerd.' Ze knikte.

'Ik begrijp wat je bedoelt. Bij mij was het een beetje een omgekeerd proces.'

Ze kuierden rustig door het gras. De avond had een soort koelte aan de hoge sprieten gegeven, dat aangenaam aanvoelde op haar warme voeten die ze in sandalen had gestoken. Het was deze tijd van het jaar veel te droog voor modder.

'Ik kende niets anders dan de heuvels van deze streek', vervolgde Samuel. 'Ik gruwelde als kind van plaatsen met veel beton en triestige buitenwijken van steden. Ik begreep dat gewoon niet. Waarom zou je ooit op zo een plek willen leven? Het is pas op latere leeftijd dat ik de geneugten van een grote stad heb ontdekt. Mis je Londen soms niet, dan?'

'Oh, natuurlijk wel. Maar ik voel me hier wonderbaarlijk ook goed. Dat had ik nooit gedacht.'

Hij knikte tevreden.

Doordat ze volledig opgingen in elkaar en hun gesprek, zagen ze de enorme SUV pas opdoemen tussen de struiken toen ze er bijna op stootten. Het was een witte Jaguar. Emma keek betekenisvol naar Samuel.

'Wat doet hij hier?' vroeg hij zich luidop af. Hij opende zijn mond om nog iets te zeggen, maar zijn stem stokte toen ze de bedampte ramen opmerkten.

'Eh, misschien moeten we ons een beetje bukken', opperde Emma met een grijns. 'Zodat we hem niet storen in zijn bezigheden.'

'Onzin. Dit is mijn grond.' Ondanks zijn gesproken protest, liet Samuel zich toch snel door zijn knieën zakken toen het gevaarte plots ook begon te schudden.

'Gelukkig is hij geluiddicht', zei hij bloedserieus. Emma hield het niet meer en proestte het uit.

'Ssst jij', zei hij met een ondeugende twinkel in zijn ogen. 'We moeten hier zo snel mogelijk weg.' Ze keken in het rond, maar door het dichte gebladerte zagen ze niet veel. Samuel schuifelde wat verder, nog steeds gebukt.

'Ik geloof dat er daar een pad is waar we verder kunnen lopen.' Hij wees in de richting van het noorden en hun blik viel plots op wat onmiskenbaar de rode Aston Martin van Amy was. Onder het vrolijke geschud van Daves Jaguar keken ze elkaar verwonderd aan.

Nu kon zelfs Samuel zijn lachen niet meer inhouden. Toen ze plots een voet tegen het bedampte raampje zagen verschijnen, was het genoeg geweest. Samuel nam haar hand en ze renden lachend weg naar het veilige pad. Van Dave hadden ze niet anders verwacht, maar op slag viel Amy's elegante, aanbiddelijke imago weg.

'Die twee hebben elkaar ook gevonden. Dat moet nogal iets geweest zijn om zo'n wagen aan het wiebelen te krijgen.' Samuel trok ironisch een wenkbrauw op.

'Ze zag er wellicht uit als een Ave Maria die op het punt stond om naar de hemel op te stijgen,' zei Emma voorzichtig. Samuel lachte honderduit.

'Ik denk dat Amy alle dromen van Dave in vervulling heeft doen gaan.'

'Ik dacht dat Amy enkel genoegen kon nemen met jou?'

'Tja, ze had misschien wel even haar pijlen op mij gericht.' Samuel trok laconiek zijn schouders op.

Ze wandelden snel verder. Al gauw doemde het landhuis weer op in het zicht.

'Van die hele grote, fluorescerende pijlen die je ook op de snelweg ziet, bedoel je die?'

'Misschien wel.' Hij lachte. 'Maar ik zie haar niet zitten. Dat was al zo zestien jaar geleden en dat blijft nog steeds zo. Amy is een goede vriendin, dat wel. Maar meer zal het voor mij nooit worden.'

'Het klonk anders alsof jullie al een hele geschiedenis met elkaar achter de rug hadden.' Emma dacht terug aan Amy's woorden tijdens de autorit naar Dave's nieuwbouwdorp. Hoe ze had beweerd dat ze een band voor het leven hadden met elkaar.

'Onzin. Amy is heel lief en sociaal, maar naar mijn smaak een beetje té sociaal.' Hij trok een wenkbrauw op. 'Ze is een flirtkous.'

Emma giechelde.

'En ze gebruikt te veel superlatieven naar mijn zin. Elke zin blinkt van de geweldigheid.'

Nu proestte Emma het helemaal uit. Samuel lachte voorzichtig mee.

'We hebben als tieners een bepaalde zomer enkele weken dubbelspel tegen elkaar gespeeld in het tennis en nadien is er wat contact gebleven binnen de groep. Ze kon goed overweg met de jongens. Te goed.' Hij liet een betekenisvolle stilte vallen. 'En nadien heb ik haar jaren niet meer gezien. Ik heb haar gekozen als makelaar voor het project omdat ze gewoon de beste voorwaarden bood ten opzichte van andere concurrerende makelaars. Zo simpel is het.'

'Oh.' Emma kon een grijns niet onderdrukken. Moest Amy dit horen, dan zag ze vast haar droom uit elkaar spatten als rijk powerkoppel met Samuel.

'In feite was dit zelfs een opluchting voor me.' Hij wees grijnzend in de richting van Daves wagen. 'Ik zag het niet echt zitten om haar af te wijzen. Ik durfde niet omdat ze altijd zo verdomd aardig is.'

Emma lachte. 'Oh, dat begrijp ik. Amy is de laatste persoon op aarde die je zou willen afwijzen. Ze is altijd zo lief en enthousiast.'

'Enthousiast, zoals een wervelwind dat kan zijn. Geef mij maar een stiller, zachter briesje. Eentje waar de avondzon door schijnt.'

Voor de voordeur hield hij even halt en wreef langzaam over haar wang, waar al snel blosjes op verschenen. Ze wendde zich verlegen af.

'Doe dat niet', zei hij zacht.

'Wat niet?'

'Verlegen zijn. Bij mij mag je jezelf tonen.' Ze draaide langzaam haar gezicht naar hem. Hij keek haar met heldere ogen aan.

'Waarom heb je me eigenlijk graag? Wat zie je in me?' vroeg Emma op de man af. Ze was het beu om rondjes te draaien. Ze vond dat hij haar wel een uitleg verschuldigd was na zijn escapades.

Zijn mondhoek begon zich al te plooien tot een grijns, maar toen hij zag hoe oprecht ze was, veranderde zijn gezicht.

'Laten we eerst naar binnen gaan.' Hij nam haar hand en trok haar mee naar de leefruimte, waar ze in de zachte bank ploften. Hij had nog steeds haar vraag niet beantwoord, besefte ze.

Hij keek onderzoekend in haar ogen en nam er de tijd voor. Emma begon zich ongemakkelijk te voelen en wou net over iets anders beginnen, toen hij eindelijk iets zei.

'Het gaat me bij jou niet om hoe je eruit ziet', zei hij serieus.

Emma's maag plonsde naar beneden.

Zei hij dat nu echt? Dus hij vond haar een onaantrekkelijk, maar diepzinnig iemand? God, hij kon ontploffen. Wie zegt er nu zoiets luidop?

'Uiteraard ben je aantrekkelijk', vervolgde hij onverstoord, alsof hij hiernet niet op drie verschillende manieren in haar gedachten was vermoord. 'Ik denk dat je dat zelf ook wel weet. En niet op die valse manier die tegenwoordig zo populair is. Je bent een natuurlijke schoonheid, dat is zeldzaam geworden. Of toch in mijn omgeving.'

Emma trok haar wenkbrauwen op. Ze was nog te zeer ontdaan door zijn opmerkingen van zonet.

'Maar zoals ik net zei, het gaat me niet per se om je uiterlijk. Je bent heel uniek. Vrolijk, vastberaden, enthousiast over de stomste dingen. Je gedraagt je vaak ongepast en er komen de vreemdste commentaren over je lippen', hij keek haar aan met een glinstering in zijn ogen. 'En dat alles maakt dat ik niet van je ben weg te slaan, ook al begrijp ik er zelf niet veel van. Ik denk dat je me zorgeloosheid bijbrengt. Ja', hij knikte bedachtzaam. 'Je maakt me aan het lachen. Je bent gewoon... knettergek. En heel lekker.'

Emma stond met haar mond vol tanden.

Ze bleef echter met iets zitten. Het was misschien iets klein, maar voor haar bleef het toch een knoop.

'Nu moet je me toch één ding uitleggen. Amy noemt je de hele tijd 'Sam'. En ik moet Samuel blijven zeggen? Hoe komt dat toch? Verdien ik het niet om je Sam te noemen?'

'Niet verdienen?' Bij die woorden blies Samuel een hoop lucht weg met zijn grote longen.

Emma keek hem vragend aan.

'Het is juist het tegenovergestelde. Het spijt me als dat niet zo doorzichtig voor je was. Je kon dat inderdaad onmogelijk weten. Sorry.' Hij lachte en ze voelde kriebels in haar buik.

'Mijn vrienden noemen me inderdaad Sam, waaronder Amy. Want dat is ze, gewoon een jeugdvriendin. Maar de mensen om wie ik echt geef …' Zijn stem stierf weg. 'Mijn moeder noemt me Samuel. Zij heeft die naam voor me gekozen. En mijn zusje noemde me ook zo.'

Emma kreeg een brok in haar keel. Bedoelde hij nu dat ze hem Samuel moest noemen omdat hij al die tijd al om haar gaf?

Hij nam haar in zijn armen. 'Blijf jij me maar verder Samuel noemen. Geen frivoliteiten. Dat past bij je. Ik vind je helemaal geweldig. Altijd al.'

Ze smolt tegen hem aan. Hij keek in haar ogen en kuste haar voorzichtig. De kriebels in haar buik veranderden in een vlammenzee die hen beiden verteerden.

Het onvermijdelijke gebeurde. Ze gaven zich helemaal over aan elkaar.

Het was het meest romantische dat Emma ooit had meegemaakt. Ze voelde zich gelukkig tot in de toppen van haar tenen. Hij stopte maar niet met haar te kussen en strelen. Ze gloeide van binnenuit.

'Straks verander ik nog in een vuurvliegje', mopte ze na afloop van hun stomende sessie.

Samuel lachte honderduit.

'Een vuurvliegje? Enkel jij kan zoiets zeggen na de beste vrijpartij die een menselijk wezen ooit heeft mogen meemaken.' Hij krulde zijn lange benen om de hare en het werd stil om hen heen. Stil van het nagenieten.

'In welke wereld zit je nu?' Hij legde zachtjes een vinger tegen haar voorhoofd. Emma knipperde zichzelf wakker uit haar fantasie. Ze lag met haar hoofd op zijn borstkas en luisterde naar het bonzen van zijn hart.

'Gewoon hier, maar ik beeld me vaak dingen in die de

wereld leuker maken. Ik kan er niets aan doen.'
'Ja, dat merk ik wel aan sommige van jouw uitspraken.'
Hij trok zijn wenkbrauwen op en grijnsde.
Emma giechelde. 'Ik kan het niet helpen, sommige
mensen of situaties lokken het ook gewoon uit.'
'Onzin. Jij bent gewoon een malle meid. Een heerlijke,
dolle meid.' Hij kietelde haar tot ze in lachen uitbarstte.
Hij zwaaide zijn benen over de rand van de sofa en
sprong recht.
'Kggggghh.' Hij maakte een ruisend geluid met zijn
stem en hield zijn vuist als een walkietalkie voor zijn
mond.
'Emma stapt de trappen op van haar minischotel en
installeert zich in de cockpit.' Hij zakte door zijn benen
en nam plaats in een denkbeeldige stoel. 'Pssssscht. De
glazen koepel sluit zich boven haar hoofd. Ze speurt de
horizon af en sluit haar zilveren helmpje.'
Emma schudde van het lachen.
'Ready for take off', zei hij in zijn vuist.
'Stop het! Stop! Is het echt zo erg?' Ze wiste de tranen
van het lachen uit haar ogen en hij vlijde zich weer naast
haar.
'Tuurlijk, alle dorpelingen spreken over jou en jouw
witte ruimteschoteltje dat voor de watermolen staat
geparkeerd.' Hij grijnsde en gaf haar een zoen. Emma
kreunde gelukzalig en zoende hem innig terug.
'Bliep, bliep', zei hij en hij trok haar helemaal tegen zich
aan.

28

Het was opnieuw een erg broeierige zomerdag. De zon stond hoog aan de hemel.

Emma fietste tijdens haar middagpauze naar Junes cottage. Ze had het ontwerp voor de laatste kasteeltuin afgewerkt en zou dat bezorgen aan George.

Zijn wagen met laadbak was niet op het landgoed te bespeuren, dus ze vermoedde dat hij thuis was. Ze had veel aandacht besteed aan het nieuwe plan. Het ging om de keukentuin waar groenten, snijbloemen en medicinale planten zouden worden gekweekt.

Ze vroeg zich af wat George van haar ontwerp zou vinden, waar ze met verhoogde bakken voor de groenten had gewerkt. Voor de medicinale planten had ze een ontwerp uitgedacht van in elkaar passende halve cirkels waarbij de hoogste planten het verst stonden en de laagste het dichtstbij. Haar keuze voor de snijbloemen bestond uit dahlia's, zonnebloemen, anjers, gladiolen en lupines. Tussen deze borders zou ze ook nog wat vrouwenmantel zetten.

Ze had ook nog een kippenren met huisje voorzien voor speciale raskippen. Dat stuk zou een omheining krijgen van kastanje waartegen lavendel en roze trosroosjes zouden groeien. Ze wist niet wat Samuel daarvan zou vinden, maar ze vond het een leuk idee.

Toen ze de straat insloeg van Junes cottage, zag ze haar

nog net in een wagen stappen. Het was een zwarte BMW.

In een flits zag ze Daniels hoofd achter het stuur en plots schoot ze in paniek.

'June! Niet instappen!' gilde ze hen nog na.

Maar het mocht niet baten. June sloot de autodeur en ze zag hen vertrekken.

Emma fietste alsof haar leven ervan afhing. Toen de wagen bij het naderen van de rivier vertraagde, greep ze haar kans. Ze peddelde erop los en liet haar handen met een klap op de wagen vallen.

Daniel schrok op alsof hij een geest zag.

Emma zwaaide naar June en riep luid: 'Ga niet mee! Blijf hier!'

Daniel liet zijn raampje zakken. 'Wat is dit soms? Ben je helemaal gek geworden?'

Emma bleef haar woorden naar June herhalen.

'Laat mijn date met rust!' zei hij verwoed, maar plots begonnen Emma's woorden binnen te sijpelen in zijn trage brein en zag ze zijn gezicht veranderen.

'Kennen jullie elkaar soms?' Hij keek asgrauw van June naar Emma.

'Eh', hakkelde June.

Daniel sprong uit de wagen en sjokte op Emma af. Ze liep naar achter met haar blik op June gericht, maar struikelde en voelde Daniels zweterige handen die zich rond haar schouders klemden.

'Moet je soms al het goede in mijn leven verpesten? June was aardig! Was het niet genoeg dat je mijn job van me afnam? Ik weet wat je bent! Een rat! Dave vertelde me alles nadat hij uit de cel kwam.'

'Laat me los, jij gek!'

Hij grijnsde kwaadaardig. 'En ratten moeten verdelgd

worden.'

Emma herkende Daves woorden en trok wit weg. Ze bevroor. Nu wist ze het zeker.

'Aargh, ben je helemaal gek geworden? Wie steekt er nu iemands huis in brand?' viel ze uit.

Ze schopte tegen zijn schenen. Als reactie duwde hij haar hard tegen de grond. Ze viel op haar rug en alle lucht schoot uit haar longen.

'Omdat je Dave altijd in de problemen bracht! Ik deed het voor hem! En nu ben ik ontslagen, net toen hij beloofd had dat ik eindelijk mee mocht naar zijn jacht!' snauwde hij haar toe. Zijn ogen stonden doldwaas.

Emma probeerde recht te krabbelen. 'Je bent te ver gegaan, Daniel. Dave heeft je nooit gevraagd om de watermolen in brand te steken, is het niet? Je hebt je eigen kansen verpest. Je eigen leven!'

Hij dook woedend op haar af.

'Zwijgen jij!' Zijn hand kwam hard op haar wang terecht. Ze viel opnieuw neer.

Hij boog zich naar haar toe voor een tweede uithaal, maar schoot plots naar achter en riep luid: 'Au!'

June liet een steen vallen. Ze trok Emma recht.

'Rennen!' Ze liepen razendsnel weg.

'Ik heb de politie al gebeld', zei June hijgend onder het lopen.

Daniel stapte in zijn wagen en trok hard op.

June en Emma versnelden hun pas.

Enkele tellen later hoorden ze een knal en het gekraak van metaal. Ze draaiden zich om. Daniels wagen was tegen een laag muurtje geknald. De schade viel nog mee. Ze zagen nog net zijn rode hoofd dat al snel verdween achter de airbags die opbliezen.

Emma moest onwillekeurig een beetje lachen. Het was

alsof een kwade rode biet door kussentjes werd omhuld. June grinnikte mee.

Ze liepen nog enkele passen verder weg, maar besloten niet te ver te lopen nu Daniel hen geen kwaad meer kon doen.

'Wat deed je nu bij die kerel?' vroeg ze verwonderd aan June.

'Ik had hem opgespoord met het idee hem te laten opscheppen over zijn betrokkenheid bij de omkoping.'

'Je meent het niet!' bracht Emma ongelovig uit. 'June, dat is toch veel te gevaarlijk?'

June haalde haar schouders op. 'Je had trouwens gelijk. Hij was ontslagen, maar blijkbaar was dat pas na de brand in de watermolen. Daar was ik nog niet achtergekomen. Ik wou zijn bekentenis op de een of andere manier ontfutselen en filmen. Daarmee kon je je vrijheid kopen. Als Dave je nog één keer zou bedreigen, dan kon je hem het zwijgen opleggen met dat filmpje, begrijp je?'

Emma vloog om June om de hals. Ze omhelsde haar stevig. 'Wat lief dat je dat voor mij wou doen. En die arme jongen dacht dat hij op date ging.'

Ze barstten in lachen uit.

'Je had me moeten zien.' June veegde de tranen van het lachen uit haar ogen. 'Ik heb een heel plan moeten uitdokteren om hem op hoegenaamd onschuldige wijze te ontmoeten. Ik was net een sexy spionne. Hij trapte moeiteloos in de val.'

'Dat zal wel!' zei Emma lachend.

Enkele tellen later kwam de politie aan. Emma wandelde snel naar één van de inspecteurs.

'Die jongen daar', ze wees naar Daniel die eindelijk uit de BMW was gekropen en sakkerend bij zijn wagen stond.

'Hij heeft de watermolen hier in het dorp in brand gestoken. Dat vertelde hij me net.'

'Bent u daar zeker van? En uw naam is?' vroeg de inspecteur.

Emma deed het hele relaas. Ze namen Daniel mee naar het politiekantoor.

Één van de agenten richtte zich tot June. 'Mevrouw, zou u kunnen meekomen om als getuige verslag te doen op het kantoor? De getuigenis van uw vriendin hebben we hier al genoteerd, maar aangezien zij slachtoffer is, hebben we ook informatie nodig van een onafhankelijke getuige.'

'Geen probleem. Ik kom mee.' Ze draaide zich naar Emma. 'Tot zo, ik zal je vanavond bellen.'

Emma stak haar duim op en fluisterde 'sorry'.

De inspecteur wendde zich tot Emma. 'We bellen u later nog op, mevrouw. En de wagen hier wordt in beslag genomen om tests op uit te voeren. Als uw bewering klopt, dan zouden we in de auto-onderdelen roetdeeltjes moeten vinden die overeenkomen met die van de watermolen. Die tests zullen zeker enkele dagen in beslag nemen.'

'Geen probleem. Ik ben er zeker van dat u iets zal vinden.' Emma wandelde naar de watermolen.

Ze kon het amper geloven wat er zonet was gebeurd. Maar toen ze Daniels zwarte BMW aan Junes cottage zag, wist ze dat het zijn wagen geweest moest zijn die haar overbuurvrouw had gezien tijdens die onfortuinlijke nacht van de brand.

Emma opende de deur van de winkel en installeerde zich achter de toonbank. Ze zou wat boekhouding doen om haar zenuwen te kalmeren.

Even later kwam Norah binnen. Emma vertelde haar

het hele verhaal. Norah kon amper haar oren geloven, maar ze was blij dat de dader van de brand gevat was. Ze schrokken op van het klingelende geluid van de bel boven de deur.

Samuel wandelde nietsvermoedend binnen.

'Ik heb lunch mee!' riep hij uit.

'Oh', zei Emma. Ze voelde zich ongemakkelijk worden, want niemand in het dorp wist van haar ontluikende romance met Samuel. Ook Norah niet.

In wat voor nesten had ze zich toch gewikkeld... Ze wist dat ze een manier moest vinden om haar vrienden hierover te vertellen, maar ze hoopte dat ze daarvoor nog wat tijd had. Ze vroeg zich af hoe ze dit ooit kon vertellen zonder de vriendschap te verpesten.

Samuels gezicht stond onschuldig vrolijk, maar betrok al snel toen hij de bloeduitstorting op haar wang zag die daar was ontstaan als gevolg van Daniels laffe uithaal.

'Wat is er aan de hand?' vroeg hij gealarmeerd.

'Niets', zei ze snel.

Hij liep haastig naar haar toe, maar stootte tegen de gitaar die achter de toonbank stond. Het instrument viel luidruchtig op de tegelvloer.

Een vals snaargeluid weergalmde van de klankkast tot in de ruimte en deed de lucht vibreren.

Hij gaf haar het instrument aan. 'Ik wist niet dat je gitaar speelde?' vroeg hij zacht.

Mijn god, dacht Emma paniekerig. Ook dat nog. Kon deze dag nog erger worden?

De gitaar had ze na de opname van het protestlied per ongeluk meegenomen. Ze had hem nog steeds niet terugbezorgd aan June. Het leek toen niet zo belangrijk.

Een afschuwelijk gevoel bekroop Emma en dat groeide terwijl zijn ogen zich vernauwden. Want wie speelde er nu gitaar in het dorp?

Ze zag dat hij met puzzelstukjes in zijn hoofd stond te spelen.

Emma opende haar mond om een excuus te verzinnen.

'Ach, dat. Ik ben pas net begonnen, ik bak er niets van', zei ze met neergeslagen ogen. Ze voelde zich akelig en wrong haar handen in elkaar.

'Onzin!' riep Norah uit. 'Emma, je doet jezelf tekort. Ze speelt fantastisch! Ze heeft het hele protestlied in elkaar geflanst en begeleid op de gitaar.'

Emma kromp in elkaar. De kat was uit de mouw.

Norah kreeg plots grote ogen toen ze besefte wat ze had gedaan.

'Nou ja', zei Norah meesmuilend en ze zette haar handen in haar heupen. 'Het was een geweldig lied, geef toe.'

'Dat was het zeker', antwoordde hij kalm.

Hij keek nog eenmaal naar Emma. In zijn ogen zag ze enorme minachting en verslagenheid. Toen verliet hij de winkel.

Emma zette de gitaar op de grond en liet haar hoofd in haar handen vallen. Dat ding raakte ze dus nooit meer aan.

Mijn god, wat had ze gedaan. In haar groeide het besef wat voor monster ze wel niet was. Waar had ze zich toch in godsnaam mee bemoeid? Ze stond haastig recht en stormde naar het huisje terwijl de tranen over haar wangen rolden. Ze voelde zich nu niet sterk genoeg om achter Samuel aan te hollen, niet na wat ze net had doorgemaakt.

Ze liet zich op bed vallen en krulde zich als een laffe hond op. Wat een puinhoop. Het beeld van zijn gezicht toen de puzzelstukjes in elkaar vielen, kreeg ze niet meer uit haar hoofd. De schok en de walging in zijn ogen.

Wat een charlatan ben ik toch, dacht Emma wanhopig. En net toen hij zich begon open te stellen voor me. Net toen hij... Emma huilde.

Ze had zich nog nooit zo beschaamd en ellendig gevoeld. Er bestond niets erger dan een verrader te zijn. Hoe kon ze hiermee leven?

Uren later lag ze nog steeds in bed. Ze stond niet op om te eten en viel uiteindelijk verdoofd van de emoties in slaap.

De volgende ochtend werd ze wakker. Het voelde alsof ze een enorme kater had. Ze had onrustig geslapen.

Toen ze haar bleke gezicht in de spiegel zag, walgde ze van zichzelf. Ze spetterde wat water op haar ogen en ademde diep in.

Ze moest een besluit nemen. Samuel zou haar nooit meer willen zien, dat stond vast. En de dorpelingen had ze intussen wel al goed genoeg geholpen. Daniel was gevat. Het zou niet lang duren eer de politie de link zou leggen met de omkoping. En de rechtszaak was de goede kant aan het opgaan. De rechter kon zoiets nooit uitspreken tijdens het verloop van de procedure, maar toch meende Emma sympathie in haar ogen gezien te hebben.

Het was duidelijk dat haar taak er hier opzat. Ze was echter geen lafaard. Ze zou langsgaan bij Samuel. Ze was hem een uitleg verschuldigd.

Toen ze toekwam bij het landgoed, belde ze angstvallig aan.

Er kwam geen reactie.

Ze liet zichzelf binnen en verzamelde in sneltempo haar spullen. Ze lokte Winston naar beneden. Toen ze haar koffer van de laatste traptrede droeg, verstijfde ze plots. Samuel stond in de deuropening. Hij schrok toen hij haar met haar koffer in de hand zag staan.

'Ga je weg?' vroeg hij op ijskoude toon. 'Je hebt me nogal voor schut gezet, weet je dat?'

'Ik weet het, het sp...' Hij onderbrak haar.

'Dus jij zat achter dat protestlied? En waar zat je nog allemaal achter?'

Emma sloeg haar armen over elkaar. Ze zuchtte diep.

'Lieg niet, Emma. Ik heb George al aan de tand gevoeld. Ik heb zelfs moeten dreigen dat hij zijn job zou verliezen als hij me de waarheid niet vertelde. Iets wat ik absoluut haat om te doen, maar jij hebt me zover gekregen.'

Emma's maag versteende op slag. Ze voelde zich misselijk worden. Arme George, die goede man heeft op zijn leeftijd zoiets moeten doorstaan.

En dat allemaal door haar roekeloosheid.

'Ik weet het. Ik weet alles', zei hij. Op slag veranderde hij weer in de afstandelijke, duistere Samuel die ze van vroeger kende. Degene die hoge muren rond zich had opgebouwd. En waar zij de afgelopen maanden wat stenen van af had kunnen nemen, maar nu ... Ze voelde zich afschuwelijk.

'Ik weet ook dat je geen landschapsarchitect bent. Maar goed, dat is het minste van mijn zorgen. De tuinen zien er goed uit. Daar zal die architectenopleiding van jou wel voor iets tussen zitten. Maar hoe je zo lang tegen me hebt kunnen liegen over jouw betrokkenheid bij het actiecomité. Heel mijn project hebt ondermijnd ...' Zijn stem stokte. Hij keek haar met een dreigende blik aan. 'Hoe kon je!'

'Hoe kon jij!' barstte Emma uit. Ze was van plan geweest haar excuses aan te bieden, maar zijn reactie lokte boosheid bij haar uit. Hoe kon dit nu plots haar fout zijn?

Goed, ze had een spel met hem gespeeld, dat gaf ze toe. Maar ze zou nooit zover zijn gegaan als hij niet zo harteloos was geweest naar de dorpelingen toe.

'Ik deed het voor hen! Omdat jij hun thuis zou afnemen!' beet ze hem toe. 'Omdat je harteloos voor het grote geld ging en daarmee de levens verpestte van tientallen gezinnen. En omdat je een schitterend stuk geschiedenis gaat verwoesten!'

'Een schitterend stuk geschiedenis', zei hij kil. 'Het is mijn huis, verdomme!' De krachtterm kwam er harder uit dan hij bedoeld had en beiden schrokken zichtbaar.

'Het is mijn huis en ik doe ermee wat ik wil. Ik heb geen bemoeienissen nodig hierin, van niemand!'

Emma keek hem giftig aan, maar niet zo dodelijk als hij haar aanstaarde. Ze voelde een stukje in zich afsterven. Een prachtig stuk, dat nu ronduit werd neergesabeld tot kleine brokken wanhoop die in haar ziel verdampten.

Hij leek een beetje te bedaren.

'George zei me onder druk ook nog dat jij blijkbaar de hele boel sponsorde, tot zelfs de kosten van de advocaat. En dat met mijn eigen geld!'

'Het was jouw geld niet meer', zei ze koeltjes. 'Ik had het zelf eerlijk verdiend met mijn werken hier, dus ik mocht ermee doen wat ik wou.'

Hij klemde zijn tanden op elkaar. Hij wist dat ze op dat punt gelijk had, maar het bleef hem enorm steken.

'Je noemt me harteloos, maar ik denk dat je dat evengoed zelf bent. Dat je zover bent kunnen gaan, ik kan het gewoon nog steeds niet geloven. Je leek zo onschuldig en oprecht, terwijl je al die tijd heel goed wist waarmee je bezig was. Terwijl je ...' Zijn stem stierf weg. Zijn vuisten waren gebald en trilden.

Zo had ze Samuel nog nooit gezien.

Ik wist niet waar ik mee bezig was. Ik wist niet dat ik van je zou beginnen houden! wou ze roepen. Maar de woorden stierven op haar lippen.

Want hoe je het ook draaide of keerde en welke gevoelens er ook onbedoeld waren ontstaan, ze was schuldig. Ze had hem verraden.

En die wetenschap deed haar hart in twee splijten. Ze zou zichzelf nooit meer recht in de spiegel kunnen aankeken. Ze had het gedaan voor het welzijn van andere mensen die ze erg graag mocht, maar ze was te ver gegaan. En er was geen terugkeren meer.

'Heb je daar niets op te zeggen?' In een vlaag van woede zwaaide hij met zijn arm in haar richting.

Hij hoopte dat ze zichzelf zou verdedigen tegen zijn beschuldigingen. Dat ze alles zou ontkennen, wat dan ook, zodat ze dit voorval konden vergeten en gewoon verder konden gaan met dat heerlijke dat zo pril tussen hen was ontstaan.

Maar zijn woorden kwamen er harder uit dan hij had bedoeld. Hij was gekwetst. En hij verachtte zichzelf om zijn heftige reactie. Huiverend dacht hij aan zijn vader, maar het was al te laat. De situatie was te zeer uit de hand gelopen en hij kon niets doen om dat nog recht te trekken.

En ondanks zijn aangeboren zelfbeheersing, golfde hij van woede.

Angstig zette ze enkele passen naar achter, tot ze letterlijk met haar rug tegen de muur stond.

'Wat ben je nu van plan, Samuel? Ga je me pijn doen?'

Dreigend zette hij nog een pas naar voor. Zijn ogen flitsten over haar lichaam. Na een lange stilte die geladen was van de spanning, ademde hij uit.

'Zoiets zou ik nooit doen, Emma. Ik zou mezelf nog eerder laten opnemen dan dat ik ooit iemand zou slaan. Net jij zou dit moeten weten', zei hij met een kilte in zijn stem die haar kippenvel bezorgde.

Samuel draaide zich om en sloeg zijn handen over zijn gezicht.

Emma liep met grote passen naar de deur en trok die open. Ze probeerde haar waardigheid te behouden en vocht tegen de tranen.

Nog eenmaal keek ze in zijn richting, maar hij hield zijn hoofd afgewend. Ze beende snel door de deur, die met een klap achter haar dichtsloeg.

Vaarwel, Samuel, zei ze in gedachten. Ik zal hem nooit meer zien. De tranen stroomden over haar wangen terwijl ze naar huis liep.

Ze zou vertrekken uit Waterbury. Ze kon onmogelijk nog op deze plek blijven. Maar wat dan met Winston?

De dikke kater lag op haar arm en bedekte haar hele schouder. Ze nam hem hartstochtelijk vast terwijl de tranen over haar huid biggelden.

29

Enkele dagen later stond Emma met haar koffer klaar voor de deur van de watermolen. Winston zat in een kooitje, wat hij duidelijk niet erg aangenaam vond. Hij draaide onrustig heen en weer.

Tante Paula had haar op het hart gedrukt dat ze hem moest meenemen. Het kon die jongen niet veel schelen waar hij verbleef, zolang hij maar liefde en lekker veel eten kreeg. Ze wist dat hij gelukkig was bij Emma.

Haar moeder haalde haar op. Ze had haar ouders al een deel van het relaas gedaan over de telefoon en ze waren erg verdrietig voor haar. Laurens blonde haar glansde in het zonlicht toen ze uit de wagen stapte.

Emma barstte in tranen uit bij het zien van haar moeders vertrouwde gezicht. Haar moeder knuffelde haar langdurig. Toen ze Winston nors hoorden miauwen, lachten ze.

'Het is al goed, Winston. Jij krijgt straks ook een knuffel. Je mag mee met baasje.' Lauren nam zijn kooi en plaatste hem op de achterbank.

'Wat is hij zwaar!' riep ze uit.

'Ik weet het. Hij eet graag lekkere dingen.' Emma haalde haar schouders op en glimlachte ondanks alles.

Ze reden terug naar Londen, met enkel de muziek van de radio om de stilte te vullen. Winston deed een dutje.

Na die afschuwelijke confrontatie met Samuel had

Emma eindelijk besloten om de vacature voor een nieuwe winkelbediende online te plaatsen. Het had niet lang geduurd eer ze iemand had gevonden. Met pijn in haar hart had ze de sollicitatiegesprekken afgenomen.

Uiteindelijk had ze een dame van in de vijftig geselecteerd van wie ze dacht dat die het prima met Norah en Mandy zou kunnen vinden. Ze woonde in een dorp niet zo ver van Waterbury. Het hielp dat ze hield van breien en aquarellen maken. Ze zou vast mooie nieuwe toevoegingen selecteren voor de stock van de winkel.

Norah zou zich opnieuw ontfermen over de nieuwe kracht en haar helpen inwerken, zodat Emma al snel kon vertrekken naar Londen.

Het afscheid met haar vrienden in het dorp was pijnlijk, maar June had haar verzekerd dat ze haar snel zou opzoeken in Londen en ze zouden elkaar vaak blijven bellen. Dat stond vast.

Toch kon Emma het gevoel niet verdrijven dat ze alles beter had moeten aanpakken. Ze had enkele cruciale vergissingen begaan, maar het was nu te laat om deze recht te zetten.

Toen ze in Kensington aankwamen, keek Emma lang naar de witte gevel van het huis waar ze was opgegroeid. En waar ze zo fier over had verteld tegen Samuel.

Ze barstte opnieuw in tranen uit.

Haar vader kwam al gauw naar buiten gelopen en nam haar vast. Hij installeerde haar met een dekentje op een zachte stoel in de keuken, hoewel het eind juli was, en maakte een quiche met prei en ham voor het gezin. Hij zette de kleine televisie aan in de keuken en speelde haar favoriete feuilleton af. Winston had voor zijn doen razendsnel een rondje gemaakt in het huis en zocht dan weer de veiligheid van Emma's schoot op.

De dagen nadien spendeerde ze volledig aan het indienen van sollicitaties voor een stageplek bij een architectenkantoor. Ze mocht al snel op gesprek gaan bij een prestigieus kantoor in Londen.
Die dag keek ze met een schok naar haar telefoonscherm. Samuel had haar enkele keren proberen op te bellen. Toen hij nogmaals belde vlak voor ze het glazen gebouw inliep waar het gesprek doorging, schakelde ze snel haar telefoon uit en wierp hem in haar handtas.
Hier had ze geen tijd voor. Het leek haar nutteloos om nog verder neergesabeld te worden door hem. Wat compleet terecht was, natuurlijk. Maar alles was gezegd tussen hen.
Ze moest nu vooruit kijken en aan haar toekomst werken.
Na die enkele keren had hij haar nooit meer teruggebeld. De pijn die ze niet alleen hem had aangedaan, maar ook zichzelf, was iets waar ze de rest van haar leven mee moest leren leven. Ze wist dat het gat in haar hart dat veroorzaakt werd door de verloren liefde voor Samuel, nooit zou helen.
Ze hield lange gesprekken met haar ouders over de dingen die er in Waterbury gebeurd waren. Stukje bij beetje keerde er innerlijk een soort kalmte in haar terug.
'Op een dag zul je weer klaar zijn voor de liefde', verzekerden haar ouders haar keer op keer, maar ze wist dat dat in haar geval niet waar was. Ze stelde zich gewoon niet zo gemakkelijk open voor zo een dingen, en na deze ervaring was het voor haar genoeg geweest.

Ze zou zich focussen op het vinden van nieuw werk, dat was voor nu voldoende.

Enkele dagen later kreeg ze bericht dat ze was aangenomen bij het kantoor waar ze op gesprek was geweest. Hoewel het een zeer goede reputatie had, had ze gemengde gevoelens. Ze besloot echter om de job aan te nemen, ze zou wel zien waar dit toe leidde. Emma was weliswaar thuis, maar het voelde anders aan.

Alsof zij was veranderd en er niet helemaal meer kon aarden, als een kindervoet die plots was gegroeid en niet meer in het schoentje paste. Ze was natuurlijk wel opgelucht om bij haar ouders te verblijven, maar toch. Ze kon niet goed haar vinger leggen op dat wat er verkeerd zou zijn.

Maar misschien was het dat net, er was helemaal niets verkeerd aan haar nieuwe situatie. Ze leidde het leventje waarvan ze dacht dat ze het zou hebben toen ze nog studeerde en uitkeek naar deze periode. En nu dit stuk van haar leven eindelijk was aangebroken, voelde ze zich miserabel.

Winston daarentegen had het prima naar zijn zin in Kensington. Hij fleurde helemaal op onder alle aandacht die hij van haar ouders kreeg. Vooral de lekkere hapjes uit de lokale delicatessenzaken kon hij appreciëren.

Hij genoot er ook van om uren op een kussentje te liggen vooraan in de vensterbank die uitkeek op de straat. Wanneer de zon weg was, verplaatste hij zich naar de chique bank die in de living stond. Het was het enige design meubelstuk dat haar ouders bezaten. Het stond er al minstens vijftien jaar te blinken en was nog lang niet toe aan vervanging. En ik kreeg altijd onder mijn voeten wanneer ik in de bank plofte met mijn schoenen aan, dacht Emma korzelig, maar Winston mag er wel uitgebreide wassessies houden.

Op haar eerste werkdag staarde Emma naar buiten. Ze zat aan een bureautje tussen andere stagiairs en had net haar werkspullen geïnstalleerd.

Haar oog viel op het troosteloze tuintje op het dakterras van het gebouw. Ze dacht met weemoed terug aan Georges vaardige handen die zelfs dit miezerige plukje groen in een mum van tijd tot leven zou kunnen wekken. Ze kon bijna in huilen barsten als ze dacht aan de prachtige tuinen die ze samen hadden gerealiseerd voor Waterstone House, maar verder dan dat mocht ze niet denken.

Want als ze zou toestaan dat haar gedachten naar de eigenaar zouden afglijden, dan zou ze verdrinken in haar eigen tranen. Ze miste Waterbury en zijn inwoners. Die avond belde June naar Emma, alsof ze voelde dat het niet goed ging met haar vriendin. June beloofde dat ze haar binnenkort zou komen opzoeken in de stad.

'En heb je al nieuws over de huur- of pachtkwestie?' vroeg Emma aan de lijn.

'Ja, dat is één van de redenen waarom ik je belde. De rechter heeft vandaag haar vonnis geveld. Samuels advocaten hebben gewonnen, Emma.'

'Dat meen je niet? Dus het zijn allemaal huurcontracten die hij zonder meer kan opzeggen?'

'Inderdaad, maar niet getreurd. Ik heb geweldig nieuws! Ik doe dit best allemaal uit de doeken wanneer ik je zie, het is wat veel om over de telefoon te vertellen.'

'Goed dan, maak maar dat je snel hier bent.'

June lachte en verzekerde haar dat ze in het weekend zou langskomen.

Maar op haar vragen om terug te keren naar het dorp, kon Emma enkel maar ontwijkend antwoorden. Ze wist dat dat niet ging. Haar gevoelens lieten dat niet toe. Haar ouders waren natuurlijk blij dat ze weer thuis was, maar ze zagen dat hun dochter ongelukkig was, wat hen pijn deed. Haar moeder probeerde haar af te leiden met filmavonden en haar vader trachtte haar lievelingskostjes te maken, met wisselend succes. Ze stelde hun moeite erg op prijs en probeerde elke ochtend enkele glimlachjes te forceren voor ze naar het werk vertrok.

De avond voordat June zou langskomen, kreeg Emma telefoon. Ze keek op haar schermpje en herkende het nummer van de politie. Ze nam razendsnel op.

'Hallo?' zei Emma ademloos.

'Ah, mevrouw. We bellen u in verband met de brand in de watermolen. U verbleef daar ten tijde van het incident?'

'Dat klopt, wat kan u me daarover vertellen?' Ze liet zich in de bank vallen en plofte per ongeluk neer op Winstons staart, die blies en zich uit de voeten maakte.

'Sorry, Winston.'

'Sorry, wie?'

'Eh, dat was mijn kat. Gaat u alstublieft door.'

De politiebeambte aan de andere kant van de lijn schraapte zijn keel. 'De man die u als schuldige aanwees, bleek inderdaad de brandstichter te zijn. Hij zit in hechtenis en verschijnt binnenkort voor de strafrechter.'

'Mijn god', blies Emma uit. Ze wist het natuurlijk al,

maar om het zo bevestigd te horen door de autoriteiten, maakte het allemaal echt.

'Hij bleek ook betrokken te zijn bij andere strafbare feiten, dus hij zal absoluut niet meer van de buitenwereld kunnen genieten de komende jaren.'

'Andere feiten, u bedoelt zaken zoals omkoping?'

'Daar mogen wij niets over vrijgeven, mevrouw. Het strafonderzoek is nog lopende.'

'Hmm', zei Emma teleurgesteld.

'Maar, ehm, u hebt misschien personen in uw kennissenkring die hier iets meer over weten.'

'Aha', Emma begreep de hint. 'Dank u wel.'

'Geen dank mevrouw, wij zijn u dank verschuldigd. Dankzij u hebben we de dader kunnen vatten.'

Emma sloot het telefoongesprek tevreden af. Inderdaad, daar had ze toch voor kunnen zorgen.

'Laat ik anders beginnen met het sappigste nieuws', zei June enthousiast toen ze Emma op een bankje in het park trof.

Emma had een picknick meegenomen met wat restjes van het eten dat haar vader gisteren had gemaakt. Ze had ook een groot stuk van de citroencake mee die June haar nog had leren bakken. Ze opende enkele flesjes cider en limonade.

'Misschien heb je er vandaag al iets over in het nieuws zien verschijnen?'

'Nee', biechtte Emma op. Tot haar schaamte moest ze bekennen dat ze de media amper had gevolgd de laatste weken. Ze had andere dingen aan haar hoofd gehad.

'Dave zit opnieuw in de gevangenis. Ze hebben eindelijk bewijs gevonden voor zijn betrokkenheid bij de omkoping. Daniel biechtte alles op toen ze hem ondervroegen over de brand. Hij heeft er zichzelf enkele maanden strafvermindering mee gekocht. Maar dat is niet alles, Emma, ze bleken talloze personen omgekocht te hebben. Ook voor andere bouwprojecten.'

'Fieuw', floot Emma. 'Eerlijk gezegd verbaast me dat niets.'

'Het is door de kranten gebombardeerd tot één van de grootste omkoopschandalen van de eeuw. De dag dat Dave vrijkomt, zal hij nooit meer als projectontwikkelaar aan de slag geraken. Ze hebben trouwens al zijn luxewagens en het jacht in beslag genomen.'

Ze scrolden door de nieuwswebsites en lachten om Daves paarsgroene paddenhoofd op de foto's. De redacteurs hadden werkelijk de minst flatterende foto's uitgekozen. Ze vonden zelfs een meme van een Amerikaanse koelkast die bij het opengaan Daves woedende gezicht met dollartekens op de plek van zijn ogen onthulde.

'Maar goed, het belangrijkste nieuws heb ik je nog niet verteld.' June hield Emma's handen vast.

'Zeg op! Zeg op! Ik hou het niet meer.'

'We mogen blijven in de cottages! Iedereen!' barstte June uit.

'Is het echt? Hoe kan dat nu?'

'Samuel Wollington is op zijn stappen teruggekeerd. Hij had dat zelfs al gedaan voordat Dave werd opgepakt voor de omkoping.'

Emma kromp lichtjes in elkaar bij het horen van zijn naam. Ze was natuurlijk wel blij dat de dorpelingen niet uit hun huisjes werden gezet.

'En er is nog meer. Gisteren nodigde hij het actiecomité uit op Waterstone House. Natuurlijk waren we voltallig aanwezig. Hij stelde ons zijn nieuwe plannen voor. De nieuwbouwwijk gaat niet door!'

Emma sloeg een hand voor haar mond. 'Dat meen je niet.'

'Ja, toch wel. In de plaats daarvan gaat hij slechts achttien nieuwe woningen bouwen. Hij heeft daarvoor een compleet ander projectteam aangesteld. Enkel de makelaarster heeft hij gehouden.'

Emma beet op haar lippen. Natuurlijk, Amy. Zij had nu vrij spel en zag haar dromen eindelijk uitkomen. Ze wenste hen innerlijk het beste toe.

'Hij heeft ons zelfs de plannen getoond en vroeg onze feedback. Niemand had er iets op tegen. Het zullen mooie huizen worden in de traditionele steen van the Cotswolds. Ze passen echt bij het karakter van het dorp.'

Emma zuchtte diep. 'Wat een opluchting moet dat geweest zijn voor jullie.'

'Ja, we hebben ter plekke een feestje gehouden. Het is best een gezellige kerel als je hem beter leert kennen.'

Nu moest Emma zich echt heel erg concentreren om niet te beginnen huilen.

June leek haar stemming op te pikken. 'Ik mis je zo, Emma.'

'Ik mis je ook.' Er ontsnapten enkele tranen uit haar ogen. 'Je moet me vaker komen opzoeken. Momenteel is het gewoon te moeilijk voor me om naar Waterbury terug te keren.'

'Dat weet ik.' June legde haar hand op die van Emma. 'Ik kom snel nog eens langs.'

'Goed, ik kijk er naar uit.'

Ze omhelsden elkaar innig. June maakte aanstalten om te vertrekken.

'June', zei Emma snel voor ze zich kon bedenken. 'Wacht

even, ik moet je nog iets vertellen.' Haar stem brak. 'Ik ben niet helemaal eerlijk geweest tegen je.'

'Wat scheelt er?' vroeg June bezorgd.

Emma wrong haar handen in elkaar. Ze kon de woorden niet vinden.

'Gaat het over Samuel Wollington misschien?'

Emma knikte. Er welde opnieuw een traan op uit haar oog. Ze wreef hem verwoed weg.

'Maak je geen zorgen. Je hoeft me niets te vertellen. Ik dacht al dat je verliefd aan het worden was.'

'Dan dacht je goed', zei Emma voor ze finaal in huilen uitbarstte.

June omhelsde haar.

'Arme Emma. Wat hebben we je ook aangedaan. Het verbaast me helemaal niet dat jullie naar elkaar toegroeiden. Zoiets zat er onvermijdelijk aan te komen. We zijn maar mensen, Emma, geen robots. Het is maar natuurlijk als twee mensen zo dicht op elkaars huid zitten.'

Emma snoot haar neus.

'Ach, het spijt me dat ik je er toen niet meer over vertelde. Ik wist niet hoe ik je zoiets ooit kon opbiechten. Ik hield mijn gevoelens denk ik ook verborgen voor mezelf.'

'Natuurlijk, maak je geen zorgen. Ik vind het erg jammer dat het op niets is uitgelopen. Ik zie liever dat je gelukkig bent, en dat leek je me toen.' June kneep in Emma's hand.

'Het komt goed, ik sla me er wel doorheen.' Emma haalde diep adem en zuchtte.

Op weg naar huis werd ze overspoeld door een gevoel van opluchting. Ze was blij dat haar vriendin eindelijk de waarheid kende. Het was een enorme last die van haar schouders viel. Zo kon ze dit hoofdstuk eindelijk mentaal afsluiten.

30

Een tweetal weken later overkwam het gezin een schok met het vernemen van tante Paula's overlijden. Het was eind augustus.

Ze hadden haar de dag voordien nog bezocht in Oxford. Ze zag er moe en gelig uit van de kankerbehandelingen, maar ze was nog helder en had hen allen stevig in de hand geknepen bij het vertrek.

Emma's moeder huilde tranen met tuiten. Ze was erg gehecht aan haar tante die ze wekelijks belde en bezocht.

Ook Emma kon haar tranen niet bedwingen op de begrafenis. Het was een hele verrassing toen haar jurist hen 's anderendaags uitnodigde en vertelde dat Emma de watermolen had geërfd.

'Dat is geweldig, liefje', zei haar moeder. Ze kneep in haar schouders.

Emma was te zeer aangegrepen door emoties om onmiddellijk te reageren.

'Weet dat je altijd thuis bent bij ons, maar die watermolen heeft een plekje in je hart veroverd', zei ze voorzichtig. 'Je hoort daar. De winkel heeft je nodig. Wie weet kan je het combineren met iets architecturaal, daar ben je creatief genoeg voor. Die job op je stageplek maakt je niet gelukkig.'

Emma knikte. De tranen rolden over haar wangen. Ze

zou er nog een nachtje over slapen, maar in haar hart wist ze al dat ze haar opzeg zou indienen.

De dag nadien ijsbeerde Emma heen en weer achter haar bureautje, tot zichtbare ergernis van haar medestagiairs, maar ze trok er zich niets van aan. Ze was op zoek naar de woorden om de opzeg van haar stage over te brengen aan haar baas. Ze was er nog niet uit of ze eerst moest e-mailen, of een gesprek hebben.

Toen ze net had besloten dat ze voor een gesprek zou gaan, werd ze plots door één van de indrukwekkendste vennoten van het kantoor gewenkt.

Verdorie, had ze haar woorden soms luidop zitten mompelen? Ze sjokte zenuwachtig naar diens kantoor.

'Emma, sluit je de deur even?'

Emma deed wat haar gezegd werd.

'Nu moet je weten ...', zei ze meteen.

'Ga zitten.' Ze wees kordaat naar de stoel voor haar design bureau. Emma ging stilletjes zitten.

'Ik weet niet hoe je het gedaan hebt, maar één van onze nieuwe klanten vroeg hier net specifiek naar jou. Deze persoon wil je spreken over een grote opdracht die heel belangrijk is voor ons kantoor.' Ze wist dat ze met 'heel belangrijk' eigenlijk 'heel veel geld' bedoelde. Zo werkten ze hier.

'Naar mij?' vroeg ze verbaasd.

'Eh, vreemd genoeg wel. Het gaat om de bouw van maar liefst achttien nieuwe panden.'

Haar hart sprong op bij het horen van dat specifieke getal. Zou het ...? Ze durfde het gewoon niet te denken.

'De klant zit hier in de vergaderzaal en wacht op je. Ik neem aan dat je tijd hebt?'

'Eh, ja. Ik zal wel moeten. Ik bedoel, ik heb tijd,

natuurlijk', mompelde ze snel. De vennoot keek haar afkeurend aan. Ze dirigeerde haar naar de vergaderzaal. 'Succes, we rekenen op je.' Ze wees met twee vingers van haar ogen naar Emma's ogen.

Emma slikte. Ze wandelde zenuwachtig de vergaderzaal met een monumentaal zicht op Londen binnen. Toen ze de haar zo bekende figuur naar buiten zag staren, was ze in shock.

Het was Samuel. Hij was nog geen spat veranderd en zag er nog steeds waanzinnig aantrekkelijk uit.

Samuel stak onmiddellijk van wal toen hij haar zag.

'Emma, het spijt me zo. Ik hoop dat je het me niet kwalijk neemt dat ik je hier kom opzoeken.' Hij keek haar voorzichtig aan en peilde haar reactie. Ze kon amper adem halen.

'Je moest eens weten hoe vaak ik door de straten met witte huizen ben gewandeld in Kensington. Ik heb zelfs enkele keren aangebeld om te vragen waar je woonde, maar kreeg vaak de deur op mijn neus van goed getrainde nanny's en huishoudsters die uiteraard niet wisten waar er een blonde Emma woonde in Kensington.' Hij lachte voorzichtig.

Emma's maag maakte een salto toen hij dat zei. Ze wist zich geen meer houding te geven en keek verlegen neer op het reclamemapje van het kantoor dat ze in haar hand had.

'Maar toen ik je naam voor zowat de honderdste keer googelde, kwam ik plots uit op een nieuwe website. Eentje van een architectenkantoor die net een nieuwe werkkracht hadden aangenomen. Een hele knappe, als je het mij vraagt.' Nu begon Emma onwillekeurig te glimlachen.

'Ik wist dat ik het slim moest spelen, anders zou ik je

nooit te spreken hebben gekregen, is het niet? Dus er zat niets anders op. Ik moest je kantoor wel contacteren voor de uitvoering van mijn nieuwe project.'

Emma knikte traag, haar mond was kurkdroog.

'Veel reactie komt er ook niet uit, he.' Hij kneep plagend in haar hand en ze proestte het uit, wat de spanning eindelijk deed afnemen. Hij liet haar hand niet los.

Emma kreeg een brok in haar keel.

'Ik weet niet', gurgelde er uit haar keel. Ze voelde dat ze rood werd. Er welden enkele tranen op uit haar ogen.

'Ik dacht dat je me nooit meer wou zien na wat ik gedaan heb!'

'Onzin.' Eindelijk nam hij haar in zijn armen. Emma liet haar hoofd zakken om haar gezicht te verbergen.

Zijn borstkas vibreerde zalig toen hij verder sprak. 'Ik had al onmiddellijk spijt van de manier waarop we uit elkaar waren gegaan. Goed, ik geef toe. Ik had misschien enkele uurtjes nodig om alles te verteren.

Maar ik wist dat je gelijk had. Over alles. Ik kon mezelf wel slaan toen je mijn telefoontjes niet beantwoordde. Dus ik besloot om onmiddellijk het roer om te gooien met het project.'

'Daar heb ik al iets over gehoord. Van June', zei Emma voorzichtig.

'Juist, dat is de dochter van George, toch?'

Emma knikte. 'Ze waren heel blij met je nieuwe plannen. Ik denk dat de dorpelingen je een beetje tot hun nieuwe held hebben gebombardeerd, nu die andere vertrokken was.'

Samuel lachte.

'Maar hoe reageerde Amy op dit alles?' vroeg Emma.

'Een beetje minder enthousiast dan gewoonlijk, natuurlijk.' Hij grijnsde. 'Haar plannen om vroegtijdig op pensioen te gaan zijn natuurlijk in het water gevallen. Maar ze mag de nieuwe woningen voor me verkopen. Dat was toch een kleine troostprijs.'

Emma glimlachte om zijn woorden. 'Ik heb je gemist', zei ze.

'Ik heb je ook gemist. Mijn god, je beseft niet hoe hard ik naar je heb verlangd.'

Ze hief haar hoofd naar hem op en smolt onder zijn smeulende blik. Ze voelde opnieuw een blos opstijgen, maar toch verbrak ze het oogcontact niet.

Hij grijnsde traag. 'Maar je bent me er wel eentje', zei hij gespeeld vermanend. 'Een dure juffrouw die goed weet hoe ze het geld uit mijn zakken moet kloppen. Eerst laat ze me alle tuinen van mijn kasteel hernieuwen, dan moet ik een peperdure advocaat inhuren door mevrouw en nu moet ik ook nog eens achttien nieuwe woningen bouwen om haar aandacht te krijgen.'

Er verscheen een grijns op Emma's gezicht. Tranen van geluk sprongen op in haar ogen.

'Het is je geraden', zei ze. 'Al die emotionele stress waaronder de dorpelingen hebben geleden, je mag een beetje boeten hoor.'

'En heb ik nu genoeg geboet?' vroeg hij.

Haar antwoord was simpel. Ze hief haar hoofd zachtjes naar hem op. Samuel kon zich niet langer houden en kuste haar hartstochtelijk. Emma beantwoordde de zoen met evenveel passie. Haar handen dwaalden over zijn lichaam.

Wat een heerlijk lijf, dacht ze. Wat een heerlijke man, en nu kan niets me nog van hem weghouden, ook geen leugens of actiecomités.

Samuel hief haar op en zette haar op de tafel. Het kon hem niet schelen dat er misschien wel iemand kon binnenwandelen. Dan zou die getuige zijn van een bijzonder innige zoen, daar was niets mis mee.

Zijn handen woelden door haar haren, hij voelde haar helemaal tegen zich verzachten. Hoewel, misschien werd het toch tijd dat ze zich verplaatsten. Emma liet een geluidje ontsnappen toen hij de kus met tegenzin verbrak.

Hij nam haar hand in de zijne. Ze voelde de hitte van zijn handpalm tot in haar botten en huiverde zachtjes.

'Kom mee', zei hij. 'Het werd tijd dat je weer naar huis kwam.'

'Naar huis?'

'Ja, naar Waterbury. Want daar hoor je thuis, bij mij in het landgoed en in de winkel. En bij al je vrienden in het dorp.' Hij glimlachte.

Emma knikte geëmotioneerd. Hij had gelijk. Daar hoorde ze thuis.

Samuel hief haar op van de tafel en liet haar niet meer los. Hij wandelde onbeschaamd met Emma in zijn armen door het kantoor tot aan de lift, waar hij een zoen op haar lippen plantte.

De medewerkers van het kantoor kregen bijna een nekletsel toen er tot hen doordrong wat er gebeurde. Zo ver draaiden ze hun hoofden.

Hij droeg haar als een trofee over de drempel van de lift en schonk de vennoot die haar hoofd verbouwereerd om de deur stak een bijzonder gulle grijns.

'Is dat niet ...' En: 'Emma, dat is géén ...' hoorde Emma nog net voor de liftdeuren dicht gleden en ze dronken van geluk in zijn armen naar beneden zoefden.

Het maakte niet uit wat ze dachten. Dit zou haar ontslag betekenen, maar ze was sowieso al van plan om te vertrekken nu tante Paula haar de watermolen had nagelaten. Ze had al met de gedachte gespeeld om een deeltijdse stage bij een architectenkantoor in de buurt te zoeken en dat te combineren met de winkel. Want haar hart lag in Waterbury en diens eigenzinnige, geweldige volkje. En bij hem.

'Jou laat ik niet meer los. Nooit meer', zei hij.

Emma's hart zwol van geluk. Ze wist niet hoeveel emoties ze nog de baas kon. Hij kuste de tranen van haar gezicht en drukte haar nog steviger tegen zich aan.

EPILOOG

Negen maanden later

Emma kon nog steeds niet geloven wat voor een ongelofelijke wending haar leven had genomen het afgelopen jaar. Ze mocht Waterbury nu eindelijk echt haar thuis noemen.

Bij toeval was ze op een leuk architectenkantoortje gestoten in Welton, toen ze June hielp bij de zoektocht naar een pand voor haar eigen patisseriezaak. De twee gebouwen leunden tegen elkaar in.

Voor June was het onmiddellijk een uitgemaakte zaak. Ze deed een bod op het pand dat gelukkig aanvaard werd en Emma ging drie dagen per week aan de slag bij het kantoortje dat uit twee creatieve architecten en een medestagiair bestond. Met hun hulp tekende ze stuk voor stuk alle achttien woningen uit voor Samuel. Hij vond de plannen pareltjes geworden en keek er al naar uit om ze in steen verwezenlijkt te zien.

Op donderdagen en vrijdagen stond ze steevast zelf in de winkel van de watermolen. Ze begon nu ook terugkerende klanten te herkennen. Maar de woensdagen en zaterdagen liet ze de winkel door een jobstudent openhouden, zodat ze ongestoord van haar weekends met Samuel kon genieten.

Het huisje van de watermolen gebruikte ze nu vooral om haar ouders in het weekend te ontvangen. Ze bleven er graag slapen en zagen het als hun vaste vakantieverblijf.

Winston sprong op van haar schoot toen hij de voordeur hoorde opengaan. Hij ging naast zijn nieuwe vriendje in de mand liggen. Ze hadden een puppy geadopteerd om bij hen op Waterstone House te komen wonen.

Ze hoorde Samuel binnen stommelen. Hij had er een lange dag op zitten in de nieuwe vestiging van zijn bedrijf die hij had geopend in Londen. Af en toe moest hij nog op en af naar de Verenigde Staten, maar hij had betrouwbare mensen in dienst om het dagelijkse management in New York te verzorgen.

Toen hij haar zag, nam hij haar onmiddellijk in zijn armen en installeerde hen op de comfortabele ligbank in de gerenoveerde zitruimte. Het was één van de meubels waar Emma op stond om te houden.

Als het van Samuel afhing, dan had hij de hele boel buiten gekeild en veranderd. Maar dat kon natuurlijk niet, had Emma hem duidelijk gemaakt. Dan zou je afbreuk doen aan de charme van het landhuis, had ze betweterig gezegd, waarbij hij met zijn ogen had gerold en haar flink had gekieteld.

'Nu je besloten hebt dat we hier permanent blijven wonen, wat ga je doen met jouw appartement in New York?' vroeg ze.

'Mijn flat?' Hij streek voorzichtig over haar hals en drukte een kus onder haar kin.

'Ja, ga je het verkopen?'

'Hmm, goede vraag. Verkopen hoeft eigenlijk niet, tenzij jij dat wilt.'

Emma schudde haastig haar hoofd. 'Nee, dat wil ik niet. Ik vind het wel een fijne gedachte dat je ook nog jouw plekje aan de andere kant van de grote plas hebt, je oude vrijgezellennestje.' Ze gaf hem plagerig een duwtje.

Samuel trok zijn donkere wenkbrauwen op en wiebelde ze heen en weer.

'Weet je wat, ik doop mijn flat om tot ons plekje. Dit hier', hij wees weids in het rond en trok haar in zijn

armen, 'wordt onze gezinswoning, maar in New York ...
zullen er geen kinderen toegelaten zijn.'

'Kinderen?'

'Ja, je weet wel, kleine mensjes met mijn haarkleur
en ze komen hier naartoe gevlogen in van die mini-
ruimteschoteltjes.'

Emma zoende hem gauw om hem het zwijgen op te
leggen.